나는 희망을 그린다

나는 희망을 그린다

삶의 극한에서 살아남은 한 아이의 예쁜 그림

애니타 로벨 지음 · 이승숙 옮김

예원 미디어

NO PRETTY PICTURES : A CHILD OF WAR by Anita Lobel

남동생에게

그리고

니아니아를 기억하며

차례

프롤로그

나는 폴란드의 크라코프에서 태어났다. 그 시절은 불안한 시기였고, 살림살이도 넉넉하지 않았다. 열여섯 살에 미국에 온 뒤로 죽 뉴욕 시에서 살고 있다. 미술을 전공하고 화가이자 섬유 디자이너로 지내왔으며, 지금은 그림책 만드는 일을 하고 있다.

아주 어렸을 땐 유모나 다른 어른들이 내게 책을 읽어주었다. 다섯 살 무렵, 책 읽는 법을 알았다. 그림책이라기보다는 신문지에 더 가까운 직사각형의 얇은 갈색 종이 위에 쓰여 있던 한 문장을 완벽하게 읽었던 기억이 지금도 생생하다.

올라 이 올렉 마야 야이코.
올라와 올렉에게는 계란이 한 개 있었습니다.

종이에는 여자아이와 남자아이가 식탁 위의 컵 안에 들어 있는 계란을 흐뭇하게 바라보는 그림이 있었다.

그때만 해도 나는 버릇없는 계집아이라는 말을 들었다. 부유하지는 않았지만 편안한 생활이 보장된 미래를 히틀러 군대가 파괴하지 않았다면, 동유럽의 어느 도시에 사는 그렇고 그런 중산층의 점잖은 유대인 여자로 자랐을 것이다. 아주 어렸을 때는 우아하고 옷맵시가 뛰어난 신사였던, 머리와 목에서 산뜻한 향수 냄새를 풍기던 아버지를 숭배했다. 아버지도 나를 맹목적으로 사랑해주었다. 하지만 언제나 매순간 내 옆에 있었던 사람은 유모였다. 나는 유모를 진심으로 사랑했다. 주위의 어른들조차 모두 넋 놓고 바라볼 수밖에 없었던 2차 세계대전에 휩쓸리자마자, 인생이란 무시무시한 위협의 가장자리에 놓여 있거나 그 그림자 속에 존재하는 것이라고 여기게 되었다. 요즘도 온화한 일상이 나른하게 계속되면 의심스러워진다. 어느새 나도 모르게 예술적 위기, 즉 차 주전자 속의 폭풍우 같은 것을 찾아다니게 된다.

전쟁이 일어났을 때 나는 겨우 다섯 살이었다. 무시무시했던 세월의 공포와 끔찍한 상실감을 온전히 이해한 것은 훨씬 더 나이가 들어서였다. 전쟁 후 합리적이든 어리석든 간에 무엇인가를 결정할 수 있는 권리를 갖고, 밥을 먹고 옷을 입고 물건과 기억을 모으며, 조용한 시간과 자신을 되찾는 시간을 갖고, 일상의 일과 휴가와 업무와 크리스마스를 보내며 살아왔다. 그렇게 살아오면서 자신이 겪었던 공포와 상실감을 때때로 느끼며 성장해버린 이들을 떠올리노라면 그들이 너무나 애처롭다.

어린 시절은 가장 좋은 때도 힘든 법이다. 나는 그렇게 행복한 시절을 보내고 있는 아이들을 바라보면서, 자신들이 무얼 하는지도 모르는 어른들 덕에 일찍부터 세상에 대한 분별력을 지니게 된 작은 어른들을 떠올린다. 음식이 가득 든 냉장고가 있는 부엌과 장난감이 가득하고, 거실과 침실과 욕실이 갖춰진 즐거운 집에서 부모와 함께 평화롭게 사는 삶이 있다. 그리고 전쟁터에서 무거운 발걸음을 옮기며 살아남기 위해 애쓰는 삶이 있다. 이 두 삶을 비교하는 것은 너무 비현실적일 것이다. 하지만 희생양이라는 생각으로 자신을 숨기고 신성화는 것도 위험할 뿐만 아니라 따분한 일이다. 나는 나치를 피해서 살거나 난민으로 지낸 시간보다 행복하고 재미있는 일에 몰두해서 살아온 세월이 훨씬 더 많다.

몇 해 동안 많은 사람들이 나에게 어린 시절에 대한 회고록을 써보라고 제안했다. 그러나 나는 이 제안들을 피하고 무시해왔다. 하지만 이 이야기를 쓰면서 세상의 모든 일이 짓밟히고 파괴당했던 때로 돌아갔다. 예쁜 그림으로 기억될 일이 거의 없었던 바로 그때로 말이다.

폴란드

우리는 끝없이 잔인한 겨울밤에

후끈 달아올라 배고픔과 갈증도 잊었다.

이제 발 위도 더 이상 우리 몸으로 느끼지 않으며,

뿌드득거리는 눈 소리에 홀려 잠을 잤다.

걸으면서, 움직이면서, 앞을 향해 나아가면서 잠을 잤다.

손과 발이 꽁꽁 언 우리는 어느 누구의 아이도 아니었다.

우리는 자유로웠다.

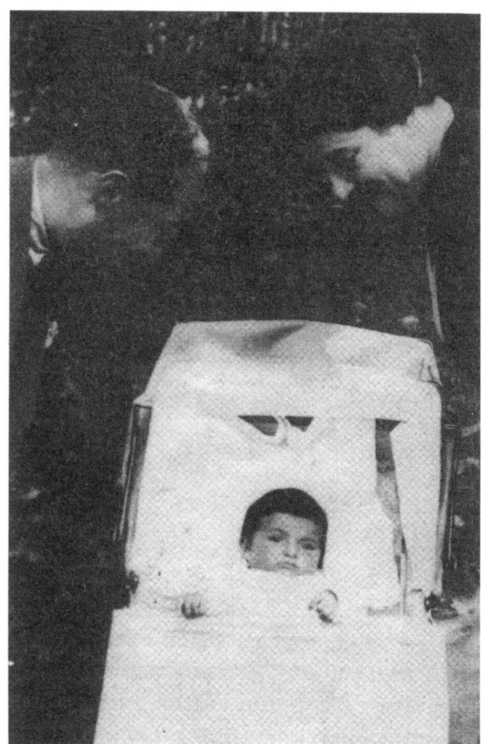

아빠와 엄마 그리고 유모차에 탄 나. 아마 생후 4~5개월쯤 되었을 때
이다. 크라코프, 1934.

오래 전 9월의 어느 날이었다. 나는 우리집 바깥 복도에 서서 독일군들이 도시로 행진해오는 모습을 보고 있었다. 군인들은 햇빛에 번쩍이는 헬멧을 쓰고 번쩍이는 부츠를 신고 총검을 번쩍이며 일제히 발을 맞춰 걸었다. 그들은 행진곡을 부르고 있었다. 하지만 건물 사이로 메아리치는 노랫말은 한 마디도 알아들을 수 없었다. 나는 유모 니아니아의 손을 꼭 잡고서, 군인들을 더 잘 보려고 사람들이 북적대는 복도의 난간 사이로 머리를 쑥 내밀었다. 그곳에는 엄마와 아빠 그리고 다른 사람들도 많이 있었다.

"님키, 님키(독일군이야, 독일군)."

니아니아가 중얼거리며 한숨을 내쉬었다.

"아니에요, 아니에요! 프랑스군이에요!"

다른 사람들이 외치는 소리도 났다.

"틀림없이 프랑스군일 거예요."

그 날은 따스하고 아름다운 날이었다. 하늘에는 음악 소리가 울려 퍼지고 뭔지 모를 기운이 맴돌고 있었다.

우리가 사는 커다란 아파트 뒤쪽은 네모난 안뜰과 마주하고 있었고, 이 복도는 다른 아파트로 이어지는 기다란 통로였다. 이따금 이웃인 하시드(탈무드의 계율을 지키며 신비주의를 신봉하는 정통파 유대인: 옮긴이)가 검은색 롱코트를 입고 가장자리에 가죽을 두른 둥근 접시 모양의 모자를 쓴 채 우리집 뒤쪽 창문을 지나 엘리베이터로 달려갔다. 하시드는 바람에 수염을 휘날리며 모퉁이를 돌아갔다. 그러면 니아니아는 "유대인들이란!" 하고 중얼거리며 못마땅해 했다.

아빠는 초콜릿 공장의 사장이었다. 하시드는 아니었지만 아침마다 머리에 작은 상자를 올려놓고 가죽 끈으로 두른 다음 하얀 숄을 쓰고 기도를 드렸다. 뒤쪽 발코니로 향하는 창문을 마주보고는 몸을 앞뒤로 흔들며 중얼중얼거렸다. 기도가 끝나면 끈을 풀어서 입을 맞춘 다음 다시 돌돌 말아, 머리에서 벗은 상자 안에 도로 넣었다. 그러고 나서 아빠는 다른 방에 들어가 흰 셔츠에 넥타이, 멋진 회색 정장을 우아하게 차려 입고 단추 구멍에 꽃을 꽂으며 밖으로 나왔다. 머리는 반지르르 깔끔하게 매만져져 있었다. 반짝반짝 윤이 나는 구두를 신었는데 때로는 발목 바로 위까지 오는 스팻을 신고 나왔다. 내게 일하러 갔다 오겠다며 입맞춤을 할 때 아빠에게서는 좋은 향기가 났다.

그러던 어느 날 아침, 아빠는 사라졌고 돌아오지 않았다. 전날 밤, 아빠가 내게 입을 맞출 때도 그렇게 될 줄은 몰랐다. 아빠의 구두를 찾아보았다. 하지만 아빠의 향기를 찾을 수가 없었고, 나는 엉엉 울었다.

아빠와 라파노프의 친척들. 아빠는 맨 오른쪽에 있다. 이것은 바 미쯔바(성인식) 시기 즈음 찍은 사진이다. (1945년 전의 모든 사진들은 엄마가 옷 솔기에 숨겼거나 아빠가 갖고 러시아로 갔기 때문에 남아 있다.)

그 해 시월의 어느 날 오후였다. 나는 열린 창문으로 안뜰을 내려다보고 있었다. 무슨 일인지 벌어지고 있었다. 처음부터 지켜본 게 아니라서 어떻게 그 일이 일어났는지 모른다.

"보지 마! 보지 말거라! 어서 창문에서 떨어져."

니아니아가 큰소리를 지르며 나를 창가에서 홱 끌어당겼다. 안뜰 시멘트 바닥에 무언가가 있었는데, 대여섯 사람이 빙 둘러싸고 있었다. 바닥으로 검은 액체가 서서히 스며드는 게 보였다. 정확히 무슨 일인지는 몰랐지만 그것이 무엇인지는 알고 있었다. 넘어져 머리를 부딪혔을 때 느꼈던 검은 냄새였다. 울음을 터트리기도 전에 끈끈하고 얼얼한 무언가가 내 머리 안쪽에서 흘러나와 입과 코로 왈칵 쏟아져 나왔던 바로 그것이었다.

안뜰 마당의 형체는 담요로 덮여 있었다. 담요의 가장자리는 부채꼴 모양으로 말쑥하게 펼쳐 있었다. 담요를 덮어 불룩한 곳 아래에서 검붉은 액체가 서서히 스며 나오며 웅덩이가 점점 더 커져 가고 있었다. 담요 아래로는 한쪽 발에서 벗겨진 굽 높은 구두 한 짝이 보일락 말락 했다. 그리고 그 냄새가 다시 내 뇌리에 박혔다.

니아니아가 커튼을 칠 때, 내가 사는 동유럽 도시의 지붕 위로 늦은 오후의 파란 하늘이 살포시 내려앉아 있었다.

잠시 뒤 다시 살짝 내다보았다. 날이 어두워지고 있었다. 더 이상 얼룩이 보이지 않았다. 땅바닥에는 담요도 없었다. 구두도 사라지고 없었다. 안뜰은 텅 비어 있었다. 아무것도 없었다.

2

1939년 겨울이었다. 밤에 나치가 총구를 천장을 향해 겨누며 우리 아파트에 들이닥쳤다. 니아니아는 동생과 나를 부엌으로 데리고 가서, 우리 손을 꼭 잡고 함께 있었다. 군화발이 이 방, 저 방을 휘젓고 다니는 소리가 났다. 엄마가 군인들에게 독어로 뭐라고 둘러대는 소리도 들렸다. 그 목소리는 전혀 겁먹은 소리가 아니었다. 어쩌면 독어가 무섭게 들리지 않았는지도 모른다. 하지만 도대체 무슨 말을 하는 건지 한마디도 알아들을 수 없었다. 고함소리도 나지 않았다. 군인들이 부엌까지 들어오는 게 아닐까 했지만 아무도 오지 않았다. 우리와 함께 다른 하녀 두 명도 조용히 있었다. 두 사람은 난로 옆에 뻣뻣이 서서 우리 쪽으로는 눈길 한번 보내지 않았다. 현관문이 열리는 소리가 나자마자 우리는 엄마에게 돌아갔다.

코트를 걸어놓는 커다란 옷장이 활짝 열려 있었다.

"내 모피 코트를 빼앗아 갔단다. 그리고 은식기도 몽땅 다 가져갔어."

엄마가 힘없이 말했다. 식당 장식장의 선반도 활짝 열린 채 텅

내가 태어났을 무렵, 크라코프의 엄마.

비어 있었다. 축일용 촛대와 멋진 은제 커피 주전자와 차 주전자도 사라지고 없었다. 과월절(기원전 13세기에 이스라엘 사람들의 조상이 이집트에서 탈출한 것을 기념하는 유대인의 축제일: 옮긴이) 축제 때 사용하는 그릇들이었다. 식당으로 들어가는 좁은 복도도 맨 바닥이 드러나 있었다. 한가운데에 달팽이 모양의 검붉은 곡선이 있고, 줄무늬와 가장자리 사이에 알록달록한 꽃 화관이 있는 아름다운 깔개인 킬림도 사라진 것이다. 엄마가 울먹였다.

"그래, 킬림도 빼앗아갔단다. 그저 둘둘 말아서 가져가 버리더구나."

세 살 된 남동생은 킬림이라는 말을 재미있어 했다. 나는 동생의 웃음소리가 듣고 싶을 때마다 "킬림 위에서 놀자."고 했다. 우리는 긴 깔개 위에서 왔다 갔다 구르며 놀았다. 동생은 쉴 새 없이 웃어 댔고, 나중엔 기침을 하면서 캑캑 숨을 몰아쉬기도 했다. 우리의 킬림이 놓여 있던 맨바닥에 그림자가 졌다. 먼지도 내려앉았다. 킬

(왼쪽) 카페에서 친구와 함께 한 아빠. 아마도 비엔나, 1933년.
(오른쪽) 자코파네에서 친구와 함께 스키를 타는 아빠.

림이 깔려 있지 않은 맨 바닥을 밟으니 공허한 발자국 소리가 울려 퍼졌다. 마치 바닥에 구멍이 난 것 같았다.

엄마가 계속해서 말했다.

"보석을 내놓으라고 해서 없다고 했어. 그런데 그 말을 믿더구나. 왜 그랬을까?"

나치는 순식간에 말끔하게 일을 마쳤다. 아파트는 텅 비어 보였다. 하지만 강도들이 침입했던 것 같지는 않았다. 엄마가 한숨을 쉬었다.

"틀림없이 또 올 거야."

내가 물었다.

"타투스는 어디 갔어? 왜 우리 곁을 떠났어?"

"아빠는 떠날 수밖에 없었단다. 유대인 남자들은 나치에게 해를 당할 위험이 여자나 아이들보다 훨씬 더 크거든."

"그럼 이제 아빠 안전해?"

나는 울기 시작했다. 아빠가 몹시 보고 싶었다. 특별한 일요일에
는 모자를 쓰고 장갑을 끼고 아빠와 둘이서 빵집까지 갔는데, 그
날들이 무척 그리웠다. 아빠의 전화도 그리웠다. 수화기 속의 아빠
는 항상 "세르부스(안녕), 하누시우." 하고 인사하였다.

"그럼, 그럼. 아빤 안전하단다."

엄마의 목소리는 피곤하고 짜증난 듯 들렸다. 아빠가 안전하다
는 사실을 엄마는 어떻게 알았을까? 아빠한테 들은 소식을 비밀로
하는 걸까?

엄마는 유대인이 아님을 증명하는 위조 서류를 갖고 있었다. 위
조 서류를 만드는 사람에게서 가짜 신분증을 산 것이다. 그래서 노
란별을 달지 않고 일할 수 있었다. 엄마 사진과 그 아래 낯선 이름
이 있으며, 인장과 인지가 붙어 있는 그 서류는 진짜처럼 보였다.

우리는 아빠의 편지를 기다렸지만 한 통도 오지 않았다. 날마다
새로운 소문이 돌았다. 거리 끝자락에 있는 철로 위의 붉은 양철
신호기처럼 위험을 알리는 경고였다. 어느 날 아침엔 하녀 둘이 작
별 인사나 아무런 설명도 없이 밤 사이에 도망가 버렸다. 솥단지
몇 개와 남은 그릇들 중 많은 것을 갖고 사라졌다.

엄마가 한숨을 쉬었다.

"왜 그랬을까? 우리가 잘 대해주지 않았나?"

니아니아가 대답했다.

"그 여자들은 유대인들과 함께 있는 게 안전하지 않다는 걸 안
거예요."

니아니아는 유대인들이 예수님을 고문하고 죽였다며 싸잡아 비

크라코프의 내 침대 위쪽에 걸려 있던 천사의 그림. 나는 몇 년 동안 마음속에 이 그림을 간직하고 있었다. 뉴욕에서 만난 가톨릭 신자가 내 설명을 듣고 이 그림을 생각해냈다. 그러고는 이 그림을 빌려주었다. 나는 사진을 찍어서 액자로 만들었다.

난했다. 하시드를 싫어했을 뿐만 아니라 온 가족이 모여서 즐기는 정결한 요리를 보고도 콧방귀를 꼈다. 부엌에서 니아니아는 베이컨 고기 조각을 요리하기 위해 특별히 작은 팬을 썼다. 나는 니아니아가 직접 요리하면서 탁탁거리며 풍기는 냄새를 사랑했다. 니아니아는 만든 음식을 언제나 나와 동생과 함께 나누어 먹었다.

엄마와 아빠는 가톨릭 물건 때문에 니아니아와 말다툼을 벌였다. 한번은 니아니아가 떠났던 때도 있었다. 새 유모가 왔다. 나는 새 유모가 나를 만지고 목욕하면서 물을 끼얹는 방식이 싫었다. 새 유모는 나의 니아니아가 아니었다. 내가 어찌나 심하게 비명을 내지르며 울어댔던지 엄마와 아빠가 놀랐다. 그리고 니아니아가 다시 돌아왔다.

부모님은 니아니아가 하는 대로 내버려두어야 했다. 내 침대 위에는 니아니아가 걸어놓은 그림이 있었다. 위험한 계곡에 걸려 있는 외나무다리를 건너는 두 아이를 천사가 안내하는 그림이었다. 12월 6일 성 니콜라스 축일에 동생과 나는 베개 밑에서 성인 모습의 생강 쿠키를 찾아냈다. 니아니아는 화려한 종잇조각으로 화관 만드는 법도 가르쳐주었다. 아름다운 종이 천사와 밝게 빛나는 공도 사주었다. 니아니아는 아빠를 설득해서 황금 줄로 매다는 특별한 초콜릿도 몇 개 가져왔다. 크리스마스 아침, 잠이 깬 우리는 우리를 기다리는 마술 같은 모습의 크리스마스트리를 보았다.

모두들 우리 곁을 떠났을 때도 니아니아는 우리와 함께 있는 것을 두려워하지 않았다. 아마도 우리를 특별한 유대인으로 선택한 듯했다.

어느 날 오후에 엄마가 울면서 집에 왔다. 킬림을 놓았던 텅 빈 마루 한 가운데 서서 엉엉 울었다. 어른이 그렇게 서럽게 우는 모습을 본 건 생전 처음이었다.

"독일군들이 그들을 데려갔단다. 그들이 유형 당했어. 어머니와 아버지가 끌려갔다고. 그리고 여동생도……."

엄마의 여동생. 가끔 우리집에 와서 함께 지냈던 이모였다. 이모는 내게 책을 읽어주었다. 이제 어른들의 속삭임 속에서 유형 당했다느니 추방되었다느니 강제수용소라느니 하는 말이 자주 들려왔다. 그리고 일제 소거라는 말도. 어딘가에 끔찍한 장소가 있는 게

나에게 책을 읽어주곤 했던 이모. 1930년대 초.

틀림없었다. 빛이 들지 않는 황폐한 곳. 잎이 없는 나무들이 있고
파란 하늘도 보이지 않는 곳. 이러한 말들이 진짜가 되어 현실이
된 곳 말이다.

　외할아버지, 외할머니 그리고 이모가 유형 당하기 얼마 전, 니아
니아는 외할머니와 함께 공원 벤치에 앉아 있었다. 나무는 잎을 잃
어가고, 니아니아는 매연 냄새 때문에 머리가 아프다고 불평했다.
그때 외할머니가 내게 뭐라고 말하고 있었던 것 같다. 나는 외할머
니 윗입술에 돋아난 종기를 바라보느라 정신이 없어 전혀 들리지
않았다. 외할머니가 말을 할 때마다 입술 가장자리에 난 가늘고 메
마른 푸르스름한 선이 벌어졌다 오므라졌다 했다. 스웨터의 단추
구멍 두 개가 열려 있었다. 그런데 단추 하나는 없었다.

　유형이 끝나면 외할머니가 돌아올까? 다시 외할머니를 만나게
되면 입술의 갈라진 상처는 다 나았을까? 그리고 이모는 어떻게

될까? 나의 이모. 언제쯤 유형에서 돌아와 다시 내게 책을 읽어줄까? 외할아버지는 키가 크고 엄격한 분으로, 한 번도 친절한 적이 없었다. 내게 말을 많이 하지도 많이 놀아주지도 않았다. 엄마는 침대 옆 테이블 위에 외할아버지 사진을 놓아두었다. 사진 속 외할아버지는 젊은 남자였다. 외할아버지는 챙을 두른 사각모자를 조심스럽게 기울여 머리에 쓰고 있었다. 한쪽 손은 폴란드 군복 웃옷 주머니에 고집스럽게 찔러 넣고 있었다. 아마도 외할아버지가 다시 군인이 될까봐 유형 당했을지도 모른다. 외할아버지가 나치와 싸워서 나치를 물리칠 수도 있을지 모르니까. 도무지 이해가 되지 않았다. 외가 식구들이 '유형' 되어 쫓겨났다는 사실이 정확히 무슨 말인지 물어보기도 두려웠다. 다만 엉엉 우는 엄마를 보고 정말 깜짝 놀랐다. 아빠가 사라진 어느 날 아침에 서럽게 울던 나처럼 엄마는 울고 있었다.

엄마와 니아니아는 나와 동생에게 도시는 더 이상 안전한 곳이 아니라고 결정했다. 시골이 나치의 위험이 훨씬 적다는 소문이 있었다. 위조 서류가 있어서 엄마는 크라코프에서 그럭저럭 지낼 수 있었다. 하지만 우리는 위험이 지나갈 때까지 도시에서 멀리 떨어져 있어야 했다. 아빠가 돌아올 때까지. 전쟁이 끝날 때까지. 아마 그리 오래 지내지 않아도 될 것이다.

니아니아와 우리는 전쟁이 일어나기 전 여름철이면 잠깐씩 지냈던 라파노프 마을로 갔다. 아빠 친척이 사는 그곳에 버스를 타고 갔다. 친척은 마을 광장에 있는 맥주 가게 주인이었다.

그곳에는 바브시아 할머니가 있었다. 할머니는 휠체어에서 일어나는 법이 없었고, 언제나 머리 한가운데 가르마를 타고 있어 이상하게 보였다. 할머니는 오줌 베일로 감싸여 있는지 할머니 주변에선 늘 오줌 냄새가 났다. 게다가 한마디도 제대로 알아듣지 못하는 말을 늘 중얼거렸다. 할머니가 심술궂은지 아니면 친절한지도 몰랐다. 이상한 머리 모양에 검은 드레스를 입혀 속을 채워 넣은 두

라파노프의 할아버지와 할머니. 여자는 바브시아 할머니
이다. 할아버지는 내가 태어난 직후에 돌아가셨기 때문
에 전혀 몰랐다.

루 뭉실한 인형 같았다. 할머니 곁에 있어야 하거나 그의 생기 없
는 뺨에 뽀뽀를 하라고 할 때마다 나는 꾹 숨을 참아야 했다. 날마
다 렐리아 아줌마가 윙윙거리는 기계로 할머니에게 마사지를 해
주었다.

"여기예요, 여기, 어머니. 괜찮아질 거예요."

렐리아 아줌마가 할머니를 달랬다.

나는 맥주 가게의 코를 톡 쏘는 진한 냄새가 좋았다. 맥주잔을
받치고 있는 둥근 쟁반도 참 예뻤다. 쟁반에는 폴란드 왕들의 그림
과 맥주 이름이 있었다. 쟁반은 많은 세월 동안 써온 것이라 옛 맥
주의 냄새가 쟁반 안에 영원히 배어 있었다. 맥주 가게에는 지하실
도 있었다. 밖이 무더울 때도 그곳은 서늘했다. 혼자 있게 될 때마
다, 나는 부서질 것 같은 나무 계단을 몰래 내려가서 축축한 냉기
속으로 숨어들었다. 그곳에서 흙냄새를 들이마시며 나무 틀 안에

서 희미하게 빛나는 병들을 세어보았다.

집 근처에는 진흙 강이 있었다. 강이 넘치면 집 뒤의 초원은 늪으로 변했다. 하지만 강물이 잔잔히 흐를 때, 니아니아는 가끔 우리를 데리고 강가로 가서 놀았다. 우리는 양동이로 작은 물고기를 퍼 담았다. 작은 물고기들과 오래 놀고 싶었지만 이내 허연 아픈 배를 드러내며 몽땅 다 죽어버렸다.

마당에는 닭들이 끊임없이 무언가를 쪼아댔다. 때때로 열두 살쯤 된 사촌이 닭을 쫓아 다녔다. 사촌은 날개를 푸드득거리며 꼬꼬댁 외쳐대는 닭을 잡아서 양다리를 잡고 나무 그루터기에 힘껏 내리쳤다. 단 한 방의 도끼질로 닭의 모가지를 잘라내기도 했다. 목이 잘린 닭은 한동안 주위를 폴짝폴짝 뛰어다녔다. 사촌이 닭을 부엌으로 가져갈 때 닭 모가지에서 흐른 핏방울들이 선명한 자국을 남겼다.

초원에는 소가 있었는데, 강이 넘쳐 진창이 됐을 때도 소는 그곳에서 지냈다. 동상처럼 꼼짝 않고 서서 이따금 꼬리만 찰싹거렸다. 염소는 마당 기둥에 묶여 있었다. 나는 밧줄이 닿지 않는 멀찌감치에 서서 바라보았다.

꽃을 따는 것도 재미있었다. 니아니아는 머리에 두를 화환을 짜는 방법을 가르쳐주었다. 초원과 숲에서 산딸기를 따는 것도 좋아했다. 그곳 언저리를 죽 훑으며 딸기를 하나씩 따서 넣을 때, 컵이나 바구니가 묵직해져 가는 느낌이 썩 좋았다.

광장에서는 이따금 농부들이 여는 장이 섰다. 사방팔방에서 온 돼지들과 양들이 있었다. 큼지막한 양배추와 사탕무와 오이가 가

맥주집 계단에 서 있는 라파노프의 가족.
1938년~1939년.

득 든, 알싸하고 시큼한 냄새가 나는 큰 통들도 있었다. 그리고 해바라기들도. 나는 묵직하고 속이 꽉 찬 씨앗이 가득 들어 있는 해바라기가 좋았다. 장에는 반짝이는 주석을 망치질해서 만든 단지와 팬들도 있었다. 나무 조각 장난감들도 있었다. 아주 어렸을 때 니아니아는 나무로 만든 장난감을 사다 주었다. 병아리를 매단 접시로 손잡이 아래 매달린 끈에는 공이 달려 있었다. 손잡이를 돌리면 병아리가 콕콕 바닥을 쪼아댔다. 정말 재미있는 장난감이었다. 하지만 그 장난감은 크라코프에서 가져 오지 못했다.

이따금 특별한 성인의 축일이 오면 마을 광장에서는 행진이 있었다. 어린 여자아이들이 앞서 걸어가며 꽃잎을 뿌렸다. 그 뒤를 이어 긴 옷을 입은 신부들이 성수를 뿌렸다. 성모 마리아나 성인의 동상이 강단으로 옮겨졌다. 성당에서 미사를 드린 뒤에 광장에선

춤 파티가 열렸다. 아코디언 연주자가 마주르카나 크라코비아크를 연주했다. 남자들이 뒤꿈치를 툭툭 찼다. 여자들은 빙그르르 돌았다. 나는 여자들이 입은 옷을 사랑했다. 빨간색 장미꽃과 분홍색 장미꽃, 초록색 잎들을 화사하게 그려놓은 풍성한 스커트와 한껏 부풀린 소매가 있는 하얀색 레이스 블라우스. 게다가 햇빛에 반사되면 눈이 부신 스팽클로 자수를 놓은 조끼까지 입고 있었다. 어깨에서는 리본 숲이 물결을 이루며 나부꼈다.

나는 전쟁이 일어나기 전에도 흥겨운 축제를 물끄러미 바라보기만 했다. 그 사람들은 가톨릭 신자들이었고 축제는 폴란드인의 축제였다. 유대인 여자아이는 그 원 안에 끼여들 수가 없었다.

라파노프에서의 생활은 나치가 오기 전의 여름과 많이 다르지 않았다. 우리가 얼마나 오랫동안 머물러야 할지 기약이 없다는 사실을 빼고 말이다. 나는 도시가 그리웠다.

전쟁이 일어난 이듬해 여름이 끝날 무렵, 내 다리는 온통 끔찍한 뾰루지로 뒤덮였다. 자그마한 붉은 점이 돋아나 점점 부풀어 오르더니 허연 고름이 가득 찬 종기가 되었다.

"저 버섯을 따면 안 된다고 누누이 일렀건만."

니아니아는 몹시 화를 냈다. 왜 버섯을 땄기 때문에 종기가 났다고 생각하는지 정말 알 수 없었다. 부엌에서 누군가가 그 버섯을 요리했지만 나는 입도 대지 않았다. 온 다리가 종기로 뒤덮인 것은 완전히 내 잘못이었다. 니아니아는 삼베 자루에서 하얀 가루를 꺼내어 내 다리에 계속 발라주었다. 또 따스한 물을 가득 넣은 양동이에 두 다리를 푹 담그고 있게 했다. 나는 종기 한가운데 구멍을 찔러보고 싶은 마음을 억누를 수 없었다. 허연 고름이 흘러나오자 피부가 쪼글쪼글해졌다. 몹시 가려웠다. 나는 한동안 종기를 달고 실의에 빠진 채 지내야 했다. 정말 창피했다.

가을이 오고 끝없이 우울한 날이 이어졌다. 계속 비가 내렸다. 성인의 날 행렬이 지나갈 때 성모 마리아 동상에는 삼베 자루가 덮여 있었다. 검은 숄과 코트 아래로 리본과 축제 의상이 설핏 보였다. 광장에서는 아코디언 연주 소리도 울리지 않고 댄스파티도 열리지 않았다. 다시 마을에 장이 섰다. 사람들이 두꺼운 판지 조각과 깔개 아래로 모여들었다. 니아니아는 엄마가 우리에게 돈을 보낼 거라고 말했다. 우리는 하루 종일 창가에 앉아서 아무것도 살 수 없는 쓸쓸한 시장을 바라보았다. 엄마가 오기만을 기다리고 또 기다렸다. 엄마는 오지 않았다. 엄마가 걱정되지는 않았지만, 우리에게 돈 좀 보내주었으면 좋겠다고 생각했다.

니아니아에게 두통이 생겼다. 우리는 두통 약 가루를 가져다주었다. 가루약은 기름종이로 네모나게 싸여져 수탉 그림이 있는 작은 봉투 안에 둘둘 말려 있었다. 가루는 코구트키(작은 수탉)이라고 불렀다. 니아니아가 잠이 들었다. 동생과 나는 몰래 밖으로 나와 슬픈 표정으로 가판대에 서 있는 농부들 사이를 휘젓고 다녔다. 시든 양배추와 사탕무가 가판대에서 축 늘어져 있었다. 그러다가 어떤 가판대 아래에 떨어져 있는 사과를 주워들고 집으로 후닥닥 달려가서 먹어치웠다.

첫눈이 내릴 무렵 니아니아는 고향에 계신 어머니가 아프다는 소식을 들었다.

"어머니에게 가고 싶구나. 그런데 너희들을 두고 갈 수가 없어."

니아니아가 울부짖으며 화를 냈다.

"왜 내가 너희 유대인들하고 여기 있어야 하지?"

하지만 곧바로 자신이 내뱉은 말을 후회하며 우리를 홱 끌어다가 꼭 부둥켜안고 입을 맞추었다.

"불쌍한 녀석들. 아이고, 불쌍한 녀석들. 성모 마리아님, 이 아이들을 보살펴 주세요."

어느 날 아침에 잠을 깬 니아니아는 온몸을 흔들며 울부짖었다. 꿈속에서 어머니가 자신을 불렀다고 했다. 니아니아의 어머니가 '빨리 오너라, 빨리.' 하고 신음하면서 깊게 파 놓은 무덤 속에서 손을 내밀었다고 했다. 니아니아가 나지막이 속삭였다.

"어머니가 내 손을 잡고는 계속 끌어당겼단다!"

니아니아는 그 꿈이 나쁜 징조라는 것을 알았다.

"어머니가 무덤에서 날 부르고 있어. 너무 무섭구나."

니아니아가 그 꿈을 꾼 뒤 얼마 지나지 않아 어머니가 돌아가셨다는 소식이 왔다.

니아니아는 자신이 우리에게 묶여 있는 것에 대해 화를 냈다. 니아니아가 어머니의 장례식에 갈 수 없는 것은 순전히 우리 잘못이었다. 유대인인 바로 우리의 잘못이었다.

드디어 엄마가 라파노프에 왔다. 돈을 조금 가져왔다. 엄마는 그동안 암시장에 물건을 내다 팔면서 크라코프에 살고 있었다. 지금까지 위조 서류가 엄마를 안전하게 지켜주었던 것이다. 두 외삼촌과 외숙모들은 유형 당했다. 도시에 남아 있는 유대인들은 게토에서 지내고 있었다. 사무엘 외삼촌과 벨라 외숙모와 사촌언니 라이사가 그곳에서 살고 있었다. 아빠의 소식을 들은 사람은 아무도 없었다.

어느새 라파노프의 친척들이 더 이상 맥주 가게를 꾸릴 수 없는 날이 왔다. 대신 폴란드 농부들이 나치의 시중을 드는 책임을 떠맡았다. 렐리아 아줌마는 여전히 전기 기계로 할머니에게 마사지를 해주었다. 니아니아의 두통은 변함이 없었다. 그저 창가에 앉아 황량한 풍경을 내다보면서, 애처롭게 한숨을 내쉬다가 자꾸 울기만 했다.

내가 유모에게 물었다.

"다시는 크라코프에 갈 수 없어?"

나는 생각에 잠기는 것을 좋아했던 도시아이였던 것 같다. 황량한 이곳을 벗어난 아빠는 넥타이를 매고 장갑을 끼고 우아한 모자를 쓴, 멋지게 잘 차려입은 신사가 되었을까. 아무튼 아빠는 진흙 들판과 투박한 친척들에게서 벗어났다. 우리에게서도 사라졌다. 그리고 우리는 몇 년 전에 피서 왔던 이곳에 갇혀 있었다.

크리스마스가 왔다.

"너무 피곤해서 너희 유대인 친척들과 싸울 기력도 없단다."

니아니아가 투덜거렸다. 크리스마스에 니아니아는 혼자서 성당에 갔고, 우리에게는 크리스마스트리도 없었다. 니아니아가 위로했다.

“다시 트리를 갖게 될 거다, 알겠니? 다음 크리스마스에는 전쟁이 끝날 테니까.”

겨울이 지났다. 눈이 녹고 있었다. 다시 과월절이 왔다. 이제는 과월절 축제를 열 수가 없었다. 베르보텐은 줄기차게 들어온 독어였다. 금지라는 뜻의 말이었다. 하지만 마을의 유대인들은 몰래 축제를 준비했다. 이미 무교병(과월절에 유대인들이 누룩을 넣지 않고 밀가루만으로 만든 빵: 옮긴이)도 구워 놓았다.

어느 날 저녁 늦게 폴란드 사람이 집으로 찾아와서 친척들에게 경고했다.

“독일군들이 유대인 집을 뒤질 거니까 조심하세요.”

렐리아 아줌마가 아침에 내게 말했다.

“넌 다 큰 용감한 여장부지. 무교병이 들키지 않게 네가 우리를 도와줄 수 있을 거다.”

니아니아는 화를 냈다. 왜 그렇게 무교병이 중요한지 이해할 수 없었던 것이다. 이해할 수 없는 건 나도 마찬가지였다. 니아니아는 ‘유대인들이라니…….’ 하며 핀잔을 놓았다. 렐리아 아줌마는 그 말을 무시했다.

나에게는 인형 마차가 있었다. 크고 속이 깊은 마차였다. 렐리아 아줌마는 밤에 미리 구워서 하얀 천으로 싸놓은 무교병을 가져왔다. 그러고는 인형 마차에 차곡차곡 쌓았다. 맨 꼭대기에 인형을 올려놓은 다음 두꺼운 담요로 감쪽같이 덮어 버렸다. 그 날은 춥고 눅눅했다. 나는 따뜻하게 온몸을 감쌌다. 부츠와 코트, 귀까지 내려오는 모자와 목을 둘둘 말고 입까지 감싼 목도리가 몹시 답답했다.

나보고 밖으로 나가서 들판을 걷다오라고 했다. 몇 걸음을 걸을 때마다 인형 마차 바퀴가 진흙 속에 푹푹 빠졌다. 마차가 넘어져서 무교병이 몽땅 쏟아질까 봐 걱정됐다. 조심하려고 애를 썼다. 하지만 지나치게 조심하다보면 의심스럽게 보일 수도 있었다. 털목도리가 몹시 따끔거렸다.

등 뒤에서 집에서 나오는 독일군의 목소리가 들렸다. 위협적인 소리는 아니었다. 다만 괴롭힘을 당하는 사람들보다 자신들이 더 강하다는 사실을 아는 깡패들이 내는 소리 같았다. 군인들이 점점 더 가까이 다가왔다. 그래도 나는 걸음을 멈추지 않고 마차를 끌고 갔다. 아기를 살살 흔들어 재우려는 엄마처럼 노래까지 불러댔다. 독일군 두 사람이 내 등 뒤로 다가왔다.

한 군인이 마차를 가리키며 물었다.

"바스 하스트 두 다!"

나는 그 말뜻을 생각해 보았다. 그러다가 그 군인에게 살짝 미소를 지으며 폴란드어로 대답했다.

"토 사 모예 랄키(내 인형들이에요)."

젊고 잘생긴 군인들이었다. 매부리코에 눈이 축 쳐진, 닭을 잡던 사촌보다 훨씬 멋져 보였다. 이따금 못생긴 렐리아 아줌마를 찾아오던, 곱슬머리에 검은 모자를 쓴, 키 작은 땀투성이 남자보다는 훨씬 잘생겼다. 하지만 독일군을 그냥 사람으로 여길 수는 없었다. 그들을 군복과 검은 장갑을 낀 손과 총과 따로 떼어놓을 수 없었다.

마차 안에 무엇이 있냐고 물었던 나치가 장갑 낀 손을 내게 내밀었다. 잠시 뒤면 나치가 담요 아래를 찔러볼 것이다. 장갑 낀 손으로. 소총으로. 곧 무교병을 발견할 것이다! 그럼 나는 어떻게 될까?

그가 헛웃음을 지으며 내민 손을 허공에 휘휘 내저었다. 그 손으로 내 머리를 쓰다듬으려고 했던 것 같았다. 다른 나치가 소총 손잡이를 고쳐 잡고 돌아섰다. 그도 손을 옆구리로 내렸다. 그 다음 들판을 가로질러 의심스런 유대인 집으로 가는 동료를 서둘러 따라갔다.

정말 나를 믿은 걸까? 일곱 살 여자아이가 이리저리 어슬렁거리며, 즐겁게 산책하는 척하면서 진흙 벌판으로 마차를 몰고 가는 까닭이 궁금하지 않았을까?

나는 니아니아가 데리러 올 때까지 계속해서 왔다 갔다 했다. 이윽고 니아니아가 잽싸게 옆문으로 나와서 짐 꾸러미와 나를 집 안으로 데려갔다. 렐리아 아줌마가 내 인형 마차에서 비밀의 무교병을 가져갔다. 이제 무교병에 무슨 일이 일어나던지 나는 상관없었다. 내게서 무교병을 가져가서 안심이 됐다. 니아니아와 함께 있게 되어 행복했다.

우리가 이웃 마을에 사는 소몰이꾼들의 소문을 들은 것은 과월절이 지난 지 얼마 안 됐을 때였다. 소문은 크라코프에 돌았던 소문과 같았다. 니아니아가 걱정을 했다.

"곧 저들이 라파노프의 유대인들을 추방시킬 거라는구나."

니아니아가 말을 이었다.

"내 고향에 가자. 우리 어머니 집에서 살자구나."

니아니아는 몇 년 동안 고향에 가보지 못했다. 그 마을에는 유대인이 없었다.

누군가가 우리를 의심하고 신고한다면, 우리 남매가 유대인인지 아닌지 알아내기는 식은 죽 먹기였다. 할례는 유대인 남자아이들만이 받았기 때문이다. 그 순간부터 니아니아는 동생이 여장을 하는 게 더 안전하다고 결정했다.

그 뒤로 나는 두 번 다시 라파노프의 친척들을 보지 못했다.

4

우리는 크라코프의 변두리 정류장까지 버스를 타고 갔다. 니아니아는 그 전에 엄마와 만났다. 두 사람은 시내 중심가에서 멀리 떨어진 곳에서 만나는 게 안전할 거라고 여겼다. 나는 크라코프로 돌아갈 수 있기를 진심으로 바랐다. 우리 아파트로 돌아가기를. 창문 옆으로 달려가는 하시드가 보고 싶을 정도였다. 지금 그 아저씨는 어디 있을까? 타투스는 어디에 있을까?

엄마는 버스 정류장에서 우리를 기다리고 있었다. 위급할 때 니아니아가 다른 물건과 바꿔 쓸 수 있도록 아마 천 꾸러미를 갖고 왔다. 우리 네 사람은 근처 기차역을 향해 걸었다. 엄마는 우리와 함께 기차를 기다리다가 작별하기로 했다. 니아니아와 우리는 기차를 타고 니아니아의 고향으로 가기로 했다.

앞쪽에 우리와 같은 방향으로 나치 군대가 가고 있었다. 엄마가 걸음을 멈추었다. 엄마의 얼굴이 공포에 질려 있었다. 니아니아가 귓속말을 했다.

"멈추지 말아요! 계속 걸어요! 계속 걸어가요!"

외할머니와 외할아버지가 살았던 아파트 뒤쪽. 크라코프, 1930년대 초.

우리는 시 외곽의 조용하고 좁은 거리에 있었다. 바람이 앞에 있는 독일군의 귀로 우리가 속삭이는 소리를 곧장 싣고 갈 수 있기 때문에, 아무 말도 하지 않고 있던 참이었다. 니아니아가 우리에게 두 건물 사이의 좁은 골목으로 들어가라고 손짓했다. 우리 셋은 니아니아와 보조를 맞추어 걸어갔다. 골목 끝은 텅 빈 공터였다.

저 멀리 기차역이 보였다. 건물들 때문에 보이지 않았던 화차들이 죽 늘어서 있는 게 보였다. 나치에 둘러싸여 이리저리 어슬렁거리는 사람들의 모습도 보였다. 이따금 개 짖는 소리도 들려왔다. 사람 목소리는 들리지 않았다. 사람들이 화차에 올라타고 있었다.

예전에 니아니아가 말했던 게 기억났다.

"저건 사람들이 타는 기차가 아니란다. 소와 돼지와 야채를 실어 나르는 화차야."

그래서 내가 물었다.

"뭐 하는 거야?"

엄마가 벽에 등을 기대며 주의를 주었다.

"쉿. 말하지도 말고 묻지도 말거라."

니아니아가 대답했다.

"저건 유대인들을 실어 나르는 기차란다."

엄마가 울기 시작했다. 전쟁 전에는 아이들만 우는 줄 알았다. 그런데 이제는 어른들도 느닷없이 울음을 터트렸다.

"아빠는 네게 작별 키스를 하면서 울고 또 울었단다, 하누시우."

아빠가 떠나기 싫어했다며 엄마는 나를 달랬다. 아빠가 우는 모습을 머릿속으로 그려보고 싶지 않았다. 대신 나치가 크라코프를 점령하고 얼마 지나지 않았을 때, 엄마가 집에 돌아와서 외할머니, 외할아버지와 이모가 추방당했다고 울면서 말했던 그 날이 떠올랐다. 외갓집 식구들도 가축 운반 열차에 태워졌다면, 멀리서나마 볼 수 있었을까? 저것이 바로 강제 유형이라는 것일까?

골목 안 건물에는 사람이 살고 있지 않았다. 니아니아가 문을 열자 우리는 살짝 안으로 들어갔다. 현관의 먼지투성이 마루에 멈춰 섰다. 온 사방의 문들이 휑뎅그렁한 방 안쪽으로 열려 있었다. 어디에도 가구 하나 남아 있지 않았다. 거미줄과 죽은 파리들이 덕지덕지 붙어있는 끈끈이 하나가 천장에 매달려 있을 뿐이었다. 부서지고 벽지가 떨어져 나간 벽에는 찢어진 포스터가 달랑달랑 붙어 있었다.

우리는 창문가에 서서 기차역을 바라보았다. 한꺼번에 대여섯 사람이 화차 안으로 올라가려고 애쓰고 있었다. 화차가 꽉 찼을 때는 오후 중반이었다. 선로에 남은 사람이 하나도 없자 나치가 나무문에 빗장을 가로질렀다. 그러고는 개들과 함께 기관차 바로 뒤쪽에 있는 일반 객차에 탔다. 기차가 움직이기 시작했다. 기차가 떠난 뒤에도 한줄기 연기가 공중을 맴돌며 꾸물거렸다.

"이제 가도 될 거 같아요."

니아니아가 말했다. 우리는 보따리를 집어 들고 걷기 시작했다. 역 주변은 조용하고 황량했다.

"기차가 안 오면 어떻게 해? 그럼 크라코프로 돌아갈 거야?"

나는 피곤하고 배도 고팠다.

"아까 있었던 텅 빈 집에서 살면 안 돼?"

동생이 이렇게 물었다.

"너희 둘 다 조용히 해라."

니아니아가 주의를 주었다. 엄마는 한숨만 내쉴 뿐 한마디도 하지 않았다.

대합실에는 우리뿐이었다. 나는 기차가 안 오길 바랐다. 크라코프로 돌아가기만 바랐다. 그때 보통 모자를 쓰고 제복을 입은 역장이 들어왔다.

"기차는 곧 올 겁니다."

역장이 웃으면서 말했다. 두 여인네와 어린아이들이 걱정 없이 즐거운 여행을 할 거라고 위로하려는 듯했다. 가고 싶은 곳에 가게 될 거라는 듯이 말이다.

"어쩔 수 없이 기차가 지연될 때가 종종 있습니다. 시간표대로 운행하는 걸 방해받지 않으면 좋겠지요. 독일군이 화차에 짐을 싣는 날에는 여객 열차의 차장에게 경고 전보를 보냅니다. 그러면 차장은 화차가 떠날 때까지 열차의 속력을 늦추거나 아니면 역에서 10에서 15킬로미터 떨어진 곳에서 완전히 멈춰 서서 기다린답니다.”

“그거 참 재치 있는 조치군요.”

니아니아가 고개를 끄덕였다. 엄마도 뭐라고 나지막이 중얼거렸다. 이윽고 역장은 우리 곁을 떠나 밖으로 나갔다. 우리는 서로 아무 말도 나누지 않았다.

몇 분 지나자 멀리서 기적 소리가 들렸다. 곧이어 매연 냄새도 풍겨왔다. 철로에서 덜컹덜컹 절거덕절거덕 소리도 났다.

“이제 너희들과 작별을 해야겠구나. 난 걸어서 크라코프로 돌아갈 거다.”

엄마가 말을 하고 나서 우리는 급하게 부둥켜안았다.

기차가 멈추자마자 니아니아는 보따리를 주섬주섬 챙겼다. 우리는 기차에 올랐다. 객실 안은 텅 비어 있었다. 역장이 초록색 깃발을 들어 우리를 향해 흔들었다. 우리는 역에서 멀어지기 시작했다. 기차가 방향을 바꾸기 위해 다른 궤도로 들어설 때 나는 엄마를 보았다. 멀리 작은, 아주 작은 점이 도시를 향해 황급히 걸어가고 있었다.

나는 기차를 타고 달리는 것이 마냥 신이 났다. 직직 소리 나는 갈색 의자 덮개가 내 허벅지와 장딴지를 간질였다. 이 아슬아슬한 때에 생전 처음 가보는 곳을 향하고 있는데도, 바퀴가 돌아가기 시작하자 내 몸이 갑자기 가벼워져 붕 떨어져 나가는 느낌이었다. 그 날 하루의 두려움과 위험은 사르르 녹아서 흐릿한 오후 하늘을 향해 뻗은 신록의 나뭇가지 속으로 흘러들었다. 니아니아의 무릎을 베고 누운 동생의 금발 곱슬머리를 가만히 바라보았다. 내가 입던 치마와 블라우스를 입은 동생은 참 예뻐 보였다. 나는 덜덜 흔들리는 유리창에 이마를 댔다. 기차가 가만히 서 있는 모습과 소와 양들로 점점이 박힌 고랑 진 들판이 건너편 창에 비춰져 계속 돌아가는 영화 같았다.

"다 왔단다!"
니아니아가 내 어깨를 흔들었다. 깜빡 잠들었었나 보다. 기차에서 내리니 날이 어두워져 있었다. 역에는 우리뿐이었다.
"집까지 걸어가야 한다."
니아니아가 이렇게 말하고는 가방과 보따리 하나를 집어들었다. 동생과 나도 작은 보따리를 들었다. 우리는 니아니아의 양쪽 옆에 서서 컴컴한 길을 따라 걷기 시작했다. 얼마나 먼 길을 가야 하는지 묻고 싶지 않았다. 길을 밝혀주는 달빛 하나 없었지만 하늘에는 별들이 가득했다. 나는 무섭지 않았다. 피곤하지도 않았다. 부드러운 공기에 여름이 다가오는 기운이 느껴졌다. 어둠에 살포시 싸여서 니아니아와 동생과 함께 안전하게 이곳에서 지낼 수 있게 해달라고 빌었다. 독일군이 물러갈 때까지. 아빠가 돌아오는 그 날까지.
우리는 희미하게 등잔불을 켠 집과 창문 환히 초를 켜 놓은 집들을 띄엄띄엄 지나쳤다. 대부분의 집들이 편평한 들판과 어둠침침한 하늘에 그려진 거무스름한 덩어리 같았다. 이 집들 중에서 나치가 살고 있는 집이 있을까? 사방이 몹시 고요했다. 나치가 있는 곳은 어디든지 언제나 고함소리가 있었다. 오랫동안 걸어갔지만 내내 사람 하나 마주치지 않았다.

"저기가 우리집이란다."

드디어 니아니아가 말했다. 우리 앞에 초가지붕을 얹은 자그마한 오두막이 나타났다. 니아니아가 문을 밀었다. 문은 잠겨 있지 않았다. 우리는 짐을 땅바닥에 내려놓았다. 집에서는 라파노프의 지하실 냄새가 났다. 니아니아가 보따리 하나를 뒤져서 초 두 자루와 성냥을 꺼냈다. 초를 켜서 내가 들어올 때 걸려서 넘어질 뻔했던 나무 의자 위에 세워 놓았다. 집 안에는 물건이 많지 않았다. 화덕 옆에 등받이가 없는 의자 하나. 벽에 붙여놓은 침대 하나. 침대에는 깃털을 넣은 기다란 이불이 놓여 있었다. 매트리스가 있었던 게 분명한 침대 틀에는 건초로 채워져 있었다. 침대는 우리 세 사람이 잘 수 있을 정도로 아주 컸다. 니아니아가 엄마가 준 시트를 건초 위에 깔았다. 침대 머리맡 위에 작은 나무 십자가가 걸려 있었다. 그리고 그 옆에 예수의 성심(사랑과 희생의 상징인 창에 찔린 예수의 심장: 옮긴이) 그림이 있었다.

니아니아가 흐느껴 울기 시작했다.

"어머니, 어머니. 제가 돌아왔어요. 그런데 어머니는 안 계시는군요."

우리도 함께 따라 울었다. 나는 양팔로 니아니아를 꼭 감쌌다.

"울지 마, 니아니우시우! 울지 마. 엄마는 천사들과 함께 천국에 있을 거야."

니아니아가 죽은 가톨릭 신자들에 대해 말할 때마다 천국에 갔다고 했기 때문에, 나는 그렇게 위로했다.

니아니아가 말했다.

"감자를 찌자구나."

침대 밑에는 감자가 수북이 쌓여 있었다. 니아니아의 어머니가 돌아가신 뒤에도, 감자는 그 자리에 그렇게 남아 있었을 것이다. 싹이 난 감자들도 많았다. 니아니아는 크라코프의 부엌에서 냄비 몇 개를 가져왔다. 나는 니아니아가 그것들을 가져왔는지 몰랐다. 라파노프에서 니아니아가 냄비를 사용하는 것을 한 번도 본 적이 없었다. 그곳에서는 유대인 친척 아줌마들이 늘 요리를 했다. 화덕 옆 통에 물이 약간 있었다. 니아니아가 솥에 물을 부었다. 나는 니아니아가 불을 지피는 모습을 지켜보았다. 우리는 감자 싹을 도려 낸 다음 끓는 물에 감자를 넣었다.

식탁에 앉자마자 우리 셋은 삶은 감자를 껍질 채 몽땅 먹어치웠다. 그러고 나서 건초 침대로 들어가서 이불을 덮었다. 나는 안전함을 느끼며 집 밖 나무에서 새들이 지저귀기 시작한 지 한참 뒤까지 곤히 잠을 잤다.

5

니아니아는 여러 해 동안 고향을 떠나 있었다. 우리가 온 뒤 며칠 동안 니아니아를 만나러 온 아낙네들 중에서 겨우 몇 사람만이 니아니아를 기억하고 있었다.

아주 늙은 할머니가 말했다.

"네 어머니는 평화롭게 세상을 떴어."

"마트카 보스카(성모)시여, 어머니의 영혼을 보호하소서."

니아니아는 남편이 나치에게 살해당했다고 계속 둘러댔다.

"남편은 죽고 딸아이들이 너무 아팠어요. 그래서 어머니의 장례식에 올 수가 없었어요."

니아니아가 다시 울기 시작했다. 우리는 니아니아의 어린 딸들이었다. 많은 보살핌이 필요한 몸이 약한 딸들이었다.

남동생과 나는 이내 자매인 척 하는데 익숙해졌다. 동생은 니아니아의 딸이 아니라고 여길 수가 없었다. 예쁜 얼굴과 금발 머리와 낮은 코는 전혀 유대인처럼 보이지 않았다. 검은색 머리와 검은 눈, 오뚝한 코의 내가 순수한 폴란드 아이라고 보기에는 약간 의심스러웠다. 정말 사람들이 니아니아를 우리 엄마라고 믿을지 알 수가 없었다.

마을은 어찌나 작았던지 성당도 없었다. 사람들도 많지 않았다. 아무도 우리를 괴롭히지 않았다. 니아니아가 없을 땐 동생과 나는 집을 둘러싼 모래 둔덕보다 더 멀리 나가보지 않았다. 비가 올 때나 니아니아가 집 밖으로 나가지 말라고 하면, 침대 아래 감자 더미 사이에서 놀았다. 우리는 땅속 깊은 동굴 안에서 사는 척 하는 놀이를 좋아했다. 오랫동안 이곳에서 우리는 그 어느 때보다 더 안전하고 더 행복했다.

엄마는 나치 몰래 숨겨놓았던 보석 몇 개를 아마 천과 함께 니아니아에게 주었다. 니아니아는 보석을 웃옷 솔기에 쑤셔 넣고서 단단히 꿰맸다.

니아니아가 말했다.

"이것들은 절대 쓰지 않았으면 좋겠구나."

니아니아는 먹을 것이 필요할 때면, 레이스가 달린 식탁보와 베개보와 멋진 자수 손수건을 빵, 양배추, 잠두콩, 흰 치즈 등과 바꾸었다.

우리는 들판을 가로질러 시골길을 따라 헤매고 다니는 데 익숙해졌다. 어느덧 니아니아는 오두막 집 문을 두드리거나 헛간을 살짝 들여다보며 묻는 데 익숙해졌다. '우리 아이들에게 먹일 빵이나 우유가 좀 있나요?' 혹은 '계란 좀 남은 게 있어요?' 하고 물었다. 우리가 거지라고 생각했는지 농부들은 우리를 비웃으며 대하기도 했다. 니아니아가 아마 수건이나 식탁 냅킨이나 베개보를 내

밀면, 그제야 우리를 다르게 보았다. 특히 아낙네들은 한때 엄마의 자랑스런 소유물이었던 멋진 물건에 관심을 보였다. 나는 이 물건들에 신경 쓰지 않았다. 니아니아도 그랬는지 모른다. 다만 이 물건들에 대한 대가로 작은 양동이에 우유를 넣어주거나 빵 덩이를 건네주거나 작은 보자기에 콩을 담아주면 기뻐했다.

한번은 나이 지긋한 할머니가 자수를 놓은 식탁보를 보고 흥분해서 우리에게 집 안으로 들어오라고 했다.

"들어오우, 어서 들어와. 이리 앉으우."

처음에 니아니아는 한사코 사양했다. 놀랐기 때문이다. 그 동안 아무도 우리를 집 안으로 들인 사람이 없었다. 마침내 니아니아는 안으로 들어가도 괜찮다고 여겼다. 우리는 니아니아의 오두막보다 더 작은 집 안으로 들어갔다. 할머니는 크라코프의 우리 집 식당에서 가져온 식탁보를 펼쳐서, 창가의 삐걱거리는 나무 식탁 위에 깔았다. 식탁보는 굉장히 컸다. 여러 번 접어서 펼쳐놓았지만, 그래도 식탁보는 작은 오두막의 바닥을 넓게 차지했다.

할머니가 한숨을 내쉬었다.

"정말 아름답구려. 이렇게 아름다운 것을 본 기억이 있다우……."

할머니는 젊었을 때 바르샤바의 치미안스카 부인의 집에서 하녀로 일했다고 했다.

"난 식탁보를 모두 빨아서 다림질하곤 했다우. 전날 밤 주인 가족과 손님이 저녁 때 뭘 먹었는지 얼룩을 보면 다 알 수 있었지."

그러고 나서 할머니는 남겨 놓았던 양귀비 씨앗 케이크인 마코프니크를 내놓았다. 식탁보를 덮은 식탁 앞에 앉자 우리의 무릎과 다리가 불룩 튀어 나왔다. 우리는 마코프니크 조각을 오물오물 씹어 먹으면서, 작은 까만 씨앗을 흘리지 않으려고 무척 조심했다. 할머니가 새 식탁보를 매만지며 주름을 펴면서 우리를 보고 웃다가 니아니아에게 말했다.

"정말 착한 딸들을 됬수."

나는 섬세한 하얀색 화관 자수를 물끄러미 바라보다가 불쑥 입을 열었다.

"이 식탁보는 과월……."

"쉿, 조용히 해야지. 할머니가 말씀하고 계시잖아?"

니아니아가 재빨리 꾸짖었다. 엄마가 부드럽게 아이의 버릇을 고쳐주려는 듯이 주의를 주었다. 할머니가 니아니아에게 하녀 시절에 대해 수다를 늘어놓았다.

나는 혀에 감기는 달콤한 마코프니크의 맛 때문에 내가 누구인지 까마득히 잊고 있었다. 과월절이라니! 그만 비밀을 말할 뻔했다. 과월절이라고! 할머니는 쉬지 않고 치미안스카 부인에 대해 떠들어댔다. 동생은 자기 몫의 케이크를 천천히 먹기만 했다. 동생은 끝까지 몽땅 다 먹어버릴 작정이었을 것이다. 우리가 집으로 돌아가는 순간까지 할머니는 나치가 오기 전까지의 추억을 떠벌렸다. 그러면서 긴 한숨을 내쉬었다.

"그땐 참 좋은 시절이었다우. 정말 좋은 시절이었지."

친절한 할머니와 작별 인사를 할 때는 벌써 저녁이었다. 할머니는 우리에게 큼지막한 갈색 빵 덩어리와 양배추 한 통과 오이 몇 개를 주었다. 그러고도 닭장으로 가서 그 날 아침 암탉이 낳은 계란을 싸주었다. 할머니가 니아니아에게 말했다.

"또 놀러오우. 아기 예수님이 어린 딸들을 축복하고 보호해 줄 거유."

할머니는 오두막 밖에 서서 들판을 가로질러 걸어가는 우리를 지켜보았다. 우리는 할머니와 오두막이 안 보일 때까지 뒤돌아보며 손을 흔들었다.

한 무더운 여름 날, 흙 길을 한참동안 걷다가 몹시 지치고 굶주린 채 한 오두막에 닿았다. 근처 들판에서는 암소 한 마리가 풀을 뜯고 있었다. 나는 우유를 얻을 수 있을 거라고 생각했다. 니아니아가 문을 두드리기도 전에 몸집이 큰 농부 아낙네가 문을 닫아버렸다.

"우리 아이들 좀 먹이게, 이걸 빵 한 덩이와 우유랑 바꿔주시겠어요?"

니아니아가 들고 간 보따리에서 아마 시트를 꺼냈다. 그러고는 시트를 펼쳐서 능숙하게 한쪽 팔에 척 걸쳐놓았다. 아낙네는 의심스러운 듯 우리 셋을 노려보았다. 늙수그레한 아낙 뒤에 금발머리의 뚱뚱한 젊은 아낙이 발가벗은 남자아이를 안고 서 있었다. 두 아낙네는 시트를 우악스럽게 만지기 시작했다. 굵은 손가락을 니아니아의 아마 천 보따리 속으로 쑥 집어넣어 기름얼룩을 남기기까지 했다. 젊은 아낙이 접어놓은 손수건을 홱 꺼내어 코에 댔다. 아기가 손수건을 확 낚아챘다. 그러자 아낙은 아기 손을 찰싹 때리며 손수건을 빼앗았다. 아기가 앙앙 울기 시작했다. 젊은 아낙은 다시 집 안으로 들어갔다. 늙은 아낙도 시트를 갖고 젊은 아낙을 뒤따랐다.

이윽고 늙은 아낙이 손에 칼과 커다란 빵 덩어리를 들고 나왔다. 그러고는 풍만한 가슴에 대고 빵 덩어리를 빙 둘러 칼집을 내더니 잽싸게 빵을 반으로 나누었다.

"이걸 가져가슈."

아낙은 니아니아에게 빵 덩어리 반을 건넸다.

젊은 아낙이 천에 뚝뚝 떨어지는 흰 치즈를 들고 다시 나왔다.

"이것도 가져가요."

니아니아는 고맙다고 했다. 동생과 나도 허리를 굽혀 절을 했다.

우리는 그 집 모서리를 따라 걷고 있었다. 활짝 열린 위쪽 창문 가에 아기가 아니라 요강을 든 젊은 아낙의 모습이 보였다. 막 창문 밑을 지나가는데 그 아낙이 창문 턱 너머로 몸을 내밀더니 우리 머리 위로 요강을 비웠다.

오줌이 내 얼굴을 타고 줄줄 흘러 내렸다. 똥이 내 뺨과 머리에 들러붙었다. 동생도 똥과 오줌으로 뒤덮이기는 마찬가지였다. 오물은 아기의 것이 아니었다. 어른의 배설물이었다. 늙은 아낙이 빵을 자르는 동안에 젊은 아낙은 요강에 앉아 볼일을 보았을 것이다. 젊은 아낙은 왜 우리 머리 위에 오물을 끼얹었을까? 골라간 손수건이 맘에 들지 않았을까? 그래도 우리에게 음식을 주지 않았던가! 그때 문득 이런 생각이 들었다. 우리가 유대인인 걸 알았다고.

그들은 손수건과 시트에서 유대인 냄새를 맡았을지 모른다!

나는 나지막이 중얼거렸다.

"저 사람들이 아는 게 분명해요. 우리가 유대인이라고 생각한 거예요. 니아니우시우! 저 사람들은 알고 있어요!"

우리 뒤에서 개가 짖어댔다. 나는 동생 손을 꼭 잡고 달리기 시작했다.

니아니아가 우리를 붙잡았다.

"달리지 말거라! 겁먹지도 말고! 저들은 지저분한 농부들일 뿐이야. 난 저런 사람들을 잘 안다."

니아니아는 잘 알고 있을지도 모른다. 이 마을 출신이니까. 낯선 사람들에게 무슨 짓을 하는지 말이다. 유대인이라고 의심하지 않는 사람에게조차 어떻게 대하는지를.

우리는 니아니아의 말을 들었다. 우리 셋은 천천히 들판을 가로질러 걸었다. 소가 머리를 돌리고 음매하고 울었다. 다른 때는 소가 몹시 무서웠는데 지금은 우리를 따라온다고 해도 전혀 신경 쓰이지 않았다. 소는 다시 되돌아가서 풀을 뜯었다.

그 날은 무더웠다. 피부에 말라붙은 끈적끈적한 오물에서 냄새가 났지만, 니아니아의 보따리에서 갓 구운 빵 냄새가 솔솔 풍겨왔다. 나는 배가 몹시 고팠다. 니아니아에게는 오물이 거의 떨어지지 않은 듯했다. 음식은 무사했다. 우리는 나무숲 그늘로 갔다. 그곳에는 맑고 깨끗한 개울이 흐르고 있었다. 우리 셋은 옷을 벗고 몸을 씻었다. 니아니아는 우리 옷을 빨아서 양지 바른 곳에 널었다. 아마 천 보따리도 살펴보았다. 다행히 보따리는 더러워지지 않았다.

우리는 검은 빵을 찢어서 니아니아가 보따리에 넣어온 작은 칼
로 흰 치즈를 발랐다. 니아니아는 주석 컵도 갖고 왔다. 우리는
컵에 개울물을 가득 담았다. 모두 아주 맛이 좋았다. 태양도 환히
빛나고 있었다. 그 날은 배가 고프지 않아서 행복했다. 집으로 돌
아오는 길에는 밀밭에서 자라는 팔랑개비국화와 양귀비꽃을 꺾
어왔다.

니아니아는 두통이 심할 때면 많이 투덜거렸다.
"성당에 가고 싶구나, 그런데 너희랑 함께 가고 싶지는 않아."
우리는 음식을 구하기 위해 여러 집을 돌아다녔다. 그런데 왜 이
웃 마을의 성당에는 갈 수 없는 걸까?
"나도 성당에 가고 싶어!"
니아니아가 대꾸했다.
"이 근처 마을 사람들이 모두 미사를 드리러 온단다. 그러다가
성당 안에서 얼쩡거리는 너희들을 보고 사람들이 의심하면 어떡
하니?"
성당에 못 가는 것은 나 때문이었다. 내 피부는 거무스름했다.
코도 컸다. 나는 동생보다 더 유대인 같아 보였다. 모두 다 내 잘못
이었다.
그래도 그리 나쁜 시절은 아니었다. 도시에서 멀리 떨어져 있어
서 가끔 위험 따위를 잊기도 했다. 우리는 우유와 빵과 치즈를 찾
아서 방랑 생활을 계속했다. 이따금 버터와 심지어 소시지 킬바서
를 얻을 때도 있었다. 그리고 감자는 늘 먹을 수 있었다. 늦은 여름

에는 다 익은 해바라기꽃을 얻었다. 나는 묵직하고 커다란 원반 모양이 좋았다. 우리는 해바라기 속에 손가락을 쿡쿡 찔러 넣어 씨앗을 톡톡 뽑아냈다. 이 사이에서 껍질이 톡 하며 터지는 소리도 아주 좋았다. 껍질을 뱉어내는 순간도 즐거웠다. 입 안에는 살살 갉아먹을 수 있는 달콤한 해바라기 씨앗만 남았다.

우리는 잿빛 새끼고양이를 집으로 데려왔다. 니아니아는 고양이를 싫어했다. 고양이는 불운을 가져온다고 여겼다. 하지만 우리는 새끼고양이를 사랑했고, 두스체크라고 불렀다. 침대 아래 감자들 사이에 두스체크를 위해 작은 지푸라기 침대도 만들어주었다. 니아니아는 끊임없이 우리에게서 고양이를 떼어놓으려 했다. 그러던 어느 날 빗자루대로 두스체크를 쫓아내고는 문을 닫아버렸다.

얼마전 나뭇가지가 부러지는 소리가 나더니 귀청이 찢어질 듯 날카로운 울음소리가 들렸다. 두스체크의 앞발 하나가 문에 끼어 부러졌다. 우리는 부러진 다리를 고쳐주려고 했다. 고양이는 야옹야옹 울며 한동안 다리를 절뚝거리며 밖을 돌아다녔다. 그런데 이제는 완전히 사라져 버렸다. 동생과 내가 사방팔방 찾아보았지만 두스체크는 다리를 절며 영원히 사라져버렸다. 니아니아가 미안해했는지 모른다. 하지만 동정녀 마리아가 동물들을 보호하는 걸 귀찮아할 거라고 믿지는 않았을 것이다.

어느 날 밤, 우리는 마을에서 들려오는 무시무시한 고함소리에 잠이 깼다. 창문으로 내다보니 사람들이 쇠스랑을 들고 길 아래로 달려오고 있었다.

“보체 뫼(맙소사)! 어서 침대 아래로 숨거라! 어서!”

니아니아는 사람들이 우리에게 오고 있다고 확신했다.

"누군가가 고발한 거야."

우리는 후닥닥 침대 아래로 들어가 감자 사이에 웅크리고 앉았다. 동생이 귓속말을 했다.

"저들이 우릴 찾아내려고 한다면 찾아내고 말 거야."

하지만 사람들은 우리집을 지나 계속 달려갔다.

그 소동이 우리 때문이 아님을 알자마자 창가로 기어갔다. 달빛에 한 젊은 남자가 쇠스랑을 든 사람들에게 둘러싸여 길 한복판에 서 있는 게 보였다. 늙은 남자와 늙은 여자가 그 남자를 향해 주먹질하며 고함을 쳤다. 사람들이 고함치며 삿대질해대며 젊은 남자를 공격하자, 그 틈을 뚫고 젊은 여자가 남자에게 다가가려고 몸부림쳤다. 하지만 늙은 남자와 늙은 여자가 꼭 붙잡고 놔주지 않았다. 사람들이 뭐라고 외치는지 하나도 알 수 없었다.

우리도 아는 사람들이었다. 예쁜 젊은 여자는 우리에게 친절했다. 우리가 두스체크를 찾는 걸 도와주기까지 했다. 니아니아는 이 모든 소란이 우리와 전혀 관계없다는 사실에 안심했다.

"보드카 때문이야. 저 사람들은 모두 다 술독에 빠졌어."

니아니아가 중얼거리며 우리를 침대로 몰았다.

"그냥 싸우라고 내버려두자. 우리가 누군지 생각할 시간도 없는 사람들 같구나."

며칠 뒤 마을에서 잔치가 열렸다. 결혼식이 있었던 것이다. 우리도 초대받았다.

"우리는 갈 수 없단다."

니아니아는 우리가 주목받는 것을 원하지 않았다. 마을 사람들에게는 동생과 내가 아프다고 핑계를 댔다. 신부는 우리에게 드레스를 보여주기 위해 식장에 가기 전에 잠깐 오두막에 들렀다. 드레스는 팔랑개비국화와 반짝이는 파란색 스팽글로 장식되어 있었다. 신부는 금발머리를 길게 땋아 내리고 머리에는 들꽃 화관을 쓰고 있었다. 나는 직접 땋아 만든 꽃 부케를 신부에게 주었다. 니아니아는 나보고 무릎을 꿇고 신부에게 노래를 불러주라고 했다. 동정녀 마리아가 살아온 듯한 기분이 들었다. 나는 신부에게 내가 사랑하는 노래인 크라코피앙카를 불러주었다. 아주 어렸을 때 배웠던 노래였다.

우리는 창문으로 결혼식 행렬이 성당을 향해 행진하는 모습을 지켜보았다. 신부와 며칠 전 밤에 쇠스랑으로 위협받은 남자가 두 말이 이끄는 마차를 타고 있었다. 마차는 꽃으로 장식되어 있었다. 신랑은 자수를 놓은 조끼 아래 흰색 셔츠를 입고 머리에는 폴란드 군인의 케피 모자를 쓰고 있었다.

니아니아가 말했다.

"주변에 나치가 있다면 감히 저런 모자를 쓰지 못했을 거다."

나치 때문에 우리를 결혼식에 못 가게 한 것일까? 나는 진심으로 성당에 가서 노래를 부르고 제단 앞에 선 신부와 신랑을 보고 싶었다.

나중에 몇몇 마을 아낙네들이 수군거리는 소리를 들었다.

"신부의 배를 봤수?"

누군가가 이렇게 말하며 성호를 그었다. 또 다른 아낙네가 눈알

을 굴리며 혀끝을 차는 소리를 냈다. 나는 이해가 안 됐다. 신부는
처음으로 보는 가장 아름다운 여자였다. 나도 긴 금발머리를 곱게
따고 꽃으로 장식한 파란색 드레스를 입고 싶었다.

6

       엄마가 불쑥 나타났다. 나치가 우리 아파트의 물건을 몽땅 다 가져갔다고 했다. 크라코프의 유대인 아파트도 모두 몰수당했다. 외삼촌과 외숙모와 라이사 언니도 게토로 끌려간 지도 한참이나 되었다. 엄마는 위조 서류가 있어서 그럭저럭 지낼 수 있었지만 시골이 더 안전할 거라고 생각했다. 엄마의 가방에는 암시장에서 다른 물건과 바꿀 아마 천과 장갑도 거의 남아 있지 않았다.

엄마가 울먹였다.

"난 가진 게 전혀 없어! 하나도 없다고. 그리고 너희랑 함께 있고 싶단다."

우리는 제대로 숨을 수가 없었다. 그래도 니아니아는 되도록 우리를 사람들의 눈에 띠지 않게 하려고 애썼다. 두 딸이 너무 아파서 늘 보살펴줘야 한다며 걱정이라고 사람들에게 둘러대었다. 우리를 괴롭히는 사람도 없었다. 그런데 엄마가 나타나면서 모든 것이 바뀌었다. 나는 엄마와 정말 많이 닮았다. 판박이였다. 이제 사람들은 내가 니아니아의 딸이라는 것 더 이상 믿지 않았다.

　마을에서 한 번도 본 적이 없는 남자가 집에 와서 엄마와 밀담을 나누었다. 우리는 침대 아래 감자들 사이에서 몰래 엿보며 두 사람이 나누는 이야기를 엿들었다.

　"부인은 위험에 빠졌소. 이제 누구든지 가까운 나치 본부에 가서 이 마을에 유대인이 숨어 있다고 고발하는 건 식은 죽 먹기요."

　남자가 겁을 주었다.

　"다들 이 아이들이 내 딸이라는 걸 알아요!"

　니아니아의 목소리가 들렸다. 남자가 껄껄 웃어댔다.

　엄마가 신분증 서류들을 꺼냈다. 남자는 그것들을 옆으로 밀치며 말했다.

　"내가 도와줄 수 있소. 나중에 오겠소."

　남자는 마음만 먹으면 당장이라도 우리를 고발할 것이다.

　니아니아가 엄마에게 화를 냈다.

　"여기 오지 말았어야죠. 멀리 떨어져 있어야 아이들도 안전하다고요."

　그 날 오후 늦게 남자가 다시 왔다. 엄마가 목에 걸었던 주머니에서 번쩍이는 브로치와 진주 목걸이를 꺼내 남자의 손에 쥐어주는 모습을, 우리는 침대 아래에서 보았다. 이윽고 엄마는 우리에게 작별인사를 하고 남자와 떠났다. 니아니아가 우리도 곧 떠날 준비를 해야 한다고 말했다.

　그 날 저녁, 어두워지자 그 남자가 말 한 마리와 건초 마차를 끌고 왔다.

　"오늘 오후에 부인을 역에 데려다 주었소. 부인은 벌써 떠났소."

우리는 보따리를 들고 건초 안에 숨었다. 마을 사람들이 지금 벌어지는 일을 알았다고 해도, 아무 말도 안 했을 것이다. 친절한 사람들이거나 아니면 우리 일에 신경 쓰지 않았을 테니까 말이다. 건초 속에 숨어 있었기 때문에, 남자가 우리를 어디로 데려가는지 알 수가 없었다. 한동안 덜컹거리며 길을 가고 있는데도 감히 밖을 내다볼 엄두가 나지 않았다. 남자가 말에게 ‘워워’ 하자 드디어 마차가 멈춰 섰다. 밖으로 나오니 몇 달 전에 왔던 바로 그 기차역 앞이었다. 역은 몹시 황량해 보였다.

“곧 크라코프행 기차가 올 거요.”

남자는 이렇게 말하고 마차를 돌려 가버렸다.

나는 무서웠다. 하지만 다시 기차를 타게 되어 흥분도 되었다. 도시로 돌아간다는 사실이 그저 기뻤다. 크라코프로 돌아간다. 동생은 졸린 듯했다. 니아니아의 표정은 딱딱하게 굳어 있었다.

엄마는 벌써 떠났다. 하지만 엄마 생각은 많이 나지 않았다. 엄마는 시골에 와서 한바탕 소동을 피우기만 했다. 그 바람에 우리까지 다시 도망을 가야 했다.

우리를 기차역에 데려다 준 남자가 뇌물을 받은 것은 사실이다. 덜컥 엄마의 보석을 받고서는 엄마를 크라코프행 기차를 타게 데려다주었다고 거짓말을 했을지도 모른다. 나치가 자신이 알고 있는 사실을 눈치챌까봐 무서워서 말이다. 자신이 안전하기 위해 지방의 나치 본부에 갔을지도 모른다. 나치가 지나가다가 불쑥 문을 밀고 들어올 것만 같았다.

텅 빈 역에서도 시간은 우리를 끌고 흘러갔다. 기차가 정말 올지 믿을 수가 없었다. 잠시 뒤 보따리를 든 아낙네 몇 사람과 한쪽 눈에 검은 끈을 두른 남자 하나가 안으로 들어왔다. 우리 마을에서 온 사람은 아니었다. 대합실에서 이 농부들의 눈길을 받지 않고 우리끼리 있다면 얼마나 좋을까. 적어도 다른 사람이 역에 왔다는 사실은 기차가 올 거라는 표시이긴 했다. 니아니아도 몹시 초조했는지 느닷없이 날카롭게 말했다.

"가만히 앉아 있거라, 하누시우."

니아니아는 늘 우리를 눈에 띠지 않게 하려고 애썼다.

내가 속삭였다.

"난 가만히 있어."

도대체 내가 꼼짝 않고 있는 것이 안 보이는 걸까? 나는 안절부절못하며 기차가 철로를 달려오는지 귀 기울였다.

멀리서 기적이 울리는 소리를 들었을 때는 밤늦은 시간이었다. 졸린 듯한 역장이 신호 깃발을 들고 작은 칸막이에서 나왔다. 그러고는 초록색 깃발을 번쩍 들어올렸다. 기차가 칙칙폭폭 소리를 내며 덜커덕덜커덕 역으로 들어왔다. 우리는 계단을 올라가 기차에 탔다. 회색 연기구름이 우리를 감쌌다. 나는 그 구름이 깃털 이불처럼 우리를 감싸서 감쪽같이 숨겨주길 바랐다. 우리는 앉을 자리를 찾아보았다. 기차 안은 사람들로 붐비지 않았다. 그래도 의혹의 눈길에 휩싸인 듯한 기분이었다. 당장이라도 내가 유대인이라는 사실을 알아챌 수 있는 잠재적인 고발자들이 온 사방에 깔려 있는 듯했다. 동생은 잠을 자고 있었다.

마침내 바퀴가 철로를 굴러가기 시작하자, 나는 니아니아에게 창문 밖으로 머리를 내밀게 해달라고 애원했다. 내 얼굴을 휘감는 밤바람과 석탄의 유황 연기 속에서, 엄마가 마을에 나타난 뒤 찾고 있었던 베일을 발견한 것 같았다. 연기 속의 불티가 눈에 들어오지 않게 눈을 꼭 감았다. 철로 이음새를 지나며 규칙적으로 울리는 바퀴 소리를 듣고 있자니 마치 신나는 모험을 하는 듯한 느낌이었다. 이게 단순한 여행이었다면 우리는 얼마나 자유로웠을까?

크라코프로 돌아온 우리는 사무엘 외삼촌과 벨라 외숙모네 가정부였던 야드비가를 찾아갔다. 야드비가는 낡은 아파트에 살았는데, 지금 그 집에는 나치 가족이 살고 있었다. 그들은 여전히 야드비가에게 가정부 일을 시키고 있었다. 우리가 찾아갔을 때 야드비가는 혼자 있었다.

"독일군 가족이 며칠 동안 시골에 갔어요."

우리는 야드비가에게 엄마가 무사히 돌아왔다는 소식을 들었다. 시골 마을의 그 남자가 엄마의 보석을 받고 약속을 지킨 것이다.

야드비가가 말했다.

"부인은 게토 안으로 몰래 들어가기로 했어요. 할 수 있는 일이 그것뿐이래요. 그리고 오빠도 만나고 싶고요."

엄마의 다른 가족은 모두 유형 당해서, 사무엘 외삼촌 부부와 사촌언니만 남아 있었다.

"부인이 이 애들도 함께 가야 한대요."

나는 야드비가가 무슨 말을 하는지 도무지 이해가 안 됐다.

전쟁 전 수영하러 가서. 아빠는 사진의 중앙에 있는 바위에 앉아 있다. 그 오른쪽은 벨라 외숙모, 사무엘 외삼촌과 라이사 사촌언니이다. 다른 사람들은 모른다. 1938년 여름.

"보체 뫼(맙소사)! 이제 나도 어쩔 수가 없구나."

니아니아가 자기 손을 비틀었다. 우리는 야드비가와 함께 살 수가 없었다.

니아니아가 울부짖었다.

"이제 우린 갈 곳이 없어."

니아니아는 어쩔 수 없이 야드비가의 말을 들어야 했다. 이제 남동생과 나는 게토로 가야만 했다. 야드비가가 우리를 안심시켰다.

"지금 그곳은 별일이 없단다. 강제로 추방한다는 소문도 없고."

야드비가는 동생과 내가 눈에 띠지 않게 몰래 게토 안으로 들어갈 수 있는 외진 곳을 알고 있었다.

"그리고 서로 연락할 수 있는 방법도 알아."

이게 무슨 미친 짓이란 말인가! 엄마가 나타나기 전까지 우리는 니아니아의 고향 마을에서 안전하게 지냈다. 겨우 게토에서 살 거면서 왜 크라코프로 돌아왔을까?

"난 유모 곁을 안 떠날래."

나는 니아니아를 부둥켜안고 엉엉 울었다. 야드비가가 나치를 위해 일하고 있다고 했다. 그렇다고 왜 니아니아는 야드비가의 말만 믿는 걸까?

니아니아가 성호를 그었다.

"약속하마, 하누시우! 난 너희를 절대 버리지 않아! 너희를 데리러 가겠다고 성심에 대고 맹세하마."

니아니아는 우리가 살 안전한 장소를 찾으면 곧장 우리를 데리러오겠다고 약속했다. 니아니아는 우리를 꼭 껴안고는 안전을 빌어주었다. 니아니아는 성호를 그으며 맹세했으니까 반드시 약속을 지킬 것이다. 나는 그 맹세를 믿었다.

"난 절대 너희들을 버리지 않아."

니아니아가 힘주어 되풀이했다. 나는 마음을 가라앉혔다. 동생은 울지도 않았고 말 한마디도 하지 않았다.

경비병이 항상 격리 지역 모든 곳을 일일이 감시하는 것은 아니었다. 야드비가가 사는 건물 사이의 어두운 골목에는 독일군이 총을 들고 짝지어 왔다 갔다 하며 보초를 서지 않았다. 우리는 게토 안으로 걸어갔다. 한 사람도 보이지 않았다. 우리는 손을 꼭 잡고 곧장 앞만 바라보았다. 너무 빨리 걷지 않고 보조를 맞추어 자갈을 밟으며 걸었다. 우리는 서로 말도 하지 않았다. 그저 어둠침침한 골목을 걸어갔다. 드디어 넓은 광장 한복판에 다다랐다. 쇠로 만든 분수대의 괴상하고 비틀린 얼굴의 혀에서 물이 똑똑 떨어지고 있었다. 날은 따스했다. 우리 둘뿐이었다.

전쟁 첫 해에 크라코프의 유대인들이 무리 지어 모여 있던 이곳에 온 건 처음이었다. 게토가 우리 유대인들에게만 해당하는 말이 된 지금까지 와 본 적이 없었다. 게토는 감옥처럼 느껴지지 않았다. 도시와 격리되어 쥐 죽은 듯 고요한 장소일 뿐이었다.

나는 엄마를 보고 놀랐다. 시골 마을에서 폴란드 남자와 엄마가 떠났을 때, 다시는 엄마를 만나지 못할 거라고 생각했다. 지금 엄마는 나치에게 침략 당하기 전에 사무실에서 입었던, 낯익은 낡은 옷을 입고 모자를 쓰고 모퉁이에 서 있다. 꼼짝 않고 서 있었다. 엄마는 우리를 향해 한 걸음도 다가오지 않았다. 햇빛만이 엄마가 든 핸드백의 금속 장식을 번쩍번쩍 요란하게 비추고 있었다. 하지만 어느 곳에서도 소리는 들리지 않았다. 사람도 없었다. 유대인도 없었다. 나치도 없었다. 아무도 없었다.

　　　　　엄마는 사무엘 외삼촌과 벨라 외숙모
와 라이사 언니와 함께 사는 아파트의 엄마 공간으로 우리를 데려
갔다. 그곳에는 셋이서 함께 잠을 자야 하는 침대가 하나 있었다.
침대 아래에는 가방과 보따리가 쑤셔 박혀 있었다. 우리는 언제
또 다시 기차역의 대기실로 가야 할지 몰랐다. 나치가 크라코프의
유대인 재산과 아파트를 몽땅 몰수해간 뒤로 외삼촌네 식구는 이
곳에서 살고 있었다. 몰수. 나는 이미 전쟁 관련 단어집에 이 말을
덧붙여 놓았다. 4층 계단을 올라가는데 양배추 수프를 끓이는 냄
새가 났다. 음식 재료는 다른 곳에서 찾아오는 것이 분명했다. 나
는 배가 고팠다. 우리는 검붉지만 달콤한 마멀레이드를 바른 딱딱
한 빵을 물과 함께 먹었다. 문득 시골 침대 아래에 놓고 온 감자가
떠올랐다.

　나는 라파노프로 간 뒤로 라이사 언니를 본 적이 없었다. 독일군
이 시내를 침공했을 때 언니는 열네 살이었다. 전쟁이 일어나기 직
전에 언니가 학교 친구들과 함께 열 지어 행진하는 모습을 보았다.
햇빛이 환히 빛나고 있었지만 라이사 언니는 미국에 사는 친척이

보내준 투명한 비옷을 입고 있었다. 비옷은 목에서 무릎까지 내려왔다. 모자도 달려 있어서 언니는 비옷에 달린 모자까지 푹 뒤집어 쓰고 있었다. 언니는 셀로판지로 감싼 인형처럼 보였다. 땋아서 뒤로 넘긴 머리와 언니가 입은 옷도 전부 다 보였다. 주름 스커트. 교복. 언니는 무릎까지 오는 흰 양말에다 어른용 구두를 신고 있었다. 활짝 웃고 있는 언니는 다른 여학생들보다 훨씬 더 예뻤고 눈에 띄었다. 언니는 신비로워 보였다. 나도 투명한 비옷을 입고 행진하고 싶었다. 학교에 가서 친구를 사귀고 피아노로 〈엘리제를 위하여〉를 연주하고 싶었다. 언니처럼.

언니는 학교를 그만두어야 했다. 동생과 나는 단 한 번도 학교에 가본 적이 없었다. 히틀러의 독일 젊은이를 닮은 폴란드 아이들만이 학교에 가고 행진에 참여할 수 있었다. 라파노프로 피난 가기 전에 크라코프의 거리에서 아이들을 본 적이 있었다. 그들은 목에 깨끗한 스카프를 두르고 검은 셔츠를 입고 있었다. 아이들은 일제히 다리를 들었다가 군인처럼 팔을 번쩍 들어 올려 경례를 했다. 모두들 전쟁의 오른편에 있었다. 나도 오른편에 설 수 있기를 바랐다. 유대인으로부터 멀리 떨어져서. 그런데 지금 게토 안에 있다.

라이사 언니의 피아노도 온 가족이 게토로 보내졌을 때 몰수당했다. 나는 투명한 비옷이 어떻게 되었는지 궁금했다. 언니는 예전처럼 멋져 보이지 않았다. 곱게 땋아서 등 뒤로 넘기거나 귓가에 똘똘 말아 틀어놓았던 머리는 온데 간데 사라지고 없었다.

"독일군이 언니 머리를 잘랐어?"

이렇게 묻자 언니가 짤막하게 대꾸했다.

"내가 잘랐어. 이곳에는 깨끗하게 머리 감을 샴푸가 없거든."

전쟁이 계속 되면서 우리는 더 이상 샴푸를 구할 수 없었다. 오랫동안 우리는 질 나쁜 비누로 머리를 감아왔다. 그나마도 없을 땐 물 한 양동이로 대충대충 머리를 감아야 했다. 그래서 머리에는 늘 이가 있었다. 엄지손톱끼리 서로 맞부딪쳐서 마지막 이를 짓이겼다고 생각했을 때, 니아니아는 머리카락 여기저기 매달려 작은 묵주처럼 보이는 무수히 많은 서캐를 찾아냈다.

우리는 게토 아파트의 발코니 쇠창살 너머로 자갈을 깔아놓은 안뜰을 내려다보았다. 독일군 병사들이 짝을 이루어 왔다 갔다 어슬렁거리고 있었다. 그런 행동이 자신들에게 더욱 안전하다는 듯이 말이다. 웃기까지 하면서. 그런 모습은 별로 위협적으로 보이지 않았다. 유대인은 밖으로 나갈 때, 빠져나올 벽이나 문 같은 안식처가 없어서 불편하다는 듯 똑바로 앞만 보고 걸었다. 몰래 게토 안으로 들어오면서 동생과 내가 모습이 안 보이는 마술 덮개 속으로 사라져버리길 바랐던 것처럼 말이다.

언제나 우리는 조용히 하라는 말을 들었다. 갇힌 어른들이 속삭이는 소리는 마치 곤충이 제 다리를 비벼대는 소리처럼 들렸다. 우리의 아래쪽과 위쪽에서 새장에 갇힌 사람들의 적막한 삶이 느껴졌다. 무언가 변화를 기다리는 삶. 구세주가 오기를 기도하는 삶. 심지어 나치가 흥미를 잃고 하품하며 떠나버리는 꿈을 꾸는 삶을 말이다.

따스한 9월이었다. 안뜰 위 하늘에는 구름 한 점 없었다. 여름의 끝. 어딘가는 틀림없이 아름답고 여름다울 것이다. 게토 안에선 사람들을 일제 정리한다는 소문이 점점 무성해졌다. 그 소문은 사람들을 일제히 검거해서 유형시킨다는 말이었다. 소문이 사실은 아닐 거야. 사실이라면 가축 화차에 실어 유형시킬까? 우리가 게토에 들어온 뒤로는 아무도 니아니아에 대해 말해주지 않았다. 동생과 나는 침대 옆 구석에 앉아서 소곤소곤 말을 나누었다.

"니아니아가 올 거라고 생각해?"

동생의 물음에 나는 힘주어 대답했다.

"당연하지."

우리 목에는 니아니아가 믿는 동정녀 마리아와 아기 예수님과 안토니오 성인과 다른 성인들의 메달이 걸려 있었다. 친척들은 머리를 내저으며 우리에게서 메달을 **빼앗으려고** 애썼다. 그래도 나는 목걸이들을 절대 **빼앗기지** 않았다.

니아니아가 우리 목에 메달을 걸어준 것은 전쟁이 일어나고 우리가 정말로 니아니아의 아이가 됐을 때였다. 나는 메달을 만지작거리는 것을 좋아했다. 손가락으로 양손을 활짝 펼쳐들고 지구 위에 서 있는 동정녀의 살짝 돋은 윤곽을 어루만졌다. 그러면 머리의 후광 위에서 빛나는 별 같은 작은 점들이 느껴졌다. 메달을 매만질 때마다 나는 더욱 안전함을 느꼈다. 메달이 우리를 덜 유대인처럼 보이게 만들어주는 것만 같았다. 성모 마리아와 니아니아가 다시 우리를 돌보아줄 것이다.

어느 날이었다. 우리의 안전이 아슬아슬하게 송두리째 흔들려서 강제로 숨거나 도망가야 할 순간이 있었다.

"아침에 시작할 거랍니다. 곧 돌아올 테니까 얼른 준비하세요."

한 남자가 문 앞에서 외삼촌에게 다급하게 속삭였다.

사방이 고요했다. 우리는 기다렸다. 밤새 어두운 방 모퉁이 바닥에 앉아서 묵묵히 기다렸다. 다른 아파트의 아래층과 위층에서 나는 사람들 소리와 소음이 점점 희미해지더니 쥐가 긁는 듯한 소리로 바뀌었다. 이따금 도시의 자유로운 장소에서 들려오는 덜커덕거리며 지나가는 트럭 소리나 사이렌 소리로 침묵은 날카롭게 부서졌다. 나는 졸고 있는 것인지 아닌지 알 수 없었다.

다급하게 문을 두드리는 소리가 났다. 전날 밤 외삼촌과 이야기를 나누었던 사람이 돌아왔다. 남자는 키가 크고 피부색이 거무스름하지 않았다. 유대인처럼 보이지 않았다.

"날 따라 오시오."

남자가 엄마와 동생과 내게 손짓했다.

건장한 유대인들 중에는 강압에 의해 나치를 도와주는 사람도 있었다. 이 남자도 그런 사람이 아닐까? 아니라면, 왜 위험을 무릅쓰고 우리를 도와주는 걸까? 외삼촌은 성공한 건축가였다. 이 남자는 삼촌을 위해 일하고 있는 걸까? 아마도 그런 것 같았다. 우리를 어디로 데려가는 걸까? 왜 우리는 이 남자를 믿어야 하는 걸까?

외삼촌이 말했다.

"이 남자를 따라 가라. 어떻게 해야 할지 알고 있단다!"

"당신은 여기서 기다리십시오. 곧 돌아오겠습니다."

남자가 외삼촌네 가족에게 말했다.

동생과 나는 엄마와 남자를 따라서 살금살금 계단을 올라갔다.

맨 위층을 지나 다락방 위에 좁은 공간이 있었다. 비스듬한 지붕의 들보 아래 남자와 여자들이 차곡차곡 채워져 있었다. 땀에 젖은 몸 냄새와 좀약 냄새와 한 여름 시골의 마른 나무와 먼지 냄새가 뒤엉겨 있었다. 나는 코를 꼭 쥐었다. 그곳은 숨이 막혔다. 어떤 여자가 속삭이는 소리가 들렸다.

"저 사람들은 여기 들어올 수 없어요. 세 사람이나 들어올 공간이 없어요!"

검은색 코트를 입고 귓가의 머리를 말아 올린 두 하시드가 투덜거렸다.

"킨더(아이들)잖아! 이곳에 킨더를 데려오지 말아요. 아이들은 조용히 있질 못해요. 저 아이들 때문에 우리가 발각될 거요."

문득 니아니아가 몹시 싫어했던, 우리집 발코니를 제 집처럼 뛰어다니던 하시드가 떠올랐다.

우리를 데려온 남자가 벌컥 화를 냈다.

"조용히 하시오! 얼른 이들에게 자리를 내주시오! 안 그러면 당신들을 목록에 넣어버리겠소!"

이 말에 불평이 금세 누그러졌다.

우리는 열린 좁은 틈 사이로 기어 올라갔다. 한 하시드가 몸을 움직여 엄마에게 빈자리를 내주었다. 동생이 엄마를 타고 넘어가 자리를 잡았다. 나는 엄마의 다른 쪽 옆으로 미끄러져 들어갔다.

"절대 소리 내지 마시오. 내가 돌아올 때까지 꼼짝 말고 있어야 하오."

우리를 데려온 남자가 단단히 일렀다. 그러고는 감히 움직이거나 제대로 숨도 못 쉬고 겁먹은 채 화를 내고 있는 정지된 무리를 남겨두고서 좁은 문을 닫고 가버렸다. 판자 몇 개와 무너진 얇은 회반죽벽만이 아래층 아파트로부터 우리를 숨겨주고 있었다.

우리는 그곳에 그렇게 누워 있었다. 냄새나는 낯선 유대인 패거리와 함께. 우리는 몇 시간 동안 난로 위에서 끓어오르는 솥 안에 든 건더기 같았다. 우리는 뚜껑이 열리고 국자가 퍼가길 기다리는 스튜였다. 그러면 나치가 일제 검거를 얌전히 기다리지 않고 숨어 있었다며, 우리를 안뜰로 끌어내어 줄지어 세운 다음 바로 총을 쏘아댈 것이 분명했다. 니아니아는 아주 지혜로워서 언제나 어디로 가야 할지 알고 있었다. 왜 우리는 이곳까지 오게 되었을까? 왜 니아니아는 우리에게 이런 일이 일어나도록 내버려두는 걸까? 시골에서 집집마다 돌아다니면서 시트를 빵과 우유로 맞바꾸는 일은 꽤 재미있었다. 농부들을 피해서 달려가 숨는 일도 지금보다 훨씬 더 좋았다.

하루 종일 우리는 독일군의 목소리를 들으며 그곳에 누워 있었다. 처음에는 목소리가 멀리서 들려왔다. 평소와 같은 고함소리와 욕지기였다.

"라우스. 슈넬. 베르플루크테, 슈무치히 유덴(나와. 빨리. 제기랄, 더러운 유대인들)."

목소리는 점점 더 가까이 들려오더니 우리가 숨어 있는 건물에 닿았다. 절박하게 내몰린 사람들에게서는 불평 소리 하나 들리지 않았다. 오로지 계단에 질질 끌리는 짐 보따리 소리만 들렸다. 쿵

하고 꾸러미가 떨어지는 소리와 서둘러 사람들을 몰아대는 성질 급한 독일군의 폭발한 분노 소리만 났다. 조용한 광란의 도가니 한가운데서, 공포와 불편함 속에서 갑자기 어떤 생각이 떠올랐다. 아기의 울음소리는 전혀 들리지 않았다! 아이들 발자국 소리도 나지 않았다. 아이들은 어디에 있을까? 이곳에는 아이들이 없는 것일까?

드디어 독일군들이 맨 위층 아파트까지 왔다. 우리들 중 누구라도 재채기를 하거나 널빤지가 삐걱거린다면, 나치의 총알이 낮은 벽과 천장을 뚫고 요란스럽게 울릴 것이다

나는 머리가 가려웠다. 하지만 들보에 부딪힐까봐 감히 손을 들어 긁을 수가 없었다. 머리를 움직이지 않고 눈알을 굴려 엄마를 쳐다보았다. 엄마도 꼼짝 않고 있었다. 그저 등을 대고 기운 없이 누워 있었다. 눈은 뜨고 있었지만 시골에서 보았던 어떤 할머니의 시체처럼 보였다. 죽은 할머니는 자신의 오두막 식탁 위에 놓여 있었다. 여윈 길쭉한 코가 얼굴에서 툭 튀어나와 있었다. 그리고 발은 위를 똑바로 가리키고 있었다. 엄마의 큰 코와 뾰족한 발은 그 시체처럼 보였다.

동생의 모습도 희미하게 보였다. 동생은 아주 어여쁘고 말 잘 듣는 여자아이였다. 눈알조차 굴리지 않고 있었다. 그저 눈을 꼭 감고 있었다. 어쩌면 잠을 자고 있는지도 몰랐다.

어느덧 수색 소리도 잠잠해지고 영원히 계속될 것 같던 순간도 지나갔다. 틀림없이 저녁 무렵이라고 생각되었다. 보이지는 않았지만 어둠을 느낄 수 있었다. 사람들이 움직이기 시작했다.

“쉿, 아직 움직이지 말아요.”

엄마가 나지막이 쉿소리를 냈다. 그때 우리가 숨어 있는 곳 문간을 향해 다가오는 발자국 소리를 들었다. 마지막으로 나치가 확인하러 오는 모양이었다. 그런데 우리를 이곳에 데려온 남자였다. 남자는 다락방에서 나오라고 손짓했다. 나는 팔과 다리를 움직이려고 했다. 팔과 다리에 감각이 없었다. 바닥에 바싹 엎드려 간신히 일어나 웅크리고 앉았다. 사람들이 팔과 다리를 쭉 폈다. 주변이 온통 무거운 분위기였지만 안도와 기쁨이라는 감정이 우리가 몇 시간 동안 누워서 뿜어낸 냄새와 뒤섞였다.

“내 옆에 있었는데! 지금은 없어졌어!”

엄마가 우리를 못 들어오게 하려던 하시드에게 화를 내며 나지막이 내뱉는 소리가 들렸다. 엄마는 돈이 조금 들어 있는 작은 지갑을 갖고 있었다. 지갑은 엄마가 이곳으로 가져온 유일한 물건이었다. 그런데 그 지갑이 없어졌다. 낮은 지붕 아래 엄마와 하시드가 서로 무릎을 맞대고 마주보고 있었다. 엄마가 하시드의 멱살을 잡고 흔들었다.

“네가 가져갔지, 이 돼지 같은 놈아?”

하시드는 엄마를 옆으로 확 밀쳤다. 그러고는 뭐라고 중얼거리며 기어갔다. 다른 사람들도 손과 무릎으로 기어서 다락의 열린 틈으로 다가갔다. 우리도 조용히 계단 아래로 내려갈 수밖에 없었다.

남자는 우리를 다시 외삼촌네 아파트로 데려다 주었다. 세 사람은 안전하게 아파트에 남아 있었다. 남자는 외삼촌네 가족이 일제 소거 목록에 없다는 사실을 알고 있었던 것이다. 공식적으로는 엄마와 동생과 나는 어떤 목록에도 올라 있지 않았다. 우리는 몰래 게토에 들어왔다. 허락을 받지 않고 게토 안으로 들어왔던 것이다. 그 사실은 우리가 여기에 있는 것이 좋지 않다는 의미였다. 사무엘 외삼촌과 우리를 구해준 남자가 포옹했다.

엄마는 지갑을 잃어버려서 울먹였다.

"유대인이 어떻게 그런 짓을 할 수 있지?"

어쩜 엄마는 그 작은 지갑 하나에 저렇게 분개하는 걸까? 나는 다시 내 몸을 갖게 되어서 이렇게 기쁜데. 나치가 떠난 것도 기뺐다. 이제 독일군의 총알이 벽을 뚫고 들어오지 않을 거라는 생각만 해도 기뺐다. 마침내 엄마도 가족이 살아남았다는 사실을 깨달았다.

"고트 세이 단크(하느님 고맙습니다)."

사무엘 삼촌이 이렇게 말했다. 잠깐 동안 우리는 안전했다. 기진 맥진한 동생과 나는 멍하니 구석에 앉았다. 어쨌거나 나치의 습격에서 살아남았다. 이제 어떻게 해야 할까?

직접 알아냈는지 모르겠지만, 며칠 뒤에 삼촌이 감시를 받지 않는 좋은 곳을 찾아냈다고 했다. 남동생과 나는 몰래 게토를 빠져나와 니아니아에게 돌아갈 수 있었다.

어느 가을 날 환한 대낮에 남동생과 나는 게토에서 나와 작은 돌다리를 막 건너려고 했다. 정말 따스하고 고요한 날이었다. 햇빛이 밝고 하늘도 새파랬다. 다리는 짧은 기둥의 난간으로 양쪽의 경계를 나누고 있었다. 바로 우리 앞에 두 독일 경비군의 머리와 어깨가 보였다. 웃음소리와 담배 냄새가 우리를 향해 날아왔다. 소총 꼭대기에 살짝 튀어나온 총검이 눈에 들어왔다.

나는 다리 한가운데로 걸어가면서, 우리 모습이 꼭꼭 숨겨져서 안 보이길 바랐다. 우리 발 아래 작고 단단한 돌길이 팽팽한 줄처럼 느껴졌다. 나는 동생 손을 꼭 잡았다. 우리는 다리를 건널 것이다. 꼭 건너고 말 것이다. 다른 어려운 일들도 잘 이겨내지 않았던가. 이것은 또 다른 모험일 뿐이다. 한 걸음 한 걸음 내딛을 때마다 안전한 곳과의 거리가 점점 가까워지고 있었다. 경비병들은 우리가 가는 방향을 보지 않고 있었다. 아직은 쳐다보지 않고 있었다.

그때 니아니아의 모습이 보였다. 다리 맞은편의 첫번째 집 문간에 기대어 있었다. 손에는 시장바구니가 들려 있었다. 니아니아는 정말 지혜롭다. 방금 집에서 나와 장보러 가는 아줌마인 척했다. 동생은 얼른 니아니아에게 달려가고 싶어했다. 하지만 내가 힘을 주어 손을 꼭 잡자 급히 한발을 내딛었다가 내 발걸음과 보조를 맞추었다. 우리가 다리를 반쯤 건너갔을 때, 사이드카에 동료를 태운 나치가 오토바이를 몰고 붕붕 소리를 내며 다리 위로 다가왔다. 그러고는 우리 앞에 딱 멈춰 서더니 다리 아래쪽 군인들에게 뭐라고 소리쳤다. 조금 있으면 우리도 보게 될 것이다. 동생이 내 손을 꼭 잡았다.

나는 전쟁 전 내 침대 위에 걸려 있던 그림 속의 아름다운 천사를 생각했다. 천사의 거대한 날개는 공중에서 멈춰서 계곡 위의 다리를 건너는 두 아이를 거의 감싸 안고 있었다. 제발 동생과 나를 안 보이게 해주세요. 몇 걸음만 더 가면 니아니아와 함께 있을 수 있어요. 니아니아가 계속 문간에 서 있게 해달라고 기도했다. 그러면 무사히 다리를 건널 수 있을 것이다. 꼭 다리를 건너야만 했다.

다시 모터가 돌아가는 소리가 들렸다. 우리는 계속 걸었다. 두 나치가 탄 오토바이는 왔던 방향으로 사라졌다. 다리 아래에 있는 다른 두 경비병도 우리 눈에 보이지 않았다. 우리는 여전히 경비병들의 목소리를 들으며 그들의 머리 위를 걸어갔다. 문간에 서 있는 니아니아에게 다가갔을 때에도 여전히 경비병이 피운 담배 냄새가 풍겼다. 경비병들은 두 아이가 조용히 다리 위를 건너는 모습을 보았어도 신경 쓰지 않았을 것이다.

니아니아의 입술은 굳게 닫혀 있었다. 얼굴은 가면처럼 무표정이었다. 니아니아가 팔에 시장 바구니를 둘둘 말고서 동생의 손을

잡았다. 그런 다음 내 손을 잡았다. 우리는 니아니아의 양옆에 서
서 길 한가운데의 돌들을 일부러 살펴보는 척하면서, 천천히 걸어
게토에서 멀리 벗어났다.

9

　　　　　　니아니아는 게토 다리로 우리를 마중
나오면서 검은 천 조각을 가져왔다. 위험에서 벗어나자마자 그
천으로 임시 붕대를 만들어서, 내 이마에 빙 둘러 오른쪽 눈을 가
렸다.

　"우리가 지낼 곳을 찾았단다. 이제 안전할 거야."

　니아니아는 베네딕트 수녀원의 수용소에서 우리가 지낼 곳을 찾
아냈다. 수녀원 길 건너편에는 베네딕트 수도회의 수사들이 운영
하는 병원이 있었다. 내가 의사의 진찰을 받으려면 수용소에 머물
러야 했다. 니아니아는 내 눈을 치료받아야 한다고 벌써 수녀님들
에게 말해 두었다. 니아니아가 수녀님들에게 무슨 말을 했는지 모
른다. 아무튼 베네딕트 수녀회에서는 우리가 수녀원에서 사는 것
을 허락했다.

　니아니아는 내 눈이 아프다고 하면 수녀원에서 우리를 받아들일
뿐 아니라 내 얼굴의 일부나마 가릴 수 있을 거라고 여겼다. 슬픈
유대인처럼 보이는 짙은 쌍꺼풀의 거무스름한 한쪽 눈을 숨길 수
있었다. 거울 속의 내 모습을 볼 때마다 머릿속은 오로지 '유대인,

유대인'이라는 생각뿐이었다. 나는 유대인임에 틀림없는 못생긴 여자아이였다. 동생에겐 치마 아래 꼭 숨겨야 하는, 유대인일 수밖에 없는 비밀이 있었다. 하지만 세상 사람들이 보기에 동생은 코가 작고 어여쁜 금발머리의 여자아이였다.

나는 붕대 때문에 가끔 불편했다. 붕대가 눈썹을 짓눌러서 피부가 가렵고 눈이 따끔따끔 쑤셨다. 그래도 어느 쪽 눈을 붕대로 가려야 하는지는 절대 잊지 않았다. 눈꺼풀이 조금씩 짓물렀다. 정말로 의사의 진료를 받아야 할 것처럼 보이기 시작했다. 이따금 눈이 괜찮은지 보거나 니아니아가 보지 않을 때는 붕대를 이마 위로 밀어젖혀 두기도 했다. 하지만 아침에 잠이 깬 순간부터 밤에 잠자리에 들 때까지 착실하게 붕대를 두르고 지냈다.

우리는 다른 여자들과 함께 큰방에서 지냈다. 여자들이 지내는 방과 비슷한, 남자들을 위한 방도 있었다. 우리는 동생이 여자인 척 하는데 아주 익숙해져서 정말 여자라고 믿기 시작했다. 니아니아는 수녀님들에게 할 말이 있어도 동생의 비밀은 말하지 않았다. 우리 셋은 늘 함께 있었다. 병원 병실처럼 방에도 두 줄로 나란히 하얀 침대가 놓여 있었다. 우리에게 깨끗한 시트를 깐 두 침대가 놓인 한 모퉁이가 주어졌다. 동생과 내가 한 침대를 쓰고 니아니아는 다른 침대를 썼다. 자기 자리는 책임지고 깨끗하게 정리해야 했다. 수녀원에는 나무 식탁과 의자들이 있는 식당이 있었다. 수녀님들은 양배추와 콩과 감자를 넣어 만든 야채수프를 주었다. 그 수프는 꽤 맛있었다. 우리는 밥을 먹기 전과 먹은 뒤에 늘 기도했다.

수녀원의 생활은 좋았다. 수녀님들도 친절했다. 우리가 지내는 곳은 내가 사랑하는 도시의 뒤편이었다. 조그만 베네딕트 성당에서 미사를 드리지 못할 때면, 우리는 중앙 광장에 있는 큰 성당인 성모 마리아 성당에 갔다. 니아니아는 사람들의 눈에 띄어도 시골의 작은 성당보다 도시의 큰 성당에 함께 있는 것을 훨씬 덜 걱정했다. 동생과 나는 미사 드리는 법을 모두 다 외우고, 성당에 가지 않을 때 가끔 미사 흉내를 냈다. 우리가 미사 놀이를 할 때 동생은 몰래 남자로 돌아갔다. 동생은 미사를 집전하는 신부가 되었고 나는 성가대의 수녀나 평신도가 되었다.

수녀원에서 우리는 두 뺨이 발그레한 여자아이인 크리시아와 친구가 되었다. 크리시아와 그의 엄마는 우리 침대와 마주한 두 침대를 쓰고 있었다.

"아이가 아주 건강해 보여요."

사람들은 크리시아 엄마를 안심시키려고 이렇게 말했다. 하지만 크리시아는 건강하지 않았다. 발그레한 장밋빛 뺨은 결핵에 걸렸다는 치명적인 표시였다. 동생과 나는 크리시아와 함께 재미있게 지냈다. 우리는 수녀원 안뜰을 둘러싼 벽돌 담장에 올라가서 꼭대기에서 균형을 잡으며 걸어 다녔다. 크리시아는 내 머리카락을 잡아당기며 놀려댔다.

"네 동생은 왜 머리를 짧게 잘랐냐? 쟤 머리카락이 네 것보다 훨씬 더 예쁜데."

나는 이런 질문을 받고 겁이 났다. 크리시아는 정말 영리했다.

동생이 잽싸게 대꾸했다.

"곱슬머리는 짧아야 더 예쁘거든. 엄마가 짧은 머리를 좋아해."

역시 동생도 영리했다.

우리는 안뜰에 자라는 떡갈나무 가지에 앉아서 다리를 흔들며 놀았다. 그곳에서는 강과 바벨 성이 보였다.

"엄마가 그러는데 우린 수녀님들과 오래 살지 않을 거래."

크리시아 엄마는 크리시아에게 백작인 아빠를 기다리고 있다고 말했다. 크리시아 아빠가 곧 두 사람을 데리러 올 거라고 했다. 하지만 크리시아는 믿지 않았다.

"난 아빠가 안 올 거라고 생각해."

크리시아의 엄마는 아름다웠다. 눈은 파란색이었고 머리는 영화배우에게서나 보았던 굽실굽실하고 찰랑찰랑한 금발이었다. 저녁마다 크리시아 엄마는 침대 옆에 놓아둔 작은 양철 대야에 하얀 레이스 블라우스를 빨았다. 그러고는 물을 꼭 짜내고 블라우스의 주름을 폈다. 마지막으로 그 옷을 딸과 자신의 침대 사이에 매어놓은 줄에 널어 말렸다. 아침이면 블라우스를 꼼꼼히 살펴보며, 침대 아래 있는 작고 낡은 가죽 가방에서 바늘과 실을 꺼내 터진 곳을 꿰맸다. 상자는 아주 우아한 청동 가방이었다. 그 안에 다른 물건도 있었는지 모른다. 이따금 크리시아 엄마는 무언가를 찾아서 가방 안을 뒤졌다. 혼자 남아서 가방 안의 물건에 집중하고 싶을 때면 늘 이렇게 말했다.

"친구들이랑 나가 놀거라, 크리시우."

우리들이 지내고 있는 건물 2층에는 진짜 욕실다운 욕실이 하나뿐이었다. 그곳에는 수도와 싱크대도 하나 있었다. 그리고 사자 발

톱처럼 보이는 묵직한 다리가 받치고 있는 커다란 욕조도 있었다. 우리는 이 욕조를 한 번도 사용한 적이 없었다. 마당의 우물에서 양동이로 물을 날라 와서 커다란 깡통 그릇에 채웠다. 우리는 제자리에서 씻었다. 니아니아가 우리 옷을 빨아주었다. 침대 아래에는 요강이 있었다. 여전히 이가 있었지만 그것 외에는 몸이 지저분하게 느껴지지 않았다.

어느 날 동생과 나는 계단을 오르락내리락 하면서 숨바꼭질 놀이를 하고 있었다. 우리는 크리시아를 찾고 있었다. 욕실 앞을 지나가다가 문을 열어보았더니 잠겨 있었다.

"여기 숨은 게 분명해."

동생이 속삭였다. 나는 안대를 올리고 열쇠 구멍으로 안을 들여다보았다.

벌거벗은 늙은 여자 하나가 허리춤까지 물에 잠긴 채 욕조 안에 있었다. 그 여자가 누구인지 알아내는 데는 일 분도 걸리지 않았다. 이그나시아 수녀님이었다. 그 동안 수녀님의 몸에서 볼 수 있는 부분은 옷가지로 감싸지 않은 샌들 신은 발뿐이었다. 팔도 팔꿈치 위쪽으로는 한 번도 본 적이 없었고, 얼굴도 항상 풀 먹인 하얀 테두리를 두른 갈색 베일에 가려져 있었다. 머리카락이 거의 남지 않은 수녀님의 머리가 보였다. 아주 짧은 회색 머리카락이었다. 수녀님은 헝겊에 비누칠을 해서 납작하고 빈약한 가슴을 꼼꼼하게 닦았다. 수녀님은 아래로 손을 내려 양다리 사이도 닦았다. 나는 동생에게 열쇠 구멍을 들여다보게 했다. 동생이 낄낄낄 웃기 시작했다. 나는 손으로 동생의 입을 틀어막고 욕실 문 앞에서 끌어냈다.

　왜 하필이면 그런 광경이 우리가 가는 길 앞에 있었을까? 나는 부끄럽기도 하고 무섭기도 했다. 우리는 볼 권리가 없는 것을 보고 말았다. 발가벗은 수녀님을 보는 것은 분명히 죄였다. 일부러 죄를 지을 의도는 전혀 없었다. 하지만 그 모습을 다시 보고 싶었다. 혼자 있었다고 해도, 수녀님이 목욕하면서 뭘 하나 보려고 다시 한 번 자세히 들여다보았을 것이다.

　그저 크리시아가 느닷없이 나타나지 않기만을 바랐다.

　내가 동생에게 말했다.

　"크리시아는 이제 그만 찾자."

　크리시아가 우리가 한 짓을 본다면 니아니아에게 일러바칠 것이다. 어쩌면 수녀님들에게 고자질할지도 몰랐다. 동생과 나는 조용히 한달음에 계단을 날듯이 내려와서 안뜰 벤치에 앉았다.

　화창하고 따스한 날이었다. 수녀님 몇 분이 나무 아래에서 감자 껍질을 벗기고 있었다. 이제 내게 떠오르는 생각이라고는 갈색 수녀복 속의 발가벗은 몸뿐이었다. 그리고 베일 속의 면도한 머리도. 그런 식으로 수녀님을 상상하고 싶지 않았다. 나는 신부님과 수녀님의 몸은 우리 몸이 하는 많은 일을 하지 않아도 된다고 생각해왔다. 언젠가 전쟁이 끝나고 내가 영원히 유대인이 되지 않는다면, 수녀가 되고 싶었다. 수녀님들이 소매를 둘둘 말아 올리고 손과 팔을 씻는 모습은 보았다. 설거지와 빨래하는 모습도. 하지만 오줌이나 똥을 눈다거나 헝겊으로 다리 사이를 씻는다고는 생각해본 적이 없었다. 욕조에 앉아 있는 이그나시아 수녀님은 완전히 발가벗고 있었다.

"이건 절대 니아니아에게 말하지 말자."

내가 이렇게 말하자 동생도 굳게 다짐했다.

"크리시아에게도 절대 말하지 말고."

고백 성사를 할 수 있었다면 우리의 죄는 사해졌을 것이다. 하지만 니아니아는 우리의 고백 성사를 허락하지 않았다. 우리는 기도를 드렸다. 노래도 불렀다. 수녀원 성당에서 몇 시간 동안 무릎을 꿇고 있기도 했다. 키리에 엘레이숀(주님 자비를 베푸소서)에서 이떼 미사 에스트, 데오 그라시아스까지 라틴어 미사도 다 외우고 있었다. 니아니아는 항상 성모 마리아와 성인들이 우리를 보호해주고 있다고 말했다. 하지만 우리는 신자가 아니었다. 영성체는 모실 수가 없었다. 우리는 유대인이었다. 그리고 유대인의 죄는 더 나빴다. 언제나 더 나빴다. 동생과 나는 말없이 앉아서 우리의 비밀을 간직하고 있었다. 바로 그때 크리시아가 불타는 듯 새빨개진 두 뺨으로 우리에게 달려왔다.

나는 거짓말을 했다.

"사방팔방 널 찾아다녔잖아."

그러자 크리시아가 발끈 화를 냈다.

"성당 계단 아래에서 너희를 향해 깃발을 흔들고 있었어. 너희는 눈도 없냐? 눈도 없어? 없냐고!"

어느 날 우리는 중앙 광장에 있는 큰 성당에 미사를 드리러 갔다. 따뜻한 날이었다.

미사가 끝나고 밖에 나오고 나서야 니아니아는 웃옷을 놓고 왔다는 사실을 깨달았다. 서둘러 달려갔지만 옷은 감쪽같이 사라지고 없었다. 우리는 자리마다 샅샅이 뒤졌다. 돌바닥을 기어가며 살펴보기도 했다. 심지어 근처에도 안 간 자리까지 찾아보았다. 통로를 돌아다니는 성당지기에게 물어보았지만 고개를 휘휘 내저을 뿐이었다. 성당 한 편에서 니아니아는 성모님께 기도를 드렸다. 다른 곳으로 가서는 안토니오 성인에게 기도를 했다. 남동생과 나도 따라 기도를 드렸다.

우리는 성당에서 나와 광장 주변을 돌아다녔다. 니아니아는 울먹이며 기도를 되풀이했다.

"주님의 어머니시여, 저를 도와주세요. 제발 저를 도와주세요!"

동생과 나는 어떻게 해야 할지 몰랐다. 갑자기 니아니아가 우리 손을 잡았다.

"마트카 보스카(성모)께서 우리 기도를 들으셨을 거다."

니아니아는 격하게 속삭이면서 우리를 잡아끌고 성당 안으로 다시 들어갔다. 성당지기도 가고 없었다. 우리는 다시 옷을 찾아보았다. 좀 전처럼 바닥을 기어 다녔지만 소용이 없었다.

니아니아는 한낱 평범한 웃옷 때문에 호들갑을 떠는 게 아니었다. 그 옷에는 우리가 니아니아의 고향으로 가던 날, 엄마가 아마 천과 함께 건네준 보석이 숨겨져 있었다. 그 옷 솔기에 보석을 넣어 꿰맸던 것이다. 그때 니아니아는 이렇게 말했다.

"이것들은 절대 쓰지 않았으면 좋겠구나."

시골에서 우리는 아마 천만 바꿔 썼다. 니아니아가 보석을 꺼내려고 옷 솔기를 자르는 모습을 한 번도 본 적이 없었다. 옷을 가져간 사람은 솔기 안에 보석이 숨어 있다는 사실을 모르고 가져갔을 것이다. 보석을 발견하고 운이 좋다며 암시장에서 다른 물건과 바꾸거나, 그저 자신이 입을 적당한 옷가지를 발견했다며 좋아했을 것이다.

나는 니아니아의 머리가 아프지 않길 바랐다. 니아니아를 진정시키려고 애썼다.

"그만 울어, 니아니우시우."

정신없이 옷을 찾느라고 내 생각을 말하지 못했다. 옷은 니아니아의 것이다. 솔기에 감춰둔 보석은 유대인의 것이다. 그래서 성모님이 우리 기도를 들어주지 않았을 것이다.

가끔씩 니아니아는 엄마와 만났다. 어떻게 만났는지는 모른다. 옷을 잃어버린 며칠 뒤 우리 네 사람은 한적한 공원에서 만났다.

태양이 환히 빛나는 따뜻한 날이었다. 우리는 벤치에 앉아 있었

다. 엄마는 게토가 습격당한 뒤에 동생과 내가 건넜던 그 다리를
건너 탈출한 이야기를 들려주었다. 동생과 내가 몰래 달아나던 그
환한 대낮에 다리 아래 둑에서 담배를 피우며 웃던 나치 경비병들
이 떠올랐다.

"그 날 밤, 다리를 감시했는지는 확실히 몰라. 아무튼 폭풍이 거
세게 불기 시작하자 난 다리를 걸어서 탈출했단다."

지금 게토는 텅 비어 있다. 완전히 일소되었다. 엄마처럼 위조
서류가 없어서 외삼촌과 외숙모 그리고 라이사 언니는 탈출할 수
없었다. 외삼촌네 가족은 크라코프 외곽에 있는 푸아쇼프 노동 강
제 수용소로 보내졌다. 그들은 여전히 살아 있었다.

"일자리를 구했단다."

엄마가 말했다. 엄마의 위조 서류들은 아직도 효과가 있었다. 그
것도 크라코프에 사는 나치 가족의 부엌에서 일하게 되었다. 엄마
도 요리를 할 줄 아는지는 몰랐다. 전쟁이 일어나기 전에 우리집에
는 요리사가 있었다. 나는 엄마가 만들어준 음식을 먹어본 적이 한
번도 없었다. 엄마는 독어를 잘 했다. 그 사실 때문에 엄마가 의심
을 받을지도 몰랐다. 폴란드에는 독어를 할 줄 아는 유대인이 종종
있었다.

엄마가 한숨을 내쉬었다.

"앞으로 어떻게 될지 모르겠구나. 지금까지는 이슬을 막아줄 지
붕이 있고 먹을 것도 있긴 했지만."

니아니아는 초조하게 드레스의 단추를 매만지며 안절부절못하
고 있었다. 몹시 두려워하며 잃어버린 옷에 대해 엄마에게 말할

순간을 기다리고 있었다. 드디어 니아니아가 그 이야기를 꺼냈다.

"아이고, 보체 뫼(맙소사), 어쩜 그렇게 멍청할 수 있지! 세상에, 바보 같으니라고!"

엄마가 자신의 손을 비틀며 니아니아에게 소리쳤다.

니아니아가 울먹였다.

"정말 미안해요……. 미안해요. 정말 미안해요."

그래도 엄마는 계속해서 니아니아를 꾸짖었다.

"쉿, 조용히 해요! 그만."

나는 울음소리와 고함 소리를 멈추게 하려고 두 사람을 진정시켰다. 뒤를 돌아보았다. 관목 숲에서 커다란 개가 짖으며 우리 쪽으로 달려왔다. 무슨 일인지 알아보려고 나치가 따라올 거라고 생각했다. 개는 곧장 우리 곁을 지나갔다. 조금 있으니까 막대기를 든 남자아이가 개를 따라 쏜살같이 달려갔다. 잠시 뒤 개와 남자아이는 굽은 길 너머로 사라졌다. 다시 우리만 남았다. 하지만 여전히 위험에 둘러싸여 있는 기분이었다. 먼지가 뽀얗게 앉은 관목 덤불에서 당장 위험이 튀어나올 것만 같았다. 저 멀리 구불구불한 길에서도. 하늘의 구름에서도. 그런데 엄마는 잃어버린 보석 때문에 큰소리로 고함치고 있다.

나는 엄마가 이미 우리를 곤란한 상황에 빠트렸다고 말하고 싶었다. 엄마는 미리 알리지도 않고 니아니아의 고향에 갑작스레 나타났다. 엄마가 보석을 사용하는 것을 처음 본 것도 우리를 고발하겠다고 위협하던 농부에게 뇌물로 주었을 때였다. 물론 보석이 거래하기에 가치 있는 물건이라는 사실은 중요했다. 하지만 그 일 못지않게 사람들의 관심을 끌지 않는 것도 중요했다. 지금 니아니아는 우리들에게 좋은 피난처를 찾아주었다. 수녀님들과 함께 베네딕트 수녀원에 있으면 안전했다. 나치가 물러갈 때까지. 전쟁이 끝날 때까지 모든 것이 지금과 같기만 바랐다.

"그건 니아니아의 잘못이 아니에요. 하느님의 뜻이에요."

동생이 조용히 말했다.

엄마는 입을 다물고 동생을 꼭 안아주었다. 그러면서 니아니아의 손을 잡았다.

"그래, 하느님이 우리 모두를 지켜주실 거야."

엄마가 한숨을 내쉬었다. 엄마가 유대인의 하느님이 우리를 보호해준다고 생각하지 않기를 바랐다. 나치들 사이에서 가톨릭 신자인 폴란드 여자로 통하니까, 엄마도 묵주를 갖고 있고 하느님에 대해 말할 때도 잊지 말고 성호를 긋기를 바랐다.

11

우리는 크리시아와 성당 계단에 앉아 있었다. 크리시아는 어디선가 카드 한 벌을 구해 와서는 우리에게 게임을 가르쳐주려고 애썼다. 그러면서 스스로 안달복달했다.

"어휴 멍청하긴! 너흰 절대 못 배울 거야."

크리시아는 우리 손에서 카드를 빼앗아 땅바닥에 던졌다. 쌓아 놓았던 카드마저 집어 던져버렸다. 나는 그런 크리시아가 불공평하다고 생각했다. 남동생과 내가 아무리 완벽하게 게임을 배웠어도, 그 카드로는 제대로 놀 수가 없었다. 카드 몇 장이 없었던 것이다. 동생이 흩어진 카드를 주워서 벽돌 벽 갈라진 틈새에 쑤셔 넣었다.

크리시아가 불쑥 소리쳤다.

"다른 놀이를 하자. 성 근처에 회전목마가 있는데 거기 가자."

동생이 겁을 내며 대꾸했다.

"우리가 돌아다니는 걸 엄마가 싫어해."

크리시아가 비웃었다.

"가자. 너흰 아기가 아니잖아."

그래, 아기가 아니지. 우리가 유대인이라는 게 문제지. 크리시아, 너는 모르는 사실이야. 니아니아가 진짜 우리 엄마가 아니라는 것도 모르잖아. 내 동생이 남자라는 것도 모르고. 아무튼 모든 것을 다 안다고 여기며 자신이 굉장히 똑똑한 줄 아는 크리시아에게 이 엄청난 비밀을 지키기 위해 나는 강하고 대담해지기로 마음먹었다.

니아니아는 누워 있었다. 조금 전에 두통약을 갖다 주었다. 아마도 지금쯤 잠이 들었을 것이다. 한동안 우리를 찾지 않을 것이다. 잠시 몰래 나갔다 와도 되었다. 아무 일도 없는 척하기는 정말 피곤했다. 그리고 못 본 척하는 것도. 환한 대낮에도 우리는 항상 숨어 있었다. 드디어 결심했다.

"좋아, 가자."

동생이 믿을 수 없다는 듯 쳐다보았다.

"자, 가자! 크리시아 말이 맞아."

나는 동생의 팔을 잡아당겼다. 우리는 회전목마가 있는 곳으로 우르르 몰려갔다. 오래 있지 않을 것이다. 니아니아가 잠이 깰 무렵 돌아올 테니까.

전쟁이 일어나기 전부터 공원에 낡은 회전목마가 있다는 사실을 알고 있었다. 니아니아가 나를 데리고 가끔 그곳에 갔다. 그러고는 말이나 돼지 중 한 곳에 태워주었다. 회전목마 조각상에 걸터앉으면 나는 니아니아만큼 키가 컸다. 양팔로 나무 동물의 목을 꼭 잡았다. 니아니아는 내 옆에 서서 나를 잡아주었다. 돌진해오는 바람과 위 아래로 흔들리는 움직임과 콧구멍으로 밀려드는 페인트와 니스 냄새와 도시의 먼지 냄새가 좋았다.

동생과 나는 크리시아와 함께 정문을 지나 수녀원 안마당에서 걸어 나왔다. 우리는 강 쪽으로 나 있는 거리를 걸어갔다. 아무도 우리를 주목하지 않았다. 따스한 봄날의 늦은 오후였다. 나는 흥분했다. 우리는 몇 달 동안 수녀원에서 살고 있었다. 이따금 잠깐 동안 공원이나 길가에서 엄마를 만났다. 니아니아는 엄마를 만날 때면 수녀원에서 멀리 떨어져 있는지 확인했다. 시골에서처럼 의심을 사고 싶지 않았다. 두통말고는 니아니아는 전처럼 화를 내거나 불행해 하지 않았다. 날마다 우리는 수녀원 성당에서 함께 미사를 드렸다. 또 중앙 광장에 있는 성모 마리아 성당에도 갔다.

앞쪽 건널목에 제복을 입은 소년 단원들과 그에 어울리는 제복을 입은 사감 둘이 보였다. 우리와 같은 방향으로 행진하고 있었다. 모두들 발맞춰 걸어갔다. 단원들의 목에는 작은 스카프가 단정하게 매여 있고 머리에는 모자가 비스듬히 내려앉아 있었다. 소년 단원들 가까이 다가가기가 몹시 두려웠지만 그 사실을 크리시아에게 알리고 싶지 않았다. 나치에 가입한 폴란드 아이들은 학교에 다닐 수 있었다. 그 아이들은 한껏 뽐내며 걸어 다녔고 자신이 특별하다고 생각했다. 이따금 나치 소년단에 들어가지 못한 아이들을 괴롭히기도 했다. 재빨리 크리시아를 쳐다보았지만 앞에서 행진하는 아이들을 어떻게 생각하는지 알 수 없었다.

바벨 성 아래 제방 위에 서 있는 회전목마까지 가려면 먼저 작은 다리를 건너야 했다. 동생과 게토에서 탈출했던 그 날 이후로 다리 건너기가 정말 싫었다. 게다가 지금은 독일 군인인 척하는 폴란드 아이들과 같이 다리를 건너고 싶은 마음이 들지 않았다.

나는 걸음을 늦추었다.

"기다려. 잠깐 쉬자."

그러자 크리시아는 조바심을 냈다.

"구두끈을 매야 해."

나는 중얼거렸다.

다리를 건너면 안 된다고 생각했다. 안전한 수녀원에서 겨우 몇 걸음 왔을 뿐인데 벌써 위험에 빠졌다. 크리시아의 도전에 맞장구 치기로 한 건 나였다. 정말 어리석은 생각이었다. 나는 늘 크리시아가 두려웠다. 그건 동생과 나를 아기로 생각했기 때문이 아니었다. 크리시아가 폴란드 아이인 아리안이기 때문이었다. 우리가 진짜 누군지 안다면 크리시아는 다른 사람들처럼 우리를 고발할 것이다. 나는 쪼그리고 앉아서 구두끈을 만지작거렸다. 제복을 입은 아이들이 충분히 앞서 걷고 있다고 생각되자, 몸을 꼿꼿이 세우고 일어났다. 재빨리 동생을 쳐다보았다. 동생도 내 행동을 알고 있었다.

"이제 됐어. 얼른 가자."

나는 크리시아에게 당당하게 말했다.

우리가 다리까지 갔을 때 위협적인 무리는 우리 앞에 가고 있었다. 회전목마의 노랫소리가 들려올 즈음에는 아주 멀어졌다. 그러고 나선 아예 보이지 않게 되었다. 어디로 갔는지 알 수도 없었다. 회전목마가 서 있는 제방에는 없었다.

그곳에서는 색다른 오락거리가 펼쳐지고 있었다. 곡예사 네 명이 묘기를 부리고 있었다. 재주를 부리고 서로의 어깨 위에 올라타고 펄쩍 뛰어서 공중제비를 돌았다. 갑자기 가장 아래 있던 남자가 넘어졌다. 그러자 다른 사람들도 땅에 쓰러졌다. 분명히 아팠을 텐데 아무도 아픈 척하지 않았다. 네 사람 모두 웃으면서 벌떡 일어났다. 그 중 한 사람이 손에 모자를 들고 우리 사이를 걸어 다녔다. 곡예사가 돈을 모으러 다니는 동안 몇몇 사람들이 궁시렁대며 모자 안에 동전을 넣었다. 우리는 줄 돈이 없었다. 곡예사인 그들도 안 좋았을 것이다.

전쟁이 일어나기 전에 외할머니와 외할아버지와 함께 유형 당한 이모가 나를 서커스에 데려갔었다. 그곳에는 코끼리와 말이 있었다. 나는 동물들 냄새가 싫었다. 하지만 겁도 없이 말 등에 서서 원형무대를 달리던, 파랗고 금색의 짧은 옷을 입은 여자는 정말 좋았다. 그리고 공이 몇 개인지 셀 수도 없게 공중에서 많은 공을 재빨리 던지고 받던 남자도 있었다. 그 남자는 단 하나의 공도 떨어뜨리지 않았다. 공연이 끝났을 때 박수를 치는 것도 좋았다. 집에 돌아온 나는 박수갈채를 받길 바라며 흔들 목마에 서보았다. 그러다가 떨어져서 팔꿈치는 긁히고 코에는 커다란 혹이 났다. 나는 울지 않았고 다치지 않은 척했다. 그래도 니아니아는 내게 몹시 화를 냈다.

어느새 우리는 잠두콩을 파는 할아버지의 옆을 걷고 있었다. 할아버지는 갈색 종이를 둘둘 말아 원뿔 모양을 만든 다음 손으로 콩을 퍼 담았다. 그러고는 눈길을 끌려고 손가락으로 봉지를 들어올렀다. 동생과 나는 잠두콩을 정말 좋아했다. 돈이 없었던 우리는 몹시 안타까워하며 머리를 푹 숙이고 지나쳤다.

회전목마는 돌아가고 있었다. 우리는 가만히 서서 바라보았다. 회전목마는 모양과 색깔이 섞여서 흐릿해질 때까지 점점 더 빨리 돌았다. 그러다가 서서히 속도를 늦추며 딱 멈춰 서면 희미하던 말과 백조 모습이 드러났다. 회전목마에는 겨우 몇 사람만 타고 있었다. 회전목마 주인이 '타는 데 50즈로티' 하고 외쳤다. 두 아이와 함께 온 한 여자가 돈을 내고는 셋이 회전목마에 올라탔다. 아이들은 이 동물 저 동물을 탔다가 내렸다 되풀이하더니 마침내 딱 맞는 동물을 골라 탔다. 주인은 잠시 기다렸다가 회전목마를 돌렸다. 다시 회전목마가 멈췄을 때 새로 타는 사람이 없었다. 그러자 주인이 텅 빈 채로 목마를 돌렸다.

오르간 소리가 무척 흥겹게 들렸다. 공중에 앞발을 번쩍 들어 올린 말들은 우아하게 껑충 뛰어올라 얼어버린 모양대로 조각해놓은 듯했다. 아름답고 밝은 색깔의 장미꽃과 잎으로 장식된 멋진 벤치는 말을 타지 않는 사람들을 기다리고 있었다. 나는 빨간색과 하얀색 깃발이 나부끼는 덮개 꼭대기를 쳐다보았다.

동생이 크리시아에게 귓속말을 했다.

"아무도 타지 않을 건가봐. 잠깐만 여기 서 있자. 공짜로 태워줄지 몰라."

크리시아는 어깨를 으쓱하더니 다른 곳으로 가버렸다.

돌아가는 회전목마 너머로 바벨성의 거대한 모습이 손에 닿을 듯 가깝게 보였다. 나는 뒤돌아서서 나의 크라코프를 보았다. 조용한 도시는 분홍빛과 황금빛의 저녁 하늘에 그려놓은 아름다운 그림처럼 보였다. 시 광장의 탑과 그 옆으로 성모 마리아 성당의 첨탑이 보였다. 지금 있는 곳에서는 우리가 건너온 다리가 보이지 않았다. 히틀러 소년 단원들도 보이지 않았다. 반대편에 있는 작은 숲속으로 가버린 것이 분명했다. 나는 니아니아가 아직도 잠을 자고 있는지 궁금했다.

친절한 성모님과 예수님, 제발 회전목마 주인이 우리에게 목마를 태워주게 해주세요! 어리석은 기도에 죄의식을 느꼈지만, 아무튼 이 작은 외출이 헛되지 않기를 기도했다. 꾀죄죄한 셔츠와 가죽 조끼를 입고 꼬질꼬질한 부츠를 신은 주인은 아무도 태우지 않고 음악을 튼 채 계속 회전목마를 돌려댔다. 그래도 어쩌면 공짜로 우리를 태워줄지 몰랐다. 하지만 주인은 '타는 데 50그로티'라고 소리치기를 거듭했다. 주인이 외칠 때마다 회전목마를 타고 싶다는 나의 기도는 반짝이는 신기루로 변했다. 마치 역에서 절대 멈추지 않는 기차를 기다리는 듯한 느낌이었다.

"안 갈 거야?"

동생이 내게 속삭였다.

그때 크리시아가 보였다. 크리시아는 빙글빙글 이리저리 달리기 시작했다. 빙글빙글 돌아가는 회전목마보다 더 빨리 달리려는 듯 반대 방향으로 미친 듯이 빙빙 돌았다.

숲속 어딘가에서 갑자기 소년단원들이 불쑥 나타났다. 구두끈을 매는 척하면서 그렇게 피하려고 했던 위협적인 무리가 떼를 지어 소리 지르며 회전목마에 팔짝팔짝 올라타고 있었다. 주인이 웃으면서 돈은 필요 없다고 말했다. 동생과 나는 그늘진 곳으로 물러나 웅크리고 앉았다.

회전목마가 멈췄다. 오르간 소리도 잠잠해졌다. 소년단원들이 회전목마에서 내려와 두 줄로 서더니 사감 뒤에서 행진해갔다. 크리시아가 보이지 않았다.

그때 들렸다. 끔찍하게 숨 가쁜 소리가 들렸다. 질식할 듯 숨 막히는 기침소리였다. 크리시아가 숨 막힐 듯 기침하며 괴롭게 검붉은 피를 토하며, 의자에 쓰러지는 모습이 보였다. 우리는 어떻게 해야 할지 막막했다.

내가 절망적으로 말했다.

"그렇게 빙빙 돌면 어떡해. 그리고 그렇게 빨리 달리면 안 되잖아."

마치 니아니아가 잔소리하는 듯 들렸다. 꾸중처럼 들리지 않길 바랐지만 마치 엄마 아빠가 꾸짖는 소리 같았다. 그 말에 크리시아는 기분이 더욱 나빴을 것이다. 크리시아도 그런 모습을 보이고 싶지 않았을 테니까. 나라도 그런 모습을 보이고 싶지 않았을 것이다. 이제 곧 기침 소리에 사람들이 몰려들 것이다. 동생과 나는 크리시아의 양옆에 앉았다. 숨 막힐 듯한 거친 기침 소리는 크리시아의 폐가 몸 밖으로 나와 날아갈 것처럼 끔찍하게 들렸다. 기침 소리는 한동안 계속 되었다. 요란한 기침 소리가 잦아들자 크리시아의 폐가 휴지처럼 갈기갈기 찢어졌을 거라는 생각이 들었다.

날은 벌써 어두워지고 있었다. 남은 사람들도 많지 않았다. 회전목마를 타려고 기다리는 사람도 없었다. 그때 회전목마 주인이 우

리에게 다가왔다. 우리를 쫓아내던가 아니면 고발하려고 오는 듯
했다.

"그래, 이 개구쟁이들, 타거라."

주인이 말하며 음악을 틀었다.

순간 나는 망설였다. 주인을 믿을 수가 없었다. 신뢰할 수도 없
었다. 그렇게 오랫동안 회전목마 타기를 기다리던 참이었는데. 그
러다가 나는 말 등에 올라탔다. 동생도 잽싸게 내 바로 옆 말을 탔
다. 회전목마에 걸터앉아서 마술이 시작되기를 기다렸다. 바로 앞
에서 크리시아가 움직이지 않는 회전목마에 앉아 숨을 고르고 있
었다. 그것은 백조가 끄는 마차처럼 보였다. 아니, 진짜 벤치였다.
위 아래로 움직이지 않는 회전목마였다. 크리시아는 기침하느라
몹시 지쳤을 것이다. 차라리 앉아 있는 것이 더 편할 것이다. 가만
히 앉아 있었어도 내일이면 크리시아는 이야기를 꾸며낼 것이다.
아주 다른 사람처럼. 그것도 아주 다른 사람이 된 양.

달이 바벨성 뒤로 떠올랐다. 회전목마는 속력을 냈다. 우리가 빙
빙 돌자 바람이 불어와 머리카락을 간질이다가 춤을 추며 숨소리
에 맞춰 배 속으로 들어갔다. 그 시간은 아주 짧았다. 이내 회전목
마가 서서히 아주 천천히 움직이기 시작했다. 그러다가는 딱 멈춰
섰다.

우리가 말에서 풀쩍 뛰어내리고 크리시아가 백조마차에서 일어
날 때 주인은 조금도 웃지 않았다. 동생과 나는 무릎을 굽혀 태워
줘서 고맙다고 회전목마 주인에게 인사했다. 크리시아는 아무 말
도 안 했다. 그저 조용히 걷기 시작했다.

우리는 수녀원으로 돌아가는 길 내내 크리시아를 귀찮게 하지 않으려고 조심하면서 몇 발자국 뒤에서 걸어갔다. 크리시아는 우리가 기침하는 모습을 보아서 화가 났다. 몸이 아픈 것이 창피했던 것이다. 나는 크리시아가 수녀원에 돌아가기 길에 또 기침을 하지 않길 바랐다. 다리를 건넜을 무렵 날은 이미 어두컴컴했다.

수녀원 안뜰에서 니아니아가 우리를 향해 울면서 달려왔다. 그러고는 소리쳤다.

"도대체 어디 갔었니?"

크리시아 앞에서 니아니아는 내 엉덩이를 힘껏 쳤다. 그런 다음 동생의 엉덩이도 철썩 때렸다.

"다시는 오늘처럼 사라지지 말거라. 잘 모르겠니? 그게 얼마나 위험한지 몰라?"

니아니아는 문을 향해 거칠게 손짓했다.

"너희끼리 나가지 말라고 몇 번이나 말했니?"

사람들이 모두 창문 밖으로 목을 내밀고 쳐다보았다. 수녀님 몇 분이 저녁 기도를 드리다 말고 성당에서 달려 나왔다. 순간 니아니아가 꾸중을 멈추었다. 아마도 우리를 야단치는 모습이 두어 시간 동안 사라졌다가 나타난 것보다 더 위험하다고 생각한 듯했다. 니아니아는 건물 안으로 들어가는 크리시아에게는 눈길 한 번 주지 않았다.

우리가 방으로 들어갔을 때 크리시아 엄마는 구석에 있는 침대에 앉아서 바느질을 하고 있었다. 살며시 미소를 지으며 뭐라고 중얼거리고 있었다. 딸이 밖에 나갔다 온 사실도 모르는 것 같았다.

크리시아는 침대에 누워 있었다. 기침도 하지 않았고 말도 하지 않았다. 담요를 푹 뒤집어쓰고 있었다. 그 날 저녁 크리시아한테 아무 말도 듣지 못했다.

아침에 동생과 나는 침대에 앉아서 친구가 일어나길 기다렸다. 크리시아 엄마는 딸 옆에 앉아서 가죽 가방에서 무언가를 찾고 있었다. 수녀님들이 의사를 데려왔다. 그들은 머리를 숙이고 기도했다. 결핵이 폐병이라는 사실은 알고 있었다. 숨을 못 쉬게 하는 병이라는 사실도 알고 있었다. 이그나시아 수녀님도 그 자리에 있었다.

"이리 오세요들."

수녀님이 함께 기도하자며 니아니아와 동생과 나에게 가까이 오라고 손짓했다. 크리시아가 눈을 떴지만 나는 아무것도 보지 못한다는 사실을 알았다. 오후 내내 크리시아는 침대에 누워 있었다. 아주 조용히. 꼼짝도 안 하고. 왜 아무 말도 안 하는 걸까? 크리시아는 꽤나 으스대기 좋아하는 아이였다. 잘난 척 떠들어대지 않고 왜 저렇게 누워만 있는 걸까?

크리시아가 결국 죽었다. 크리시아 엄마는 그 사실을 알고서도 울지 않았다. 몹시 어리둥절해 했다.

"뺨이 저렇게 건강해 보이잖아요. 장밋빛이잖아요."

크리시아 엄마는 계속 이렇게 되뇌었다.

수녀님들이 와서 크리시아의 눈을 감겨주었다. 그러고는 조용히 기도를 했다. 그 날 밤과 낮 동안에 크리시아의 시체는 내 맞은 편 침대에 있었다. 밤새 크리시아의 코는 천장을 향해 있었다. 전쟁이 사방팔방에 도사리고 있었다. 온 곳에서 사람들은 위협을 받고 강제로 끌려가고 추방당하고 죽임을 당했다. 온 곳에서. 죽은 사람과 한 방에서 밤을 지새운 것은 처음이었다. 크리시아는 꽤나 장난꾸러기였다. 아마 죽은 척하고 있는 것인지도 몰랐다. 나는 내일 아침에 크리시아가 깨어날 수 있기를 간절히 기도했다.

성당에서 크리시아의 장례 미사가 이루어졌다. 크리시아는 수녀님들이 마련해준 작은 흰색 관에 누워 있었다. 하얀색 드레스를 입고 있었다.

"첫 영성체 때 입었던 옷이란다. 정말 예쁘지 않니?"

크리시아의 엄마가 말했다. 크리시아의 뺨은 드레스처럼 새하얗다. 꼭 잡은 손에는 니아니아가 내게 주었던 것과 같은 진줏빛 구슬 묵주가 둘러져 있었다.

그 후에도 크리시아 엄마는 수용소에 머물러 있었는데 늘 큰소리로 말했다.

"뱀 때문이야. 뱀이 왔었어. 뱀 때문에 모든 것이 더러워졌다고."

크리시아 엄마는 레이스 블라우스를 계속 빨았다. 밤마다 불이 꺼지면 옷을 짜는 소리와 물이 떨어지는 소리가 들렸다. 아침이면 크리시아 엄마는 다시 뱀에 대해 말하며 블라우스를 꿰맸다.

12

　　며칠 전에 크리시아의 시체를 관에 넣어 장례를 치렀던 작은 성당에서 우리는 수녀님들과 함께 무릎을 꿇고 미사를 드리고 있었다. 우리의 목소리와 성가 노랫소리가 어우러진 너머로 "알레스 라우스(모두 나와)!" 하는 소리가 들리더니 무거운 발자국 소리가 계단을 올라왔다.

　　"유덴! 보 진트 디 유덴(유대인 놈들! 유대인 놈들은 어디 있나)?"

　　나치들이 양팔로 소총을 들고 우르르 안으로 몰려왔다.

　　"슈넬! 알레스 라우스! 슈넬(빨리! 모두 나와! 빨리)!"

　　미사는 영성체 직전에 중단되었다. 군인들이 동생과 나와 니아니아를 향해 총구를 겨누며 곧장 달려왔다.

　　"라우스! 라우스!"

　　이제 군인들은 우리 뒤에 있었다. 개머리판이 내 갈비뼈를 찌르는 게 느껴졌다. 성당 계단은 가파르지 않았다. 내려가는 계단도 겨우 몇 개뿐이었다. 하지만 나는 비틀거리다가 거의 넘어질 뻔했다. 동생은 바로 내 뒤에 있었다. 그리고 니아니아는 울부짖고 있었다.

"니, 니, 나인! 모체 드치키! 지 진트……. 모체 드치키(아니에요,
아니에요, 아니에요! 쟤들은 내 애들이에요)."

니아니아는 몇 마디 알고 있는 독어와 폴란드어를 섞어서 애원
했다. 나치들은 그 말을 들은 척도 하지 않으며 수녀님들에게 소리
쳤다.

"알레! 알레 유덴 히르(유대인 놈들은 모두 여기로 나와)."

나치가 유대인들을 모두 내놓으라고 윽박질렀다. 수녀님들이 항
의했지만 옆으로 밀려났다. 곧이어 유대인들이 모두 발각되었다.
마지막으로 우리도 잡혔다. 그 날은 크리스마스였다.

나치가 우리에게 벽을 보고 줄을 서라고 했다. 나는 눈앞의 검붉
은 벽돌을 바라보며 총이 발사되기를 기다렸다. 고함 소리가 계속
되었지만 총소리는 들리지 않았다. 내 입김이 공중으로 가느다랗
게 피어올랐다. 온몸이 벌벌 떨렸다. 외투와 모자와 목도리는 모두
성당 안에 있었다. 그래서 추운 것이었다. 무섭지는 않았다. 온몸
이 얼어붙는 것 같았다. 하지만 무섭지는 않았다. 게토의 다락방에
숨었던 그 날처럼 무섭지는 않았다. 니아니아가 우리와 함께 여기
에 있었다. 나치들이 수녀원에서 성스러운 수녀님들 사이에서 고
함치고 있지만, 성모님이 우리를 보호해 주실 것이다.

니아니아를 제외하고 유대인이 아닌 사람들은 성당에 남아 있었
다. 니아니아는 흐느끼면서 독일군에게 폴란드어로 애원했다. 우
리가 자기 딸이라고 주장했다. 나치가 비웃으며 동생을 구석으로
몰았다. 그러고는 동생에게 치마를 올리고 속옷을 내리라고 명령
했다. 잠깐 동안 동생의 할례 받은 작은 고추가 드러났다.

"운트 두, 비스트 두 아우흐 아인 크납(너도 사내아이지)?"

나치는 나에게도 속옷을 내리라고 손짓했다. 겁에 질려 손가락을 부들부들 떨며 명령대로 치마 속을 더듬었다. 그때 나치가 마음을 바꾸어 나를 확 밀쳐내며 내버려두었다.

나는 다른 유대인들도 수녀원에 살고 있는 줄은 정말 몰랐다. 젊은 남자도 있었다. 한 번도 보지 못했던 얼굴이 창백하고 빼빼 마른 젊은 여자도 있었다. 다리를 저는 여자도 있었다. 예전에 그 여자가 지팡이를 짚고서 그릇을 들고 와 수프를 타는 모습을 본 적이 있었다. 한 엄마와 십대 아들도 있었다. 두 사람은 본 적이 있었다. 둘 다 금발머리였다. 그들이 유대인일 거라고는 생각도 못했다. 수녀님들은 환한 대낮에 우리를 숨겨주었다. 우리는 베네딕트 수녀원 보금자리에서 조용히 섞여 지내고 있었다. 순간 한 생각이 내 마음속을 훑고 지나갔다. 이 사람들을 미사 시간에 본 적이 없었던 것이다. 그들은 유덴이었다. 그리고 이제 나도 유덴이 되었다. 이제 유덴인 우리는 모두 발각되었다. 마침내 나치의 손아귀에 들어가고 만 것이다.

나치는 다른 유대인 포로와 함께 동생과 나를 수녀원 안뜰 정문 앞에 세워둔, 캔버스 천을 덮은 트럭 쪽으로 몰았다. 트럭의 차체는 바퀴 위에 높이 앉혀 있었다. 트럭에 올라타기가 쉽지 않았다. 하지만 트럭을 꼭 잡고 몸을 끌어올린 다음, 한쪽 다리를 올리고 다른 쪽 다리를 마저 힘껏 들었다. 드디어 트럭에 탔다. 언 몸으로 온 힘을 써서 그런지 팔과 다리가 부들부들 떨리고 쑤셨지만, 이상하게도 만족감이 느껴졌다. 동생이 낑낑거리며 트럭에 올라타는 모습이 보였다. 나는 동생을 도와주고 싶지 않았다. 나치가 우리를 강하고 일할 능력이 있다고 생각해야 했다. 드디어 동생도 트럭에 탔다. 트럭에는 다른 사람들이 타고 있었다. 남자들과 여자들이. 다른 곳에서 체포된 사람들이 틀림없었다. 그들은 온몸을 벌벌 떨면서 멍하니 새로 온 사람들을 쳐다보았다.

바로 그때 니아니아가 우리 코트와 모자와 목도리를 들고 트럭을 향해 달려왔다. 나치가 니아니아에게 총을 쏠까봐 무서웠다. 하지만 나치는 니아니아가 트럭 안으로 옷을 던져주어도 그냥 내버려두었다.

니아니아가 여전히 울면서 애원하자 이번에는 총의 개머리판으로 니아니아를 옆으로 밀쳐냈다. 니아니아 바로 뒤에 크리시아 엄마가 보였다. 크리시아 엄마는 코트도 입지 않고 레이스 블라우스만 입고 있었다. 마냥 웃으면서 손수건을 흔들어댔다.

나치가 커튼을 치듯 캔버스 천을 당겨 트럭 뒤쪽을 덮어버렸다. 이윽고 시동이 걸리고 트럭이 움직이기 시작했다. 나치가 우리를 어디로 데려갈지 몰랐다. 왜 우리를 총살하지 않았을까? 우리가 다른 일에 필요한 걸까? 모터 소리와 자갈길을 달리는 바퀴 소리 너머로 계속해서 울부짖는 여자의 목소리를 들렸다.

"이히 칸 아르바이텐. 이히 칸 아르바이텐.(나도 일할 수 있어요. 나도 일할 수 있어요)."

우리는 가끔 니아니아와 함께 네모난 창문이 줄줄이 나 있는 건물을 지나갔다. 극장 이름처럼 들리는 이 건물은 중앙 광장에 있는 직물 시장과 성모 마리아 대성당처럼 우리 도시의 아주 큰 부분을 차지하고 있었다. 아주 어렸을 때 니아니아는 나를 데리고 공원에 갔다. 그곳에서 나는 니아니아가 사온 딱딱한 빵 조각을 새들에게 주었다. 그리고 땅바닥에 바싹 붙어 자라는 작은 꽃들을 따기도 했다. 도시의 친근하고 개방된 곳과는 달리, 불길한 이 건물 덩어리는 덩그러니 모나게 솟아올라 위협적인 비밀을 내뿜고 있었다.

니아니아가 말했다.

"끔찍한 일을 저지른…… 흉악범들이 갇혀 있는 곳이야. 흉악범들은 몬테루피 감옥에 갇혀 있단다."

몬테루피라는 낯선 단어는 창문 뒤에 갇힌 사람들의 삶을 우리의 삶과 바깥세상과 차단시키며 그 거리를 더욱 낯설게 만들었다. 니아니아는 보이지 않는 악마의 저주가 두려운지 성호를 그으며 우리를 데리고 서둘러 그 앞을 지나갔다.

전쟁이 막 일어났던 때의 소문도 있었다. 니아니아와 어른들이 모두 그 이야기를 수군댔다. 산골 마을에서 우편배달부가 살해되었다. 살인범은 돈이 가득 든 우편 가방을 들고 도망갔다. 경찰들이 사방팔방 살인범을 찾아다녔다. 그런데 어느 젊은 여자가 우연히 자기네 농장 헛간에 숨어 있는 남자를 발견했다. 신문에 난 살인범의 사진을 본 여자는 남자가 누구인지 알아챘다. 여자가 도망갔지만 살인범은 들판까지 여자를 쫓아왔다. 그리고 여자의 아버지가 난도질당해 피가 낭자한 딸의 시체를 건초 더미 옆에서 발견했다.

그때 나는 꿈을 꾸었다. 살인범이 우리 집에 왔는데 나는 침대에

서 자고 있었다. 살인범은 나를 보고 무거운 가죽 돈 가방을 바닥
에 내려놓았다. 그때 니아니아가 한 손에 베이컨을 튀기곤 하던 작
은 프라이팬이 들고 들어왔다. 다른 손으로는 성당의 그림에서 본
성인처럼 집게손가락으로 침대 위의 천사 그림을 가리켰다. 나는
잠이 깼다. 그 꿈을 꾼 뒤 얼마 지나지 않아 살해범이 잡혀 몬테루
피에 갇혔다.

　　크리스마스에 잡은 유대인을 데려간 장소가 바로 그 끔찍한 감
옥이었다. 우리에게 명령이 떨어졌다. 우리는 트럭에서 내려야 했
다. 격자문의 경첩 소리가 났다.
　　"유덴이라네."
　　나치가 두 경비병에게 일렀다. 아무도 우리를 죽이지 않았다. 단
지 유대인이기 때문에 이곳에 잡혀왔다. 무거운 쇠문이 우리를 받
아들이기 위해 활짝 열렸다.
　　몸이 얼어붙어 뻣뻣했지만 트럭에서 내리기는 올라갈 때보다는
훨씬 쉬웠다. 동생도 나를 따라 깡충 뛰어내렸다. 내 뒤의 누군가
가 다리 저는 여자를 도와주는 소리가 들렸다. 제발 그 여자가 '이
히 칸 아르바이텐' 이라는 말을 그만두고 조용히 있기를 바랐다.
일할 수 있다고 쉼 없이 외쳐대는 말을 듣고 나치가 화를 내면 어
떻게 하지? 저들이 일할 수 있는지 없는지를 어떻게 골라낼지 누
가 알까? 나는 아무도 쳐다보지 않으려고 애썼다. 끌려온 다른 유
대인들에게 눈길 한 번 주지 않았다. 나치도 쳐다보지 않았다. 눈
길을 다른 데로 돌리고 보지 않는 척했다.

우리는 정문 너머 좁은 통로로 내몰렸다. 그곳은 트럭 안보다는 따스했다. 바깥에 있는 것보다 더 따스했다. 우리는 쥐 죽은 듯 조용했다. 우리 유대인들은 모두 조용히 있었다. 지팡이를 든 여자도 말 한 마디 없었다. 다리를 질질 끌며 우리와 보조를 맞추어 걸었다. 톡톡 울리는 지팡이 소리가 나와 동생에게 오는 관심을 딴 데로 돌려주기를 바랐다. 나는 오그라들어 사라지고 싶었다. 냄새도 없는 보이지 않는 작은 물건으로 접히고 싶었다. 숨도 안 쉬고 살도 없고 소리도 안 나는 것으로. 다시 격자문의 경첩 소리가 들렸다. 등 뒤로 몬테루피 감옥 문이 굳게 닫혔다.

나치가 폴란드 감옥 경비병에게 우리를 인계했다. 우리는 어둠침침하고 기다란 복도를 걸어가면서, 얼룩과 암흑을 마주보고 소독약과 오줌 냄새를 맡았다. 터덜터덜 걸어가면서 복도 양옆의 나사로 죈 문 너머에서 삐걱대는 소리를 들었다. 중얼대는 소리도. 사슬에 묶여 질질 끌리는 발소리도. 톡톡 두드리는 소리도.

총을 든 나치가 정문 어딘가에 있을 것이다. 나는 조금도 무섭지 않았다. 전혀 무섭지 않았다. 다만 붙잡힌 것이 창피했다. 나치에게 속옷을 벗으라고 명령을 들었던 일이 창피했다.

어떻게 이런 일이 일어났는지 도무지 믿어지지 않았다. 트럭에 실려 오는 내내 니아니아가 따라올 거라는 희망을 품었다. 잠시 후면 니아니아가 어딘가에서 불쑥 나타날 거라고 생각했다. 모퉁이를 돌아서면 몬테루피 복도의 눅눅한 냄새도 사라질 것이다. 니아니아가 꽃을 들고 다가와서, 우리는 촛불과 향을 피워놓은 성당에서 행진하게 될 것이다. 제단 끝에서는 파란색 드레스를 입은, 두 발로 지구를 딛고 선 동정녀 조각상이 활짝 웃으며 우리를 맞아줄 것이다. 나치도 자신이 저지른 잘못을 후회할 것이다.

“아, 맞아요. 미안합니다. 이제 딸들을 집으로 데려가세요.”

나치가 니아니아에게 머리를 숙여 잘못했다고 말할 것이다.

“제 자리 서.”

경비병이 외쳤다. 그러고는 바로 옆 감옥의 자물쇠에 열쇠를 꽂았다. 다른 경비병이 우리 옆의 감옥 문을 열었다. 문 두 개가 활짝 열렸다.

“들어가.”

경비병이 명령했다. 동생과 내가 제일 먼저 들어갔다. 곧이어 남자 두 명과 지팡이를 든 여자가 조용히 따라왔다. 등 뒤로 문이 잠기는 소리가 울렸다. 쿵. 가까이서 문 닫히는 소리가 쿵 하고 메아리쳤다. 베네딕트 수녀원과 다른 은닉 장소에서 끌려온 유대인들이 나뉘어 몬테루피 감옥의 두 감방 안에 갇혔다.

두꺼운 십자 모양의 쇠창살이 달린, 높이 난 작은 창문을 통해 네모난 잿빛 하늘이 보였다. 두 사람이 감옥 모퉁이에 쭈그리고 앉아 있었다. 새로 들어온 무리는 한가운데 쭈뼛쭈뼛 서 있었다.

“얼마나 여기 있었나요?”

지팡이를 든 여자가 물었다. 마치 몇 시에 다음 기차가 도착하느냐고 묻는 듯했다.

“나도 일할 수 있다고 믿을 거예요.”

여자는 아주 못생긴 여자였다. 안경을 끼고 코도 아주 컸다. 바로 그 순간 ‘뱀 때문이야. 모든 건 뱀 때문이라고’를 되풀이하던 크리시아의 아름답고 실성한 엄마가 생각났다.

"3주요. 우리는 설날에 석방될 겁니다."

감옥 구석의 등받이 없는 의자에 앉아 있던 남자가 중얼거렸다. 남자의 말이 실없는 소리 같지는 않았다. 나치는 잠깐 동안 가두어 둘 작정으로 우리를 잡아온 것일까? 그러고 나서 우리를 풀어줄까? 지금이라도 우리를 데리러 오라고 니아니아에게 연락했을지 모른다.

감옥 안에는 등받이가 없는 나무의자가 두 개 있었다. 지팡이를 든 여자가 한 의자에 앉았다. 그러고는 다리를 앞으로 쭉 뻗었다. 밖에서 발소리가 났다. 열쇠가 딸랑거리는 소리와 열쇠를 찾아서 돌리는 소리도 났다. 누군가가 우리에게 나가라고 말할 거라고 생각했다. 문이 열리고 우리는 복도를 걸어간다. 정문을 통해 거리로 나간다. 바로 니아니아에게로.

감방 문이 열렸다. 바지만 나치 군복을 입은 키 큰 남자가 들어왔다. 머리카락이 거의 없었지만 금발이었다. 아주 잘생긴 남자였다. 웃옷을 입지 않았지만 장화는 눈부시게 번쩍였다. 겨우 몇 분 동안 감옥 안에 있었지만, 그때까지 한쪽 구석 나무 널빤지를 덮어 놓은 양동이를 보지 못했다. 코를 찌르는 지독한 냄새를 왜 맡지 못했을까? 그것은 포로들이 오줌과 똥을 싸는 곳이었다. 남자가 가득 찬 양동이를 들어내고 텅 빈 양동이를 내려놓았다. 아무도 말이 없었다. 남자는 총도 없이 빈 양동이만 들고 왔다. 그것도 아주 평범한 양동이만 들고서. 마루를 청소하면서 걸레를 빠는 데 사용하는 양동이였다. 혹은 우유를 짜기 위해 사용하는 양동이였다. 우유를 생각하자 아무것도 먹지 않았다는 생각이 들었다.

갑자기 두려웠다. 우리를 여기로 잡아온 이유가 떠올랐다. 우리를 이곳에 끌고 온 이유가. 나치는 우리를 굶겨 죽일 작정이었다. 나는 남자의 장화를 꽉 움켜쥐었다. 그러고는 무릎을 꿇고서 속삭였다.

"밀히, 비터, 비터. 운트 에트바스 브로트(우유 좀 주세요, 제발. 빵 좀 주세요)."

나는 남자의 손을 잡고 입을 맞추었다. 남자가 깜짝 놀랐다. 나는 화가 난 파란 눈을 쳐다보았다. 남자는 아무 말도 하지 않았다. 나를 발로 찰 거라고 생각했다. 그런데 남자는 내가 마치 그리 위험하지 않으며 낑낑거리는 개라는 듯 흔들어댔다. 나는 손을 놓았다. 그러자 남자는 돌아서서 오물이 가득 찬 양동이를 들고 밖으로 나갔다. 그때 벨트의 권총집에 들어 있는 권총이 보였다. 감옥 문이 닫히고 열쇠가 녹슨 자물쇠 안에서 돌아갔다.

동생과 나는 사람이 꽉 들어 찬 감옥 한 구석에 자리를 잡고서, 바닥에 코트를 펼쳐놓았다.

"니아니아가 올 때까지 참아야 해."

나는 동생에게 이렇게 속삭였다. 그러다가 설핏 잠이 들었다. 다시 열쇠가 돌아가는 소리에 잠을 깼다. 동생이 눈을 비비고 있었다. 잠이 덜 깬 중에 니아니아 생각이 가장 먼저 떠올라 문 너머로 날아갔다.

문이 열리며 음식 냄새가 났다. 경비병이 작은 통만한 양동이를 수레에 싣고 들어와서는, 새로 온 사람들에게 깡통으로 만든 그릇이나 컵을 주었다. 그런 다음 국자로 양배추 수프를 퍼주었다. 어깨에 걸치고 있던 자루에서는 딱딱한 검은 빵 조각을 꺼내서 나누어주었다. 경비병은 군복을 입고 있지 않았다. 머리도 깍지 않았다. 시골에 살 때 몹시 무서워하던 농부를 닮았다. 경비병은 감옥에서 일만 하는 사람인 듯했다. 어쩌면 진짜 죄수일지도 몰랐다.

"우릴 언제 풀어줄까요?"

지팡이를 든 여자가 독어로 물었다. 경비병이 알아듣지 못하자 폴란드어로 같은 질문을 했다. 몇몇 사람들이 속삭이듯 질문을 했다.

남자는 어깨를 으쓱했다.

"야 니 비엠 니크(난 아무것도 몰라요)."

경비병은 바퀴 달린 널빤지 위에 수프 통을 밀어놓고, 등을 돌리고 돌아섰다. 다시 삐걱거리는 경첩 소리가 들리고 육중한 감방 문이 닫혔다. 이어서 열쇠 돌아가는 소리가 났다.

동생을 바라보았다. 동생은 수프 맛은 전혀 신경 쓰지 않았다. 배가 고팠던 것이다. 나도 배가 고팠다. 우리는 맛없는 구정물을 먹기 시작했다. 숟가락도 없어서 그저 후루룩 마시며 딱딱한 빵을 씹어 먹었다

나는 크리스마스를 빼앗겨서 몹시 슬펐다. 몇 주 동안 특별한 크리스마스를 위해 준비했고, 크리스마스 캐롤도 연습했다. 수녀님들은 우리의 노랫소리를 좋아했다. 수녀님들이 우리 목소리를 듣고 싶어 할까? 새해까지는 며칠이나 남았을까? 감옥 밖에서 소리가 났다. 틀림없이 무슨 일이 일어날 것이다. 감옥 문이 열리긴 열

렸다. 하지만 감옥 문이 열릴 때는 양배추 수프 냄새가 가까이 다가올 때뿐이었다.

그래도 그 순간이 무척 기다려졌다. 매번 같은 폴란드 경비병이 들어왔다. 가끔 물 양동이를 갖고 오면 우리는 손과 얼굴을 씻었다. 하루에 한 번 다른 경비병이 안으로 들어와서 변기통을 가져갔다. 이제 다른 사람들 앞에서 볼일을 보는 데도 익숙해졌다. 하지만 고약한 냄새에는 절대 익숙해지지 않았다. 혀로 그 맛을 보았고 피부로 그 맛이 느껴졌다. 내가 손에 입을 맞추었던 나치 경비병은 다시는 나타나지 않았다.

동생과 나는 말을 많이 하지 않았다. 우리는 번갈아 옷을 입으려고 했다. 가장 속에 입었던 옷을 벗어서 조심스럽게 솔기 안에 숨어 있는 이를 죽이기 시작했다. 우리 손가락은 능숙하게 솔기 사이를 더듬었다. 두 엄지손톱으로 이를 하나씩 톡톡 터트렸다. 머리도 끊임없이 근질근질했다. 나치의 전쟁은 줄기차게 우리에게 이를 뿌려댔다.

수프 통이 왔다가고 변기통이 밖으로 나간 뒤, 늦은 오후에 우리는 음식 수레를 미는 폴란드 경비병의 발자국 소리가 아닌 낯선 발자국 소리를 들었다.

열쇠가 돌아갔다. 그들이 그곳에 있었다. 완벽하게 군복을 차려입은 나치 두 명이었다. 어깨에 총까지 들고 있었다.

"라우스! 라우스. 슈넬."

그들은 자동적으로 되풀이했다.

우리는 후닥닥 코트를 입었다. 구두끈을 매고서 동생이 구두끈을 단단히 맸는지 내려다보았다. 감방에서 복도로 걸어 나오면서 나는 잠깐 미칠 듯한 흥분에 휩싸였다. 우리를 바래다주러 독일군이 왔다! 이제 조금만 있으면 우리는 다시 크라코프 거리로 나설 것이다. 니아니아도 그곳에 와 있을 것이다!

우리 옆 감옥도 문이 열려 있었다. 수녀원에서 끌려온 몇몇 사람이 보였다. 얼굴이 창백하고 빼빼 마른 여자. 십대의 아들과 함께 있는 엄마. 벽에는 기대어 놓은 커다란 헝겊 보따리도 있었다. 그런데 헝겊 보따리가 아니었다. 사람이었다. 커다란 보기 흉한 여자였다. 정말 뚱뚱한 건지 낡은 옷을 너무 많이 껴입어서 뚱뚱한 것인지 알 수 없었다. 여자는 뭐라고 중얼거리며 동생과 나를 보고 웃었다.

"바브시아 할머니야."

동생이 귓속말을 했다.

뭐라고? 얘가 뭐라고 조잘대는 거지? 뭐라고? 라파노프에 사는 중풍 걸린 늙은 할머니라고? 습격당한 뒤로 나를 감싸고 있던 알 수 없는 두려움이, 감방에 갇혀 있는 여러 날 동안 가라앉았던 희미한 두려움이 이제는 새로운 곳에서 빙글빙글 맴돌고 있었다. 나는 동생이 울지 않길 바라며 발로 세게 찼다. 다른 사람들이 그 말을 못 들었길 바랐다. 다시 바닥에 누워 있는 여자를 쳐다보았다. 동생 말이 틀렸다고 확신할 수가 없었다.

"바보 같이 굴지 말고 가만히 있어."

내가 나지막이 일렀다.

동생 말이 틀려야만 했다. 꼭 그래야만 했다. 그 친척들은 오래 전에 유형되었다. 이미 사라졌다. 그들은 벌써 죽었다. 죽임을 당했다. 죽었다. 동생과 나는 유대인 친척들과 관련되고 싶지 않았다. 그렇게 된다면 니아니아가 왔을 때 모든 것이 우리에게 나쁘게 돌아갈 것이다.

이곳에 온 지 며칠이나 됐는지 정확히 알지 못한 채, 우리는 전에 걸었던 복도를 따라 비상구 쪽으로 걸어갔다. 그 할머니는 나치의 팔에 기대어 묵직한 자루처럼 바닥에 질질 끌려갔다. 할머니는 아무 소리도 내지 않았다. 바깥 길에는 또 다른 나치 두 명이 텅 빈 캔버스 천으로 덮인 트럭 옆에서 우리를 기다리고 있었다.

이곳에 끌려올 때처럼 우리는 서둘러 트럭 위로 기어 올라갔다. 늙은 할머니를 바닥에 질질 끌고 온 나치 경비병이 양팔로 할머니를 움켜잡았다. 다른 나치가 다가와 양다리를 붙들고는 둘이 힘껏 할머니를 트럭 위로 끌어올렸다. 이윽고 그들도 트럭에 올라탔다. 할머니의 한쪽 팔목 붕대가 풀려져 나풀거렸다. 할머니가 경비병에게 팔을 들어올렸다. 경비병은 능숙한 간호사처럼 더러운 천 조각을 팔목에 둘둘 감더니 느슨한 곳에 쑤셔 넣었다. 할머니가 경비병에게 미소를 지었다.

우리는 빗장을 걸어 잠그는 몬테루피 감방 안에 있지 않았다. 두 나치 경비병의 감시를 받으며 트럭 바퀴와 부서질 것 같은 나무 널빤지와 캔버스 천 바람막이에 가린 채 크라코프의 자갈길과 분리되어 있었다. 시동 소리가 나자 마치 유대인인 양 나치도 펄쩍 뛰어 트럭에 올라탔다. 우리는 어디로 가게 될까? 왜 아직까지 우리를 총살하지 않았을까? 아직도 그들이 동생과 나를 니아니아에게 데려다줄 기회가 있는 것일까?

한쪽 구석에서 지팡이를 든 여자가 '이히 칸 아르바이텐'을 연달아 외치는 소리가 다시 들렸다.

13

      정문을 지나 경비 탑과 철조망을 본 때는 밤이었다. 나는 그 순간 강제 수용소로 옮겨졌다는 사실을 깨달았다. 포로들이 막사로 둘러싸인 뜰 한가운데 줄지어 서 있었다. 막사는 신참 포로들을 맞이하기 위해 줄지어 세워놓은 듯했다. 엄마와 몰래 만났을 때 엄마는 크라코프의 게토가 없어졌다고 말했다. 그곳에 남아 있던 몇몇 사람들은 푸아쇼프 수용소로 옮겨졌다고 했다. 라이사 언니와 벨라 외숙모가 여자 포로 줄에 서 있는 것 같았다. 이곳이 앞으로 우리가 있을 곳일까? 이곳이 푸아쇼프 수용소일까? 탐조등에 눈이 부셨고 나치의 고함 소리는 막사 사이로 메아리쳤다. 우리는 선 채 기다렸다. 침착하게 꼼짝 않고 가만히 서 있었다. 우리의 입김이 연기가 되어 얼음 같은 공기 속으로 피어올랐다. 동생과 나는 5년 6개월 동안 도망 다녔다. 우리는 유대인이 아닌 척하면서 도망 다니고 숨어 있었다. 우리는 니아니아의 보호를 받았다. 도망 다니는 세월 동안 나는 무시무시한 말인 '콘첸트라틴슬라거'라는 말을 많이 들었다. 하지만 강제 수용소의 모습이 어떠할지 머릿속으로 그려본 적은 한 번도 없었다.

가장 두려워하던 일이 우리에게 일어났다. 나는 열 살이고 동생은 여덟 살이었다. 우리는 유대인이었다. 결국 나치가 우리를 찾아내서 붙잡은 것이다.

나치가 우리를 밀치고 당기며 조를 나누었다. 언제나 그들의 고함 소리는 한 마디도 이해할 수 없었다. 나치는 우리를 나누기 시작했다. 나는 동생의 손을 꼭 잡았다. 수녀원에서 우리와 함께 끌려온 두 젊은이가 따로 나뉘었다. 수녀원에서 온 창백한 젊은 여자도 따로 떨어졌다. 지팡이를 짚고 걷던 여자도 따로 뽑혔다. 그러고 나서 전혀 걷지 못하는 할머니가 지팡이 여자 쪽으로 끌려나와 땅바닥에 툭 던져졌다. 몬테루피의 한 감방에 있었던 두 남자와 수녀원에서 끌려온 십대 남자아이도 나누어진 무리 속으로 거칠게 떠밀렸다. 십대 남자아이의 엄마가 아들을 따라가려고 했지만, 경비병들이 뒤로 확 밀어버렸다. 남자아이는 소란 피우지 않고 조용히 있었다.

걷지 못하는 할머니를 눈밭 위로 질질 끌고 가면서 경비병들이 트럭 쪽으로 사람들을 몰았다.

"더 멀리 있는 막사로 데려가는 걸 거예요."

남자아이의 엄마가 말했다. 자신에게. 우리에게. 그리고 공중에. 우리는 필요하다고 생각하기 때문에 남겨놓았을 것이다. 어쩌면 니아니아가 와서 우리를 데려갈 때까지 이곳에서 기다리게 하려는지도 몰랐다. 트럭이 떠났다.

총소리가 들리기까지 얼마나 많은 시간이 지났는지 모른다. 우리에게서 멀리 떨어진 곳에서, 총소리가 들린 바로 그곳에서, 무슨 일이 일어났는지 머릿속에 그림이 떠오르지 않았다. 어떤 기분이었는지 무슨 생각을 했는지 모른다. 그때 아들을 빼앗긴 엄마가 비명을 지르기 시작했다. 무시무시하게 질러댔다. 비명소리는 차가운 밤을 가르고 수용소에 드리우며 헛되이 떠돌 뿐 전혀 도움이 되지 않았다. 얼어붙은 적막함 속에 수용자들의 입김이, 공중에 얼어붙은 듯 잠깐 멈췄다 사라졌다.

그 엄마가 동생에게 확 덤벼들더니 경비병 쪽으로 끌고 가려고 했다.

"애 좀 봐. 애 좀 보라고. 이 앤 훨씬 더 어려! 그런데 왜 안 데려간 거야?"

그 엄마가 울부짖었다. 우리는 그 엄마가 나치보다 훨씬 더 무서웠다. 경비병은 그 엄마를 확 떼어내더니 동생을 내 쪽으로 떠밀었다. 동생은 소리 하나 내지 않았다. 나는 감히 동생 손을 다시 잡지 못했다. 나치가 저 엄마보다 우리에게 더 잘 해주는 까닭은 무엇일까? 드디어 우리를 좋아하게 됐을지도 모른다. 아무튼 니아니아가 그들에게 무슨 말을 했나 보다. 어쩌면 니아니아에게 사람을 보내 소식을 전했는지도 모른다. 아들을 총탄에 잃은 엄마의 울부짖음이 계속 이어졌다. 경비병이 그 엄마를 끌고 갔다. 하지만 총소리는 더 이상 들리지 않았다.

우리는 막사로 들어가라는 명령을 들었다. 라이사 언니가 나를 향해 다가오고 있었다. 그러고 나서 나는 동생과 떨어져 라이사 언니와 벨라 외숙모와 함께 걸어갔다. 동생을 공격한 여자의 비명 때문에 동생만 따로 뽑혀서 끌려갔을까 봐 몹시 무서웠다. 나치에게 습격당해 속옷을 벗으라는 명령을 들었던 크리스마스 아침 이후로, 동생을 다시 남자아이라고 생각하게 되었다. 우리는 몬테루피에서 함께 있었다. 그런데 이제 따로따로 떨어지게 되었다. 나는 여자들 쪽으로 끌려가면서 얼른 뒤돌아보았다. 여자들과는 반대 방향으로 남자들이 가고 있었다. 외숙모와 사촌언니가 나와 함께 있었다. 더 이상 동생이 보이지 않았다.

우리는 막사 안으로 들어갔다. 차가운 공기에서 벗어나자, 탐조등의 눈부신 섬광에서 벗어나자, 떠밀리기와 외침 소리에서 벗어나자, 너무 늦게 동생과 아들을 맞바꾸려고 했던 여자에게서 벗어나자, 소총 소리에서 벗어나자, 무슨 말이라도 하려고 애썼다. 동생은 어디로 가고 있는 걸까? 나치가 동생에게 무슨 짓을 할까? 묻고 싶었다. 그런데 한 마디도 나오지 않았다. 혀가 이 뒤에 딱 달라붙었는지 물어볼 수가 없었다. 추위 때문이 아니었다. 두려움 때문도 아니었다. 그저 말을 할 수가 없었다. 내 혀는 딱딱 부딪는 이 뒤쪽 어딘가에 풀로 착 붙여놓은 쓸모없는 죽은 물고기였다.

라이사 언니가 외숙모와 나눠 쓰는 침상에서 멀지 않은 곳에 빈 침상 하나를 발견했다. 매트리스는 지푸라기를 가득 채운 삼베 자루였다. 몬테루피 감옥의 맨 바닥보다는 훨씬 좋았다. 내 바로 위 침상에는 두 여자가 누워 있었다.

"저기로 가."

라이사 언니가 아래쪽 침상을 가리키며 속삭였다. 나는 언니 말대로 했다. 그곳에는 페놀 냄새가 나는 담요도 있었다. 나는 담요를 둘둘 몸에 감고서 벽에 바싹 기댔다. 아래 침상에는 나 혼자만 있었다. 여기저기서 그 날 밤 자리를 잡은 여자들의 불평과 속삭임이 들렸다. 라이사 언니가 살짝 빠져나갔다.

언니가 사람들이 시장갈 때 갖고 다니는 망태기에 든 무언가를 꼭 쥐고 돌아왔다.

"쉿."

언니가 속삭였다. 그러고는 망태기 안의 손수건을 펼쳐서 검은 빵 반 덩어리를 꺼냈다. 나는 배고프다는 사실도 잊고 있었다.

라이사 언니가 빵을 한 움큼 떼어서 내게 건넸다. 뜨거운 물병과 깡통 컵을 꺼냈다. 물을 따르자 차 향기가 났다. 그건 기적이었다. 언니는 이 좋은 것들을 어디에서 얻었을까? 나는 두려움을 잊었다. 니아니아도 잊었다.

"동생은 어떻게 됐어? 걘 어디 있어?"

드디어 말이 나왔다.

"걱정하지 마. 아빠하고 있을 테니까."

언니가 귓속말을 했다.

나는 향긋하고 뜨거운 액체를 꿀꺽 마셨다. 빵도 씹어 삼켰다. 그리고 어둠 속으로, 잠 속으로, 깜깜한 공허함 속으로 빨려 들어갔다.

어둠 속에서 날카로운 고음의 경보가 울렸다. 잠시 어리둥절하다가 강제 수용소에서 잠을 깼다는 생각이 났다. 맨 처음 떠오른 생각은 변소였다. 전날 밤 막사 입구 오른쪽 어딘가에서 변소 냄새를 맡았다. 주변 여자들이 모두 자기 침상에서 기어 나왔다. 뭐라고 쑥덕거리며 옷을 입고 비상구를 향해 걸어갔다. 나는 얼른 오줌을 눌 수 있기를 바랐다.

"밖에서 줄서야 해. 아침마다 우리를 세거든."

어느새 라이사 언니가 내 옆에 와 있었다.

막사의 진회색 타원형 그림자 너머로 전등이 겨울 하늘에 날카롭게 빛을 뿜어내고, 밤을 지나 멀리 달려온 은색의 엷은 달빛이 희미해지고 있었다. 동생은 어디 있을까?

남자들이 우리를 마주보고 줄을 섰다. 그때 사무엘 외삼촌을 보았다. 동생이 외삼촌 바로 옆에 서 있었다. 동생도 나를 보았다. 우리는 총과 개를 가진 나치라는 지옥으로 분리된 수줍은 이방인이었다. 나치는 줄지어선 남자와 여자 포로들 사이를 왔다 갔다 활보했다. 얼어붙을 듯 매서운 겨울 아침 속으로 입김이 피어올라 구름이 되었다.

나는 어깨와 등을 쭉 펴고 되도록 크고 강하게 보이려고 애썼다. 동생도 나처럼 생각하고 나와 똑같이 행동하기를 바랐다. 일을 할 수 있다고 생각하고서 우리를 살려주었다면 무엇을 시킬까? 우리가 너무 작고 약해 보이면 어떻게 할까? 아침 햇살에 우리 모습을 알아보기는 훨씬 더 쉬울 것이다. 그 무엇도 나치가 총 쏘는 것을 막을 수 없다. 두드러져 보이지 말자! 눈에 띄지도 말자! 나는 기도했다.

그 여자. 십대 남자아이의 엄마. 그 여자는 오늘 아침 어디에 있을까? 감히 주변을 둘러볼 엄두도 못 냈다. 어쩌면 나치가 고함 소리에 지쳐서 그 여자에게 총을 쏘았을지 모른다. 오늘 아침

이런저런 생각이 머릿속을 맴돌았다. 그 생각들은 내내 머릿속을 떠돌던, 팬티에 오줌을 싸지 않길 바라는 소망과 충돌하고 있었다.

공기 중에 음식 냄새가 났다. 한 막사 끝에서 김이 모락모락 피어나는 커다란 통 두 개가 보였다. 두 포로가 국자를 들고 그 뒤에 서 있었다. 사람들이 입고 있던 주머니 어딘가에서 깡통 컵과 그릇을 꺼냈다. 나도 전날 밤 라이사 언니가 준 깡통 컵을 갖고 있었다. 우리는 밖에 서 있었다. 하지만 냄새와 그릇 소리는 감옥 안에서 나는 것 같았다. 우리 주위의 여자들이 한 줄로 서더니 음식을 향해 움직였다. 외숙모와 사촌언니는 움직이지 않았다. 나는 어떻게 해야 하나 생각하면서 두 사람을 쳐다보았다. 라이사 언니는 자기 아빠 쪽을 바라보고 있었다.

그때 순식간에 일이 일어났다. 라이사 언니가 내 손을 확 잡아당겼다. 나는 언니와 외숙모에 이끌려 마당 모퉁이의 작은 건물 쪽으로 향하는, 음식 줄과 반대 방향으로 끌려갔다. 우리는 수용소 바깥세상의 평범한 거리 끝에 있는 듯한 작은 돌집을 향해 잽싸게 달려갔다. 아무도 우리를 막지 않았다. 우리는 문으로 들어가 좁은 복도로 갔다. 낮은 계단을 올라가서 진짜 방으로 들어갔다. 그곳에는 덧창문이 있고 한쪽 벽에는 나무 찬장이 세워져 있었다. 한 구석에는 담요를 깔아놓은 깨끗한 간이침대도 하나 있었다.

“아직 볼 일을 못 봤지? 그곳은 저기에 있단다.”

벨라 외숙모가 큰 방 옆의 문을 가리키며 말했다.

나는 아직 팬티에 오줌을 싸지 않았다. 안도감과 함께 실낱같은 희망이 느껴졌다. 전쟁이 일어나고 우리 아파트에서 나온 뒤로 화장실다운 화장실에 가본 적이 없었다. 수녀원에서도 그곳 화장실을 사용해본 적이 없었다. 하나뿐인 화장실을 사용하기엔 사람들이 너무 많았다. 니아니아는 침대 밑에 우리를 위해 요강을 마련해두었다. 요강에 대해 역겹거나 창피한 것은 없었다. 전쟁 전엔 우리 침실에서 편안히 요강을 이용했으니까.

나는 꽤 오랫동안 기분 좋게 깨끗한 변기에 앉아 있다가, 줄을 당겨 물을 내렸다. 물이 폭포처럼 쏴악 쏟아지고 머리 위 물탱크에 물이 채워지는 소리가 들렸다. 나는 목에 건 성스러운 목걸이를 가만히 만져보았다.

화장실에서 나오자 동생이 방 안에 서 있었다. 외숙모가 동생의 코트를 벗겨주고 있었다. 나는 여전히 코트를 입고 있었다. 나도 꼼지락거리며 코트와 따끔거리는 스웨터를 벗었다. 이곳에 온지 처음으로, 크리스마스에 잡힌 뒤 처음으로, 내 몸은 집 안의 따스한 온기 속으로 들어왔다. 그때 테이블 위에 앉아 있는 남자가 보였다. 남자는 스웨터를 입고 짧은 금발머리 위에 모자를 쓰고 바지는 부츠 안에 쑤셔 넣고 있었다. 아주 잘생긴 남자였다. 갑자기 편안했던 마음이 움츠러들기 시작했다. 우리는 변장한 나치의 감시를 받는 걸까?

하지만 아니었다. 그 남자와 라이사 언니가 폴란드어로 이야기를 나누고 있었다. 소리 내어 웃고 있었다.

그때 식탁 위의 바구니가 눈에 들어왔다. 언니와 외숙모가 바구니에서 검은 빵 한 덩어리와 두툼한 베이컨 조각을 꺼냈다. 훈제 향기가 내 코를 간질이자 입 안에 군침이 돌았다. 남자는 갖고 있던 칼로 우리를 위해 빵을 자르고 나서 베이컨을 큼직하게 잘랐다. 언니가 베이컨을 빵 위에 얹어 식탁 주위로 돌렸다. 우리를 위해 잘라 놓은 소시지 킬바서도 있었다. 그리고 겨자도. 동생의 눈이 아래를 향했다. 동생의 얼굴에 슬며시 미소가 떠올랐는데, 그 모습에 니아니아가 종종 하던 말이 생각났다.

"스미예 지 야크 글루피 도 세라(애가 치즈를 보더니 얼간이처럼 웃는구나)."

어둡던 감옥에서 지낸 날들이 축축한 밤잠 속으로 쏙 빠져버렸다. 멀건 양배추 수프 통을 가져오거나 변기 통을 비우려고 들어오는 경비병들의 인기척이 반갑고 기다려지던 때도 있었다. 그런데 이 모든 것이 전날 낮과 밤의 무시무시한 사건들을 마지막으로 끝났다. 이제 우리는 안전하고 따스한 방 안에 앉아 있다. 맛있는 음식도 받았다. 웃는 사람들의 보호를 받고 있다. 곧 좋은 일이 일어날 것 같은 예감이 들었다. 그것도 금방 일어날 것 같았다. 아마 우리가 특별하다고 여기던 내 생각이 잘못된 게 아니었나 보다.

동생이 속삭였다.

"니아니아가 올 거 같아."

나는 달콤하고 부드러운 훈제 베이컨을 씹으면서 고개를 끄덕였다. 그래. 니아니우시우는 올 거야. 아직 우리를 데리러오지 않았지만 성모님이 니아니아의 기도를 들은 걸 거야. 성모님은 우리와 함께 있어.

먹고 남은 음식을 바구니에 넣어 찬장에 올려놓은 뒤에, 벨라 외숙모는 침대에 누워 잠을 잤다. 동생도 그 옆에 누워 이내 잠이 들었다.

언니는 잘 생긴 젊은이와 귓속말로 수다를 떨며 나지막이 웃었다. 이윽고 젊은이가 방에서 나가더니, 사람들이 빨래판을 대고 옷을 빠는 데 사용하는 깡통 함지박을 들고 왔다. 함지박에는 김이 모락모락 나는 물이 가득했다.

언니가 말했다.

"진짜 목욕을 하자."

언니는 겹겹이 입은 내 옷을 벗기기 시작했다. 그래도 목걸이는 빼지 못하게 했다.

"알았어. 알았다고."

언니는 눈알을 굴리며 내버려두었다. 몸에 걸친 거 하나 없이 다 벗고 나자 함지박 안으로 나를 데려갔다. 나는 작은 함지박의 물이 넘칠까봐 몸을 담그지 않았다. 물이 무릎 바로 위까지 올라오는 욕조에 그냥 서 있었다. 이윽고 언니의 손이 내 온몸에 비누칠을 하고 배와 겨드랑이와 사타구니를 닦았다. 남자는 계속 나를 쳐다보며 웃고 있었다. 나는 열 살이었다. 남자 앞에서 발가벗고 있는 것이 싫었다. 언니는 왜 남자에게 등을 돌리라고 하거나 방에서 나가라고 말하지 않는 걸까?

강제 수용소의 포로와 경비병에게서 멀리 떨어져, 안전한 방에서 전혀 기대하지 않았던 뜨거운 비눗물로 즐겁게 사치스런 목욕을 한다고 여겨야만 하는 걸까. 하지만 나는 깨끗해지기 위해 하는 목욕이 아니라, 절대 날 쳐다보면 안 되는 남자와 웃어대는 언니에게 고무 인형 취급을 당하며 목욕을 받고 있었다.

내가 언니를 마지막으로 본 때는 게토에서였다. 그때 아름다운 언니는 내가 기억하는 전쟁 전의 언니처럼 보이지 않았다. 언니의 길게 땋은 탐스러운 머리는 들쭉날쭉 잘려 있었다. 이제 언니의 까만 머리는 울퉁불퉁 한 움큼으로 묶여 삐죽이 튀어나와 더럽고 칙칙하게 엉클어져 있었다. 학교 가장행렬에서 하얀 양말을 무릎까지 올리고 거리를 깡충깡충 뛰어다니던 깨끗한 다리는 쭈글쭈글한 갈색 양말에 싸여 있었다. 발에는 낡은 남자 구두를 신고 있었다. 치마를 두 겹 겹쳐 입고 여기저기 구멍 뚫린 헐렁한 갈색 스웨터를 입고 있었다. 나처럼 언니도 옷과 머리에 이가 있었을까?

내가 목욕을 끝내자마자 남자가 나갔다. 어둠이 깔리고 우리는 저녁 점호 시간에 맞춰 계단을 내려왔다. 우리에게 묻는 사람은 아무도 없었다. 다시 나는 동생과 헤어졌다. 동생은 거의 오후 내내 잠을 잤는데도 여전히 비틀거리고 있었다. 나는 외삼촌을 따라서 남자들 막사로 가는 동생을 지켜보았다.

14

　　며칠 뒤 아침 점호 시간에 십대 남자 아이의 엄마를 언뜻 본 듯했다. 나는 그 여자가 우리 쪽을 바라보지 않기를 바랐다. 모든 상황이 잘 되어가고 있었다. 그 여자는 틀림없이 우리를 악의적으로 바라볼 게 뻔했다. 우리는 지금 특별한 사람으로 선택받았다. 빵과 겨자를 바른 훈제 베이컨과 삶은 계란을 먹을 수 있는 특별한 사람이었다.

　며칠 뒤에 나를 목욕시킨 다음, 라이사 언니는 동생에게 허리까지 옷을 벗으라고 했다. 그러고는 내가 방금 나온 비눗물을 스펀지에 적셔 동생을 닦아주었다. 이런 의식, 잘생긴 젊은이의 방문 그리고 좋은 음식이 계속 이어졌다. 그러던 어느 깜깜한 저녁에, 불이 막 꺼진 뒤에 느닷없이 사이렌이 울렸다. 우리는 침상에서 우르르 빠져나와 수송되어 왔던 날처럼 줄지어 늘어섰다. 독어였지만 나는 짐을 꾸려 수용소에서 나가라는 명령을 알아들었다. 리크비다시아(일제 정리). 그 말은 사방에 퍼져 있었다. 나치는 포로들이 자신의 침상으로 가서 짐을 싸게 허락했다. 내 몸에 걸친 넝마, 성스런 목걸이, 깡통 컵과 니아니아가 준 묵주를 빼면 나에게는 짐이 없었다.

그 날 밤늦게 우리는 수용소 정문을 걸어 나갔다. 캔버스 천을 덮은 트럭에 실려 함께 수용소에 왔던 사람들이 생각났다. 걷지 못하는 사람들도 떠올랐다. 그들의 육체는 가시철조망 바깥쪽 어딘가에 영원히 남아 있다. 우리는 텅 빈 막사를 떠나고 있다. 탐조등도 꺼져 있었다.

나는 알고 있었다. 크라코프는 멀지 않다는 것을. 붙잡혀서 푸아쇼프 수용소까지 트럭에 실려올 때, 그리 멀리까지 오지 않았다. 어느덧 우리는 컴컴한 숲속을 걷고 있었다. 나는 여자들과 걸었다. 남자들은 우리 오른쪽이나 뒤쪽 어딘가에 있을 것이다. 우리 뒤쪽 멀지 않은 곳에서 나치 지휘관이 말 두 마리가 끄는 두 마차 중 한 마차 꼭대기에 짐을 싣고 달리고 있었다. 경비병들도 우리처럼 터덜터덜 걸었다. 그들은 평소와는 달리 아주 조용했다. 이번에는 우리가 일제 정리되는 듯했다.

행진을 시작한 지 얼마 지나지 않아 내 옆에 있던 라이사 언니가 나를 꾹 찔렀다.

"얼른 여기서 나가."

언니가 속삭였다. 나는 무슨 말인지 이해되지 않았다. 우리는 나무가 드문드문 서 있는 지역을 지나고 있었다. 신중하게 주위를 둘러보았다. 나치는 고함을 지르지는 않았지만 총을 어깨에 단단히 메고 있었다. 장갑 낀 손은 가죽끈을 꼭 쥐고 있었다. 언제든지 총을 겨냥해 쏠 준비가 되어 있었다. 외숙모가 속삭였다.

"여기서 빠져나와, 얼른 나와. 니아니아가 저쪽에 와서 널 기다리고 있어……."

니아니아가 약속대로 온 것일까! 한순간 그 말을 믿고 싶었다. 내가 속삭였다.

"동생은 어디 있어요? 동생이 없다면 안 갈 거예요."

언니가 내 팔을 흔들었다.

"걔도 올 거야. 아빠랑 같이 있어. 얼른 나와. 우리도 곧 갈 거야. 자, 얼른."

우리 앞에 나치 세 명이 걷고 있었다. 우리 뒤쪽에 몇 명이나 있는지 보려고 돌아보기가 무서웠다. 나는 언니를 믿을 수가 없었다. 왜 나를 속이려는 걸까?

내가 나지막이 물었다.

"왜 언니가 먼저 안 가? 언니랑 외숙모랑 먼저 가."

"니아니아에게 널 안전하게 먼저 지켜주겠다고 약속했거든."

어떻게 니아니아와 이야기를 나누었을까? 어디에서? 왜 니아니아는 우리가 아니라 라이사 언니와 연락했을까? 이제는 언니가 거짓말하고 있다는 확신이 들었다. 이건 속임수다. 거짓말하는 이유가 있을 것이다. 나치와 무언가를 꾸몄다는 생각이 들었다. 라이사 언니는 나치를 돕는 유대인이었다. 호의를 받는 대가로 말이다.

왜 우리는 푸아쇼프 수용소로 가는 밤에 총살되지 않았을까? 나치들이 자루처럼 땅바닥에 질질 끌고 온, 손목에 붕대를 감은 할머니에게 총을 쏘았던 바로 그 날 밤에. 지팡이를 짚고 다리를 절며 걸었던 그 여자에게도 총을 쏘았던 그 날 밤에. 아마 그 여자는 총알에 맞을 때까지 '이히 칸 아르바이텐! 이히 칸 아르바이텐!' 하며 끊임없이 애원했을 것이다. 그리고 십대 남자아이가 총을 맞았던 그 날 밤에. 아이의 엄마는 동생을 끌어내며 '애 좀 봐. 애 좀 보라고. 이 앤 훨씬 더 어려! 그런데 왜 안 데려간 거야?' 하고 소리쳤다.

나치는 우리가 쓸모없는 데도 살려주었다. 그러니까 우리는 일종의 교환의 대가였다. 모두들 우리를 충분히 이용했다. 외숙모와 사촌 언니는 우리에게서 벗어나고 싶은 것이다.

날이 어두웠다. 1월이라 나무들도 벌거벗고 있었다. 나치가 환히 플래시를 비추고 있었다. 몰래 도망치려는 사람을 발견하기 쉬울 것이다. 우리가 게토에서 나와 다리를 건너던 나른하고 따스했던 오후와는 상황이 전혀 달랐다. 나는 울기 시작했다. 그러자 내 울음소리에 주위에 있던 여자들이 깜짝 놀랐다.

"쉿, 쉿, 쉿."

나는 소동을 일으키고 있었다. 곧 경비병이 다가올지도 모른다. 언니가 옆으로 비켜서며 나에게 더는 집적대지 않았다. 아무 말도 하지 않고 주위도 둘러보지 않고 곧장 앞만 보고 계속 걷는다면, 나는 안전할 것이다. 언니나 외숙모와는 어떤 일도 하고 싶지 않았다. 너덜너덜한 내 옷 안 어딘가에서 니아니아가 목에 걸어준 목걸이가 느껴졌다. 울음을 멈추었다. 나는 유대인들에게 둘러싸여 있었다. 이 사람들을 무시한다면 나는 안전할 것이다. 동생과 나, 둘 다 안전할 것이다.

얼마나 행진을 한 뒤에 동생을 발견했는지 모른다. 어느새 우리는 함께 걷고 있었다. 더 이상 남자와 여자로 나뉘어 있지 않았다.

나치 경비병들도 피곤해서 신경 쓰지 않는 거라는 생각이 들었다.
어느 순간부터 나치 지휘관이 몇몇 여자들을 마차에 태우고 달리
고 있었다.

우리는 더 이상 숲속을 걷지 않았다. 온통 들판뿐인 뻥 뚫린
눈길을 행진하고 있었다. 눈부시게 환한 밤이었다. 동생과 내 발
을 감싼 낡은 구두는 헝겊에 싸이고 종이 뭉치로 채워져 있었다.
우리 몸의 먼 아래쪽 어딘가에서 발이 눈길을 뽀드득뽀드득 소
리 내며 걷고 있었다. 더 이상 발이 있다는 것도 느껴지지 않았
다. 냉혹한 밤 동안 작은 모터가 우리를 앞쪽으로 몰아대는 것
같았다.

우리 머리 위에는 보름달이 떠 있었다. 드넓은 하늘에는 별들이
빽빽이 박혀 있었다.

나는 동생에게 나지막이 말했다.

"정말 아름다워. 이렇게 생각하자. 편안히 집에 있었다면 이런
멋진 광경을 절대 보지 못했을 거라고."

동생이 대꾸했다.

"니아니아가 절대 밖으로 못 나가게 했을 거야."

우리는 끝없이 잔인한 겨울밤에 후끈 달아올라 배고픔과 갈증도
잊었다. 이제 발 위도 더 이상 우리 몸으로 느끼지 않으며, 뽀드득
거리는 눈 소리에 홀려 잠을 잤다. 걸으면서, 움직이면서, 앞을 향
해 나아가면서 잠을 잤다. 손과 발이 꽁꽁 언 우리는 어느 누구의
아이도 아니었다. 우리는 자유로웠다.

밤새 몇 발의 총성이 울렸다. 비명 소리도 들렸다. 길가 들판에

무릎을 꿇고 넘어진 여자가 보였다. 나치가 그 여자 위에 서 있었다. 환한 달빛에 커다란 얼룩이 퍼졌다. 눈이 빨갛게 물들고 있었다. 또 다시 총소리가 났다. 그러고 나서 더 이상 비명 소리가 들리지 않았다. 단지 평소처럼 독일군의 고함 소리만 드높았다. 우리는 걸었다. 계속해서 걷기만 했다.

1945년 1월의 어느 밤에 우리는 어디로 가고 있는지도 모른 채 무작정 걷고 있었다.

15

　　　　　　　꾸벅꾸벅 졸면서 완전히 기진맥진한
상태로, 시간 감각을 잃고 팔과 다리의 감각도 느껴지지 않았지
만, 포로들 사이에선 새로운 회오리바람이 일고 있었다. 차가운
공중에 맴도는 입김을 뚫고 간간이 '아우슈비츠……. 아우슈비
츠' 라고 내뱉는 중얼거림과 속삭임이 터져나왔다. 가시철조망의
장막 뒤로 여전히 달빛이 환한 하늘과 말뚝 그림자를 드리우며,
길게 늘어선 막사가 우리 앞에 희미하게 나타났다. 철제 정문 꼭
대기에는 손으로 쓴 듯한 '아르바이트 마흐트 프라이(일을 해야 자
유롭다)' 라는 글귀가 달려 있었다. 형체가 없는 우리의 몸뚱이는
발을 질질 끌며 앞으로 나아갔다. 나는 동생과 함께 꽁꽁 언 얼음
과 눈덩이를 지나 비틀거리며, 다른 사람들과 함께 정문으로 들어
섰다. 보조를 맞추고 뒤쳐지지 않으려고 애쓰며 오로지 땅 바닥과
앞만 쳐다보았다. 그러다가 힐끗 눈길을 돌려 포로들이 얼마나 줄
어들었는지 보았다.
　어느 순간 나는 동생과 함께 나란히 걷고 있으면서, 언니와 외숙
모와 외삼촌은 까마득히 잊고 있었다. 처음 행진을 시작했을 때 포

로 행렬에서 빠져나가라는 말을 거절한 순간부터 세 사람의 모습을 보지 못했던 것이다. 그들에게 무슨 일이 일어났는지 모른다. 그들도 숲속에서 총살을 당했을까? 눈 더미에서 포로들이 총을 맞았다. 또 총알 세례가 있었던 걸까? 아마도 오랜 시간을 잠든 채 걷고 있었던 것 같았다. 총소리를 듣지 못할 정도로 깊이 잠들었나 보다.

어느새 우리는 크라코프와 니아니아에게서 멀리 떨어져 있었다. 공포와 두려움에 떨면서 말로만 들었던 바로 그곳에 와 있다. 니아니아는 지옥과 죄에 대해 이야기할 때 가끔 아우슈비츠라는 위협과 뒤섞어서 말했다. 그런데 바로 그곳에 우리가 있었다.

불에 탄 듯 메스꺼운 악취가 차가운 공기 속에 배어 있었다. 악취는 널따랗게 쫙 퍼진 잉크 얼룩처럼 하늘을 배경으로 줄지어 선 기다란 막사 구석구석에 도사리고 있는 것 같았다. 소름끼치는 아우슈비츠가 텅 비어 있다는 사실을 안 것은 바로 그 순간이었다.

막사 근처 땅바닥을 따라 녹슨 파이프에서 물이 쏟아져 나오고 있었다. 나는 목이 말랐다, 미치도록 목이 말랐다……. 나는 밤새 잃어버리지 않고 간신히 챙긴 컵에 물을 받으려고 재빨리 몸을 숙였다.

동생이 내 소매를 당겼다.

"그 물을 마시면 안 돼. 어떤 아줌마가 말하는 걸 들었어."

나는 물을 마셨다. 상관하지 않았다. 그냥 벌컥벌컥 마셨다. 노란 유황 맛이 혀에 닿더니 목을 타고 내려갔다. 나는 상관하지 않았다. 다만 물이 마시고 싶었다. 오줌을 누고 싶었다. 그저 아무 곳에나 눕고 싶었다.

나치는 사람들을 나누지도 않았다. 텅 빈 막사 안으로 포로들을 꾸역꾸역 몰아넣었다. 우리는 건초가 얼마 남지 않은 낡은 삼베 덮개가 있는 아래쪽 침상에 자리를 잡았다. 나치 병사가 두 여자를 우리 쪽으로 밀어 넣고 가버렸다. 여자들은 간신히 다른 침상에 남은 자리를 발견했다. 나무로 만든 선반이나 다름없는 이 침상들은 네 사람은커녕 두 사람도 눕기 쉽지 않았다. 푸아쇼프 수용소에서는 내 침상이 있었다. 그곳이었다면 얼마나 좋을까. 그곳에서 우리는 특별했다. 꺼림칙한 냄새에 휩싸여 건초가 거의 없는 침상에서, 동생과 나란히 누워 지친 몸에 넝마를 덮고서 나는 다음 날…… 아니, 그 다음날에도 그들이 우리에게 무슨 짓을 하던지 상관하지 않기로 했다. 그 순간 나는 아무것도 원하지 않았다……. 그저 행진하지 않고 머리를 뉘어도 된다고 허락받고, 눈 속을 터덜터덜 걷지 않고…… 자리에 누워 잠을 잔다면…… 그것만으로도 충분했다……, 그것만으로도 좋았다…….

비몽사몽 중에 수용소 경보 소리와 익숙한 고함 소리가 깨끗한 시트를 깔아놓은 폭신한 침대에서 새털 이불을 덮고 기분 좋게 잠을 자던 나를 깨웠다. 잠깐 눈을 붙였다 뜬 것 같았다. 온 사방에 질질 발을 끌며 터덜터덜 걷는 걸음 소리와 불평 소리와 잠이 깬 포로들의 냄새가 가득했다.

"여기가 어디야?"

동생이 눈을 비벼댔다. 모자가 벗겨져 떨어져 있었다. 잠깐 동안 동생의 물음에 대답할 수 없었다. 나도 어딘지 몰랐다. 문득 걸어서 지나면서 보았던 머리 위의 표지판이 떠올랐다. 마치 몇 분 전 일처럼 여겨졌다. 드디어 내가 속삭였다.

"오슈비엥침. 여긴 아우슈비츠야."

그 사실을 알고 있다는 것에 약간 승리감을 느꼈다. 아주 잠깐 동생이 나를 숭배한다는 느낌을 받았다. 오래 전에 내가 라이사 언니를 숭배했듯이 말이다. 건초와 삼베 덮개에 엉겨 있는 동생의 털모자를 동생에게 건넸다.

나치가 안으로 들어와서 우리를 서둘러 밖으로 내몰았다. 밖에 나와 보니 달이 하늘 높이 움직이며 사그라지고 있었다. 하늘은 장 밋빛과 황금빛으로 물들고 있었다. 아침도 지난밤처럼 아름다웠다. 살을 에는 잔혹한 공기가 내 졸음을 단번에 날려버렸다. 늘어선 막사들 맨 끝에 우뚝 솟은 굴뚝들이 보였다. 그곳에서는 연기가 피어나지 않았다.

"왼쪽! 왼쪽!"

고함 소리가 다시 시작되었다. 항상 고함 소리가 있었다.

"슈넬! 왼쪽."

우리는 왼쪽으로 돌아서야 했다.

"왼쪽."

왔을 때처럼 똑같이 문 쪽으로 우르르 밀려나갔다. 그때 기차가 보였다.

16

　　　　　　얇은 널빤지를 댄 화차까지 가는 데는
몇 걸음 걷지 않았다. 남동생은 나보다 더 작았다. 기차 아래 있던
한 여자가 동생이 열린 문으로 올라가게 도와주었다. 아이들은 하
나도 안 보였다. 나는 잽싸게 몸을 들어 올리면서 나치들이 동생
과 나처럼 작은 아이들이 없다는 사실에 신경 쓰지 않기를 바랐
다. 차 안이 완전히 채워져서 더 이상 한 사람도 들어올 공간이 없
자 나치가 문을 닫았다. 쇠 빗장이 미끄러지며 닫히는 소리가 들
렸다.
　이 화차에는 지붕이 없었다. 밤하늘이 완전히 어슴푸레해졌다.
기차가 덜컹거렸다. 사람들이 서로 부딪쳤다. 되는 대로 흔들리며
불평을 해댔다. 앉을 곳은 눈 씻고 찾아보아도 없었다. 동생과 나
는 화차 한 구석에 꼭 끼어서 서 있었다. 누군가가 움직이면 지독
한 냄새는 더욱 심하게 풍겼다. 우리 아래의 바퀴가 움직이기 시작
했다. 단 일초의 작은 마찰로도 전기 충격을 받은 듯 찌릿한 느낌
이 온 몸을 타고 흘렀다. 그때 크라코프 외곽의 텅 빈 건물에 숨어
서 짐처럼 실려 가던 유대인을 지켜보았던 때가 떠올랐다. 굳게 잠

긴 가축 열차에 실려 간다는 말은 바로 그 날 먼 곳에서 보았던 사람들처럼 된다는 뜻이었다. 나는 얼마나 어리석은 희망을 꿈꾸고 있었던가? 지금 이 기차는 니아니아와 함께 안전하게 탔던 기차가 아니었다. 동생을 쳐다보았다. 동생은 하늘을 올려다보고 있었다.

기차가 천천히 움직이기 시작한 것은 해가 높이 떴을 때였다. 이음새와 바퀴가 끽끽 소리를 내더니 기차가 서서히 멈춰 섰다. 화차 널빤지 틈으로 밖을 내다보았다. 텅 빈 누런 들판이 보일 뿐이었다. 기차가 완전히 멈췄다. 가까운 선로의 자갈 위를 저벅저벅 걸어오는 소리가 들렸다. 경비병이 타고 있던 차에서 내려 걷는 것이 분명했다. 기차 앞에서 엔진이 쉿 소리를 내며 공전하는 소리도 났다. 연기가 우리 머리 위에서 떠가고 있었다. 왜 멈춘 것일까? 나치가 우리를 내리게 할 거라고 생각했다. 그리고 다시 우리를 당기고 밀치며 골라낼 거라고 여겼다. 널빤지 문을 여는 소리가 들렸다. 나는 동생 손을 잡았다. 기차는 가만히 서 있었다. 문은 여전히 닫힌 채였다. 무슨 까닭인지 닫힌 문이 안심이 되었다.

내게 다른 문제가 생겼다. 양동이가 필요했다. 화차의 어떤 곳에 양동이가 있는지 몰랐다. 있다고 해도 사람들을 헤치고 갈 수가 없었다. 그저 웅크리고 앉아서 문제를 해결할 수 있었을지도 모른다. 얼마나 이대로 참고 있을 수 있을까? 그저 꾹 참으면서 나는 내 자리에서 움직일 수 있는 만큼 조금씩 움직였다. 조금전 겹겹이 입은 넝마 아래로 손을 넣어 속옷 가랑이를 살짝 옆으로 당기고, 조심조심 다리를 벌리며 오줌을 눴다. 아무도 눈치채지 못했다. 그것이 아니라면 아무도 신경 쓰지 않은 것이다. 그런데 기차가 멈추자 압

박이 심해졌다. 나는 팬티에 실례를 할까봐 겁이 났다. 나는 창피했다. 하지만 어쩔 수가 없었다.

나는 가축 열차의 널빤지를 사다리로 이용해서 꼭대기로 올라갔다. 누런 들판 쪽에 등을 대고 자리를 잡고 앉은 다음, 한 손으로 화차를 꽉 움켜쥐고 다른 손으로 무릎까지 바지를 내렸다. 사방팔방 파리가 윙윙대는 바깥 변소의 큰 구멍 위에서 아주 능숙하게 균형을 잡았다. 바지에 똥을 싸는 것만큼이나 나치가 등 뒤에서 총을 쏠까봐 무서웠다. 나는 온 정신을 집중했다. 기도도 했다. 벌거벗은 엉덩이 아래에서 기차 옆을 따라 왔다 갔다 하는 경비병의 발소리가 들렸다. 그들이 화차 위에 앉아 있는 나를 보고 도망가려 한다고 생각하면 어떻게 할까? 그때 엉덩이에서 한 줄기 물컹한 것이 쑥 빠져나갔다. 나는 닦지도 않았다. 서둘러 아래로 내려오자 기차가 막 움직이기 시작했다. 안전하게 동생과 온갖 몸뚱이에 둘러싸인 화차의 바닥 내 자리로 안전하게 돌아오자 기쁨에 가까운 승리감이 느껴졌다.

기차를 타고 가는 동안 내내 우리는 계속해서 똑바로 서 있었다. 잠깐이라도 앉기를 바라면서 포로들이 누군가를 밀어내려고 하면 악다구니와 싸우는 소리가 들렸다. 남동생과 나는 키가 작았다. 우리는 훨씬 적은 공간을 차지하고 있었다. 우리는 화차의 벽면에 기댈 수 있는 구석에 서 있었다. 한 가운데 끼어 있었다면 상황은 아주 나빴을 것이다.

잠들었던 게 틀림없었다. 그것도 똑바로 서서. 기차가 소리를 내며 다시 멈췄을 때는 다시 아침이었다. 우리는 하루 종일 그리고 또 다른 밤을 쉼 없이 달려왔다. 이번에는 경비병들이 나무 널빤지 문을 옆으로 열어젖혔다. 여느 때처럼 고함쳐대며 나치가 우리에게 서둘러 기차에서 내리라고 했다. 가시철조망 울타리가 마주 보였다. 문 너머, 줄지어 늘어선 막사 너머, 벽돌 굴뚝에서 희박한 1월의 공기 속으로 뭉실뭉실 연기가 피어오르고 있었다.

화차의 열린 문을 향해 다가가다가 우리는 한 몸뚱이를 보았다. 그것은 한 겨울, 문 밖에 내놓은 젖은 넝마처럼 뻣뻣했다. 잠에 떨어져 죽음을 향해 터벅터벅 내몰리고 있는 진짜 사람이었다. 남자인지 여자인지 알 수도 없었다. 그저 넝마에 쌓인 몸뚱이일 뿐이었다. 아무 소리도 들리지 않았다. 우리는 모르는 일이었다. 우리를 싣고 온 화차 구석에서 일어난 일이 아니었다.

우리는 화차에서 땅바닥으로 펄쩍 뛰어내렸다. 앞으로 무슨 일이 일어나든 악취 나는 화차에서 나오는 것이 마냥 좋았다. 우리는 사람들을 따라서 수용소 문으로 들어갔다. 동생과 나는 손을 꼭 잡고서 되도록 눈에 띠지 않게 숨으면서 움직였다. 한 덩어리가 되어 움직이는 인파 속으로 녹아 들어가 사라지기를 바라며, 한 발 한 발 질질 끌면서 뻣뻣하게 걸어갔다. 눈에 띄지 않기를 바라면서. 선택되지 않기를 바라면서. 우리는 스스로 수용소 안으로 들어갔다. 내 머릿속에서 '이히 칸 아르바이텐' 이라는 말이 떠나질 않았다. 우리가 너무 작고 아무 쓸모가 없다는 사실을 나치에게 들키지 않으려면 어떻게 해야 할까? 문이 닫히는 소리가 들렸다. 돌아보고 싶었지만 감히 그럴 수가 없었다.

막사 사이 좁은 통로 끝에 다른 사람들보다 중요해 보이는 나치가 군복을 입은 경비병들에 둘러싸여 있었다. 지휘관이 틀림없었다. 우리가 지나갈 때 그 남자가 말채찍처럼 보이는 것으로 방향을 가리켰다.

"레흐츠! 링크스(오른쪽! 왼쪽)!"

고함소리가 메아리쳤다. 순간적으로 돌아보니 오른쪽에 굴뚝과 연기가 보였다. 나는 재빨리 동생을 왼쪽 방향으로 가는 사람들 틈으로 끌어당겼다. 나는 우리가 굴뚝 방향의 오른쪽으로 보내졌을지 안 보내졌을지 모른다. 전쟁 내내 가스실, 시체 소각에 대한 소문을 들었다. 그래서 순식간에 굴뚝에서 멀리 있는 것이 더 안전할 거라고 결정했던 것이다.

얼어버릴 듯 추운 밤에 푸아쇼프 수용소에서 나와 행진하던 중에 어딘가에서 동생과 나는 외삼촌과 외숙모와 라이사 언니와 연락이 끊겼다. 그들은 더 이상 나에게 중요하지 않았다. 처음에 세 사람은 우리를 돌봐주는 척했다. 그러고 나서 거짓말을 했다. 우리를 속이려고 했다. 주위 어른들의 실수로 우리는 이곳까지 왔다. 동생과 나는 또 다른 줄에 서서 발을 질질 끌며 또 다른 강제 수용소로 들어가고 있다.

우리는 막사 안에 줄지어 섰다. 그러고는 옷을 벗으라는 말을 들었다. 주위에는 여자들뿐이라는 사실을 안 것은 바로 그 순간이었다. 기차에 여자들만 있었던 것일까? 온갖 누더기에 감싸 있어서 사람들이 남자일까 여자일까 생각해 보지도 않았다. 단지 넝마에 쌓인 몸뚱이일 뿐이었다. 발가벗긴 우리는 테이블 뒤에 앉아 있는 군복을 입은 여자 간수 앞을 지나갔다. 간수들은 작은 나무 주걱으

로 양동이에서 하얀 연고 같은 것을 잽싸게 떠서 사람들의 사타구
니에 척척 발랐다. 아무도 남동생에게 항의하지 않았다.

그때 간수 하나가 가위와 면도기를 들고 나를 향해 다가왔다. 그
행동이 무엇을 의미하는지 잘 알고 있었다. 주위의 발가벗은 여자
들의 머리가 대부분 까까머리였다. 어떤 사람들은 모자를 쓰거나
스카프로 머리를 감싸고 있었다. 나는 강제로 의자에 앉혀졌다.

"제발 그러지 말아요."

나는 필사적으로 머리카락을 쥐었다.

"나인, 나인 비테."

독어로 힘없이 애원했다. 간수는 야비해 보이지 않았다. 나를 때
리지도 않았다. 단지 내 손을 내 머리에서 내 머리카락에서 떼어냈
다. 날카로운 큰 가위로 두 번 싹둑 자르자 내 땋은 머리는 땅바닥
으로 툭 떨어졌다. 그러고 나자 면도기가 지직거리며 머리카락이
한 올도 안 남아 있을 때까지 머리를 면도했다. 머리 가죽이 면도
기에 베이지 않았다. 아프지도 않았다. 단지 나는 명령을 받은 간
수가 윤을 낸 나무 조각이나 다름없었다.

나는 감히 울지도 못하고 털모자만 푹 눌러썼다. 아직 머리카락
이 있는 몇몇 여자들이 내 뒤를 따라서 의자에 앉혀진 채 머리를
빡빡 깎였다. 동생의 머리카락은 잘리지 않았다. 아마도 면도기를
든 여자가 동생의 머리에 이가 많지 않다고 여긴 듯했다. 동생의
머리카락은 짧은 금발이었다. 나처럼 숱도 많지 않았다. 비록 내
주위에 면도를 당한 많은 머리가 있었지만, 베르플루크테가 되기
위해 특별히 뽑힌 기분이었다. 나는 길게 땋은 내 머리를 사랑했

다. 그래서 더욱 창피했다.

바로 그때 어떤 여자가 다른 여자에게 이곳이 라벤스브뤼크 수용소라고 속삭이는 소리가 들렸다. 우리는 옷을 찾아가라는 명령을 들었다. 우리가 줄 서 있는 동안에 넝마 더미에는 가루약이 뿌려졌다. 나는 독약이라고 생각하고 숨 쉬지 않으려고 애썼다. 다시 옷을 입었다. 간수는 우리를 여러 집단으로 나누었다. 동생과 나는 많은 막사들 중 한 곳으로 걸어갔다. 그제야 다시 숨을 쉬었다. 아무 일도 일어나지 않았다. 나는 여전히 살아 있다. 동생은 나와 함께 있다.

막사 안에서 우리는 간신히 비어 있는 침상을 발견했다. 그 전에 우리와 함께 온 여자들이 폴란드어로 더러운 루마니아 사람들과 헝가리 사람들에 대해 말하는 소리를 들었다. 겹겹이 누더기를 입은 네 여자가 동생과 내가 잠자는 곳 바로 아래 침상에 잠들어 있었다. 우리는 알아들을 수 없는 말로 서로 중얼거리고 씩씩대며 걸핏하면 싸워대는 굶주린 더러운 여자들의 몸뚱이에 둘러싸여 있었다. 푸아쇼프 수용소는 훨씬 더 작은 수용소였다. 그리고 그곳에서 우리는 특권을 받으며 음식과 보호를 받았다.

우리는 더럽고 불결한 베르플루크테라는데 익숙해져 있었다. 루마니아 사람들과 헝가리 사람들이 가장 더럽다고 믿는 한, 우리는 스스로 좀 더 깨끗하고 훌륭하다고 상상할 수 있었다. 하지만 여전히 우리는 그들에게 둘러싸인 막사 안에 있었다.

내가 동생에게 속삭였다.

"저 사람들은 말하는 소리까지 더러운 거 같아."

우리는 수용소의 일상에서 잊혀진 듯했다. 오전 점호 뒤에 몇몇 사람씩 무리를 지은 여자들이 경비병들에 둘러싸여 어디론가 가는 모습이 보였다. 저녁이 되면 그들은 다시 돌아왔다. 몹시 피곤해하고 불평하며 우리 주위의 혼잡한 침상으로 우르르 몰려갔다. 식사시간에 깡통 그릇을 들고 줄지어 섰을 때를 제외하고, 우리는 구석에 웅크리고 앉아서 눈에 띄지 않으려고 애썼다. 우리는 유황 맛이 나는 물을 마셨다. 깡통 컵에 받은 멀건 죽은 굶주린 사람들을 병약하게 만들기에 충분했다. 죽 안에 떠다니는 양배추는 오래전에 맛있게 먹었던 음식을 기억하는 혀를 간질였다. 한번은 진흙에서 생감자를 발견한 적이 있었다. 동생과 나는 번갈아 가며 그것을 몇 입에 먹어버렸다. 소금 꾸러미를 발견해서 먹은 적도 있었다. 군침을 잃은 내 침 속에 버터와 빵, 향료, 익힌 감자에 대한 기억과 베이컨 덩어리의 빛나는 추억과 뜨거운 초콜릿 한 잔이 아른거렸다.

두려움은 연이어 밀려오는 굶주림으로 억눌리면서도, 구역질처럼 꼬르륵거리는 소리는 멈추게 하지 못했다. 나는 굶주리면 사람이 의식을 잃고 환각에 빠질 수 있다는 사실을 몰랐다. 그런 일이 일어났던 적이 없었다.

무감각해진 우리 몸뚱이는 이제 굶주리고 온 데가 가려운 덩어리에 지나지 않았다. 항상 웅크리고 앉아서 엉덩이에서 새어나오는 설사를 달고 지내는 불안한 생활이었지만, 나는 깨끗한 시트를 깐 폭신폭신한 침대에서 잠을 자고, 꼭 문을 닫은 화장실에서 물이 쏴 흘러나오는 변기에 앉아 있던 날을 꿈꾸었다.

17

감기와 끊임없는 설사로 병들고 약해진 우리는 침상에 누워 있었다. 남동생은 덜덜 떨면서 식은땀을 흘렸다. 나는 그 옆에서 쉴 새 없이 꾸벅꾸벅 졸았다. 꿈속에서 신선한 버터를 바른 바삭바삭한 흰 빵을 한 입 베어 먹으려고 했다. 그런데 빵은 맛보기도 전에 허연 배를 드러내고 죽었지만 여전히 꿈틀거리는 물고기로 변했다. 잠을 깬 나는 숨이 막히도록 구역질을 해댔다.

우리는 번갈아 가며 컵을 들고 막사 바깥의 파이프로 물을 뜨러 갔다. 얼마나 자주 변소로 허겁지겁 달려갔는지 모른다. 변소에 갈 때만 빼고 한쪽 구석에서 조용히 머물렀다. 우리는 거의 잠만 잤다.

병에 걸리지 않게 조심해야 했다. 나치에게 붙잡히기 전에 수용소 병원에서 의사들이 하는 실험에 대해서도 들었다. ‘실험’이 무얼 뜻하는지는 몰랐지만, 항상 키 크고 건강해 보이는 것이 최상임을 알고 있었다. 루마니아 사람들이나 헝가리 사람들에게 우리가 아프다는 사실을 비밀로 해야 했다. 그들이 밀고자일지 아닐지 어떻게 알 수 있단 말인가?

"사방팔방 온통 사람들이야. 숨길 수 없을걸."

동생의 말에 내가 대꾸했다.

"눈치 채지 못할 거야. 서로 하찮은 일로 말다툼하느라 정신없잖아."

하루는 아주 커다란 욕조에 들어가 뜨거운 물로 목욕하는 꿈을 꾸었다. 문득 따스하고 느긋한 기분이 들어 일어나 보니, 설사로 온 침상이 더럽혀져 있었다.

나는 훌쩍훌쩍 울기 시작했다.

"미안해. 정말 미안해. 나도 어쩔 수 없었어……. 정말 어쩔 수가 없었어!"

동생이 나를 살짝 밀어내며 속삭였다.

"울지 마. 저 사람들이 듣겠어. 조용히 해."

나는 수도 파이프로 기어갔다. 끈적끈적한 액체가 거의 목덜미까지 묻어 있었다. 한 순간 다행이라는 생각이 머릿속을 훑고 지나갔다. 머리가 길지 않아서 감지 않아도 된다는 사실이 기뻤다. 옷을 벗고 속옷을 찢었다. 온 몸을 덜덜 떨면서 눈에 띄지 않으려고 애쓰면서, 흐르는 물에 악취 나는 오물을 빨고 꽉 짜냈다. 다행히 바깥옷들까지 더럽혀지지 않았다. 물로 빤 조각으로 등과 허벅지를 닦아내고 나서 마른 누더기를 입었다. 어찌나 재빨리 일을 했던지 살을 에는 추위도 잊고 있었다. 막사 안으로 기어가기 전에 주위를 둘러보았다. 깨어 있는 사람은 아무도 없었다. 나는 사람들 눈에 띄지 않았다. 사방이 조용했다.

　동생의 자리까지 더럽혀진 것은 아니었다. 나는 매트리스로 이용하는 지푸라기와 삼베에서 오물을 닦아냈다. 그런 다음 헹구어 낸 누더기 조각을 침상 옆의 갈라진 틈에 쑤셔 넣었다. 그 누더기들이 얼른 마르기를 바랐다. 내가 악취를 완전히 씻어낼 수 없었다면, 그건 변소의 진동하는 냄새나 늘 수용소에 넘쳐나던 설사 냄새와 뒤섞였기 때문일 것이다. 모두들 양배추 구정물과 물 때문에 아팠다.

　동생의 몸에 닿지 않으려고 조심하면서 내 자리로 들어갔다. 목이 마르고 힘이 없고 창피했다. 동생도 아팠다. 하지만 우리를 더럽힌 건 바로 나 자신이었다. 아프다는 사실을 알게 되면 틀림없이 나치가 우리를 죽일 것이다. 그리고 우리가 죽는다면 그것도 내 잘못 때문일 것이다.

　설사를 하지 않고 지나는 날이 있다고 여길 즈음 우리는 건강해졌다. 가시철조망 너머의 하늘빛이 변하고 있었다. 전처럼 춥지 않았고, 한동안 눈도 내리지 않았다.

　어느 날 아침, 폴란드 여자들 두 명이 우리 보고 따라 오라고 했다. 우리는 막사 안의 누구와도 말하지 않고 지냈다. 말을 하고 싶었어도, 헝가리 사람이나 루마니아 사람들이 하는 말을 알아들을 수가 없었다. 우리가 옮겨간 막사의 여자들은 폴란드어로 말하고 있었다. 각자 독립된 침상을 차지하고 있는 듯했다. 머리카락을 자르지 않은 사람도 있었다. 머리카락은 짧았지만 면도를 당한 뒤에 자란 것처럼 보이지는 않았다.

한 여자는 자신이 마리나 아줌마라고 했다. 마리나 아줌마와 또 다른 여자가 우리를 놀랍도록 깨끗한 담요가 있는 침상에 밀어 넣었다. 푸아쇼프 수용소에서 나온 뒤에 처음으로 어른들이 우리를 보살펴 주고 아이처럼 대해주었다.

마리나 아줌마 자리에는 단조롭지만 일정하게 직직대는 소리가 들렸다. 넝마로 덮인 나무틀 위에 라디오 같은 물건이 있었다. 긴 끈으로 이어폰이 달린 줄과 라디오가 연결되어 있었다. 마리나 아줌마는 이어폰을 끼고 귀 기울여 들었다. 마리나 아줌마가 이어폰을 빼면 다른 여자가 곧바로 이어폰을 꼈다. 대여섯 명의 여자들이 번갈아 가며 라디오를 들었다. 무엇을 듣고 있는 것일까? 왜 가만히 있지 않는 걸까? 그러고 보니 문득 며칠 동안 나치 경비병이 보이지 않았다.

"무슨 일이야?"

동생이 어둠침침한 구석의 침상에 웅크리고 앉아서 질문하자 화가 났다. 도대체 애는 내가 대답해줄 수 있다고 생각하는 걸까? 나도 동생만큼 혼란스러웠다. 더럽고 하찮은 일로 말다툼이나 해대는 헝가리 사람들과 루마니아 사람들에게 둘러싸여 있지 않다는 사실만으로도 충분히 좋았다. 친절한 폴란드 여자들은 독일군 따위는 두려워하지 않는 듯했다. 게다가 우리는 그들과 이야기를 할 수 있었다. 나치에 붙잡혀 수용소에 갇힌 뒤 처음으로, 두려움으로 겹겹이 쌓여 있던 깊은 내 안에서 콩알만한 희망이 자라고 있는 게 느껴졌다. 하지만 그러한 예감이 틀렸을까봐 굳이 동생에게 알리고 싶지 않았다.

나는 동생에게 매몰차게 말했다.

"뭐 좀 좋아졌다고 해서 니아니아가 올 거라고는 꿈도 꾸지 마."

어느 날 저녁 마리나 아줌마가 라디오를 듣다가 벌떡 일어나며 이어폰을 내려놓았다. 그러고는 불쑥 소리쳤다.

"그들이 오고 있어! 곧 올 거야."

여자들이 서로 부둥켜안으며 울음을 터트렸다. 마리나 아줌마가 동생과 내게 다가와서 우리를 꼭 껴안아주었다. 이렇게 다른 사람의 품에 안겨보기는 정말 오랜만이었다. 다정하게 꼭 안아주니까 참 이상했다. 마리나 아줌마에게서는 더러운 수용소 냄새가 나지 않았다.

"네 말이 맞아. 우리 모두 괜찮아질 거다. 그들이 오고 있거든."

옷 아래에서 마리나 아줌마의 야윈 몸이 떨고 있었다. 두 뺨에서는 눈물이 흘러내렸다. 나는 누가 오는지 무슨 일이 일어날 것인지 몰랐지만 마리나 아줌마의 말과 주변에서 느낄 수 있는 기쁨을 믿었다.

다음날 우리 막사 안으로 폴란드 여자들 몇 명이 커다랗고 무거운 상자 꾸러미를 가져왔다. 동생과 나도 각각 상자 하나씩을 받았다. 상자를 열자 그 안에는 통조림 음식이 가득 차 있었다. 깡통에는 작은 열쇠가 있어, 깡통 꼭대기에 톡 튀어나온 곳에 열쇠를 넣어 뒤로 돌돌 말자 공기가 피식 새어나왔다. 모두들 깡통을 열고는 웃고 떠들며 음식을 먹었다. 나는 놀랐다. 정말로 꿈은 아니었다. 음식의 냄새는 현실이었다. 음식 냄새가 내 코와 혀를 간질였다. 벽돌 모양의 사각 깡통에서 콩과 고기가 나왔다. 납작하고 자그마

한 정어리 깡통과 반짝이는 호일과 알록달록한 종이로 싼 초콜릿
도 있었다. 우리는 전쟁이 일어난 뒤로 초콜릿을 먹어보지 못했다.
진한 크림처럼 걸쭉한 우유가 든 둥근 깡통도 있었다. 톡 쏘는 맛
과 마술 같은 음식의 감촉이 서로 섞이며 입 안을 휘젓고 다녔다.
미처 씹지 못한 고기 덩이와 꿀꺽꿀꺽 들이 킨 걸쭉한 우유가 목을
타고 미끄러져 텅 빈 배 속으로 들어갔다. 나는 굶주림을 잊었다.
니아니아도 잊었다. 동생을 바라보았다. 빈 깡통에 둘러싸여 동생
은 멍하니 눈을 뜨고서 기다란 초콜릿을 뚝뚝 베어 먹으며 정어리
를 우적우적 입 안으로 밀어 넣고 있었다. 우유는 후루룩후루룩 요
란한 소리를 내며 마셔댔다.

"왜 이걸 안 빼앗지?"

내 물음에 동생이 속삭였다.

"유대인에게 우유를 다 주다니, 상황이 좋아졌나봐."

우리는 양배추 구정물을 먹고 아팠을 때처럼, 진짜 음식을 먹고
배탈이 날 때까지 계속 음식을 퍼먹었다.

화창한 4월의 어느 날 아침, 나치가 아닌 군인들이 와서 수용소
의 문을 열었다. 몇몇 여자들이 앞으로 달려 나가 군인들을 껴안으
며 입을 맞추었다. 몹시 놀란 군인들은 여자들의 행동을 별로 좋아
하지 않는 듯했다. 막사를 떠나면서 나는 숨을 곳을 찾아 도시에서
시골로 도망다니던 때를 생각해보았다. 그러자 점호와 행진과 트
럭과 화차에 실려 유형된 일과 무시무시한 고함 소리와 명령이 떠
올랐다. 종종대는 해충이던 우리가 지금은 나치의 코앞에서 환한

대낮에 당당히 걷고 있었다.

이제 나치들이 죄수였다. 나치들은 총을 빼앗기고 헬멧을 벗긴 채 고함도 못 치고, 훤히 드러난 머리 숲을 이루며 기가 죽어 서 있었다. 그들은 더 이상 우리를 책임지지 않아도 되어 안심했을지 모른다. 어쩌면 자신들이 너무 지저분하거나 너무 느리게 행동했다고 후회하고 있을지도 모른다. 어쩌면 오븐 속으로 우리를 몰아넣지 못해서 후회하고 있었을지도 모른다.

나는 붙잡힌 나치 경비병들의 얼굴을 똑바로 보지 못했다. 습관적으로 그들이 있는 쪽을 향해 몰래 곁눈질만 했다. 머리를 당당하게 들지도 못했다. 우리의 발아래 땅바닥은 가시철조망 바깥쪽처럼 진창이었다. 나는 누가 우리를 구해주었는지 몰랐다. 하지만 수용소 문을 나오자 눈이 부셨다. 후광 속을 걷고 있는 것처럼 느껴졌다. 목에 두른 성스런 목걸이가 내 피부를 태우는 듯한 기분이었다. 그때 그 자리에 없었지만 니아니아의 말이 맞았다. 기적의 선물을 우리에게 보낸 것이다. 동정녀 마리아와 아기 예수님이 우리를 보호해 주었다.

수용소 문 밖에는 적십자 버스가 기다리고 있었다. 우리는 종일 황폐한 진창길을 달렸다. 버스 운전사는 회색 작업복을 입고 있었다. 운전사의 금발 머리카락이 지그재그 모양의 털모자 아래로 삐죽이 나와 있었다. 운전사가 바로 뒤에 앉아 있는 군인에게 하는 말을 전혀 알아들을 수가 없었다. 우리가 어디로 가고 있는지도 몰랐다. 그들은 우리를 나치에게서 멀리 데려가는 중이었다. 그 사실만으로도 그들이 천사가 되기에 충분했다.

　우리는 무릎 위에 놓인 새 음식 상자를 꼭 끌어안고 갔다. 이미 음식을 먹고 난 뒤라서 다들 게걸스럽게 먹지는 않았다. 천천히 먹으려고 애썼다. 꿀꺽 삼키기 전에 음식을 꼭꼭 씹었다. 고기와 함께 콩을 먹었다. 우유도 몇 모금 마셨다. 마지막으로 초콜릿을 먹었다.

　저녁에 버스는 울창한 숲속으로 들어갔다. 그곳에는 진짜 길이 없었다. 덜커덩덜커덩 부딪히며 달렸다. 우리들 머리 위에서 비행기가 붕붕대는 소리가 들렸다. 바로 그때 폭격이 시작되었다. 하늘에서 폭발이 일어났다. 운전사가 브레이크를 밟았다. 세 대의 버스 행렬이 완전히 멈추었다. 빛이 꺼졌다. 위험한 순간에는 납작 엎드려서 조용히 있어야 한다는 것을 아는 덩치 큰 동물처럼, 버스는 나무 아래에서 조용히 기다렸다. 폭격이 멈추자 버스는 어둠 속에서 앞을 향해 서서히 움직였다. 그 날 밤새 여러 차례 폭격이 있었고 그때마다 버스는 멈추었다가 다시 출발했다.

　나는 무섭지 않았다. 오히려 흥분되었다. 폭탄이 또 폭발하기를 기다리기까지 했다. 폭발한 빛이 숲을 밝혀주길 기다렸다. 폭격이 최악의 상태에 이르렀을 때, 버스 운전사가 우리에게 침착하게 말했다. 무슨 말을 하는지 한마디도 알아듣지 못했지만 운전사가 우리를 안심시키고 있다는 사실만큼은 느낄 수 있었다. 확신에 찬 운전사의 목소리를 들으며, 운전대를 잡은 강인한 손을 바라보며 나치가 숲에서 나와 우리를 끌고 가지는 못할 거라고 생각했다. 우리가 광기와 공포와 끝을 맺게 될 거라는 사실을 알았다.

　멀리 숲이 불타고 있었다.

스웨덴의 적십자의 보호를 받으며
발트 해를 건너 스웨덴으로 갔다.
배에서 내린 직후의 동생과 나.

하늘이 어슴푸레 보이기 시작하자 공중 폭격이 그쳤다. 버스가 달리기 시작했다. 여자들이 우리가 스츠베키아나 스츠바카리아로 갈 것인지 궁금해 했다. 슈베덴 오더 슈바이츠. 마리나 아줌마도 우리 버스에 있었는데, 그는 알고 있었다.

"스위스가 아니라 스츠베키아에요. 우리는 스웨덴으로 가고 있어요."

초콜릿을 먹고 있으니까 아빠 생각이 났다. 아주 오래 전에 아빠는 내가 크면 스위스의 학교에 다닐 거라고 말했다. 지금 나는 큰 여자아이였다. 그런데 스위스가 아니라 버스를 타고 스웨덴으로 가고 있다. 타투스는 어디 있을까?

아침나절에 우리는 해안가에 다다랐다. 버스에서 내리자 슬펐다. 운전사는 우리와 함께 가지 않았다. 버스에 남아서 웃으면서 작별 인사를 했다.

"운전사는 돌아가야 해요. 많은 사람들이 구출되기를 기다리고 있거든요."

우리와 함께 버스를 타고 온 사람이 말하는 소리가 들렸다. 하늘은 새파랗고 맑았다. 하늘에는 폭격기 하나 떠 있지 않았다. 나는 운전사가 무사하기를 기도했다.

우리는 여객선을 타고 스웨덴으로 건너갔다. 스츠베키아. 스베리게. 우리가 배에서 내렸을 때 부두는 축제 분위기였다. 우리가 온 것을 특별하게 여기는 사람들이 있었다. 사진사들이 사진을 찍었다. 강제 수용소 문을 걸어 나올 때 입고 있던 누더기를 그대로 입고 있다는 사실이 부끄러웠다. 어제 일어난 일이었지만 몇 년이 지난 듯했다. 뒤를 돌아보았다. 우리는 저 반대편에, 바로 그곳에, 우리 뒤쪽에 굶주림과 진흙과 악취와 시체의 세계를 남겨 놓고 떠나왔다.

스웨덴

"사랑하는 하느님, 불쌍한 니아니아에게 영원히 평화로운 안식을 주소서."

성호를 긋지 않았지만, 묵주 기도를 드리지 않았지만,

성모 마리아 대성당에서 크라코프에서 폴란드에서 멀리 떨어져 있었지만,

십대 여자아이인 나는 스웨덴의 스톡홀름에 있는 하느님의 집에서

다시는 절대 만날 수 없는 나의 소중하고 완고한 니아니아에게

마지막 작별을 노래하였다.

구출된 후 2달쯤 지나 요양원에서 남동생과 함께. 1945. 6. 24

18

      우리는 관공서 빌딩으로 옮겨졌다. 하
얀 가운과 웃옷과 앞치마를 두른 사람들은 모두 다 간호사와 의사
였다. 나는 내 이름을 부르면 큰소리로 대답하겠다고 생각하며 기
다렸다. 큰소리로 대답하는 사람은 아무도 없었다. 모두들 침착하
고 조용했다. 모든 것이 아주 깨끗하게 보였다.

  간호사가 우리를 세면실로 데려갔다. 그곳에는 따뜻한 물이 콸
콸 쏟아지는 싱크대 두 개가 있었다. 우리는 직접 옷을 벗고 씻었
다. 깨끗한 수건의 느낌이 어떠했는지 기억나지 않는다. 나는 몸을
숙이고 이제 막 솟아나기 시작한 까까머리를 수도꼭지에서 쏟아
져 나오는 따스한 물에 댔다. 까까머리가 창피하다는 생각이 도무
지 없어지지 않았다. 허리에 수건을 두른 우리는 어둠침침한 방으
로 옮겨 갔다. 그곳에는 커다란 기계 한 대와 파이프와 케이블이
있었고 이상한 화학물질 냄새가 났다.

  간호사가 다가와서 나를 방 한가운데 있는 기계로 데려가려고
했다. 갑자기 다시 무서워졌다. 수건을 꽉 쥐고서 간호사의 손아귀
에서 빠져나오려고 버둥거렸다. 간호사가 조용히 타일렀지만 무

슨 뜻인지 한마디도 알아들을 수가 없었다. 간호사가 큰소리로 명령이라도 하는 양 몹시 두려웠다. 우리를 놀리고 업신여기지 않는다고 어떻게 장담할 수 있을까? 음식과 쾌적한 환경이 또 다른 나치의 실험일 수도 있지 않을까?

"날 만지지 말아요! 만지지 말란 말예요!"

나는 울부짖었다.

한 손으로 허리에 감은 수건을 꼭 쥐고 다른 손으로 간호사를 밀어냈다. 간호사는 돌아서서 방에서 나갔다. 등 뒤에서 손잡이가 찰깍 돌아가는 소리가 들렸다. 우리는 갇힌 것이다! 몸이 바들바들 떨렸다. 후닥닥 문으로 달려가서 손잡이를 돌렸다. 문은 잠겨 있지 않았다. 남동생을 바라보았다. 내가 야단법석을 떠는 동안에도 동생은 꼼짝 않고 있었다. 그저 방 한가운데에 조용히 서 있었다. 동생은 우리에게 일어나고 있던 일보다 소란 피우는 내가 더 무서웠던 것 같았다.

잠시 뒤 간호사가 마리나 아줌마를 데리고 돌아왔다.

"친절한 스웨덴 사람들이 우리의 건강을 검진하려는 거란다."

마리나 아줌마가 나를 달랬다.

"독일군들도 저렇게 건강 검진을 하는 척했단 말이에요."

내가 되받아쳤다.

마리나 아줌마에게 내가 알고 있는 사실을 알려줄 수 있어서 자랑스럽기까지 했다.

"이번엔 달라. 엑스레이로 너의 폐 사진을 찍으려는 거야."

마리나 아줌마는 헐렁하고 깨끗한 회색 작업복을 입고 있었다.

"방금 나도 엑스레이 사진을 찍었단다. 하나도 무서워할 거 없어."

마리나 아줌마가 안심시키려는 듯 말했다. 그러고 나서 독어로 뭐라고 하자 간호사가 알았다는 듯이 고개를 끄덕이며 미소를 지었다. 나는 마리나 아줌마를 믿었다. 간호사에 이끌려 기계 쪽으로 다가갔다.

"이 기계는 뢴트겐이라고 한단다. 뢴트겐이라는 사람이 우리 몸 안을 사진 찍기 위해서 발명한 기계야."

마리나 아줌마는 내 옆에 계속 있었다. 간호사가 기계 앞쪽의 차갑고 평평한 네모난 표면에 나를 살짝 댔다. 턱은 꼭대기의 오목한 곳에 올려놓았다. 잠깐 동안 방이 깜깜해졌다. 곧이어 찰깍 하는 소리와 윙 하는 소리가 났다. 내 폐의 사진이 찍혔다. 다음은 동생 차례였다.

간호사가 나에게 가위와 칼처럼 보이는 가늘고 번쩍이는 도구가 가득한 하얀 테이블 옆의 의자에 앉으라고 손짓했다. 간호사가 내 가운데 손가락을 푹 찔렀는데 얼마나 잽쌌던지 나는 무슨 일이 일어났는지도 몰랐다. 내 피가 작은 유리병 안으로 떨어지고 있었다. 간호사는 조금씩 피가 나오는 아주 작은 구멍을 하얀 거즈 조각으로 지그시 눌렀다. 잠시 뒤 주사기로 내 팔꿈치 안쪽의 정맥에서 더 많은 피를 뽑았다. 나는 움칠했다. 다시 이 사람들에게서 도망 가고 싶었다. 동생은 아주 말을 잘 들었고 손가락을 찌르고 정맥에서 피를 뽑아내도 소리 하나 내지 않았다. 나는 더 이상 소란을 피우지 않았다. 우리도 버스 운전사가 입었던 옷과 별반 다르지 않은 깨끗한 회색 작업복을 입었다. 그리고 알록달록한 줄무늬가 있는 따스한 스웨터도 입고 그에 잘 어울리는 털실로 짠 모자도 함께 썼다. 머리를 가릴 수 있는 멋진 모자를 갖게 되어서 기뻤다.

우리가 새 옷을 입고 나자 간호사가 우리를 긴 식탁이 있는 널따란 방으로 데려갔다. 우리와 함께 버스를 타고 온 사람들을 알아볼 수가 없을 정도였다. 모두들 깨끗이 씻고 동생과 나처럼 깨끗한 새 옷을 입고 있었다. 아직도 강제 수용소가 아닌 다른 곳에 있다는 사실이 믿어지지 않았다. 옷은 올이 성긴 회색 면으로 만들어졌다. 그래도 옷은 상쾌하게 씻은 피부 위에서 가장 부드러운 실크처럼 느껴졌다. 마리나 아줌마가 와서 나를 꼭 안으며 웃었다.

"봐. 무서워할 게 하나도 없지."

나는 소란을 피웠던 사실이 부끄러웠다.

우리는 버스에서 나에게 말을 걸었던 젊은 여자와 함께 식탁 앞에 앉았다. 그 여자는 발가락이 없었다. 행진하는 동안에 발가락이 얼었는데 나중에 강제수용소 실험에서 잘려나갔을 것이다. 여자의 발은 굽혀지지 않았다. 걸을 때는 이상한 새처럼 보이기까지 했다. 여자는 구두를 신지 않고 대신 화려한 털양말을 신고 있었다.

여자가 웃었다.

"의사가 내 발을 진찰했단다. 그런데 곧 다시 춤을 출 수 있을 거라고 하더구나."

갑자기 여자가 테이블 자리에서 일어나더니, 발가락이 없는 뭉툭한 발로 주위를 빙글빙글 돌면서 왈츠를 추기 시작했다.

새로 구출되어 깨끗이 씻은 사람들이 모두 식탁 앞에 앉아서, 칼

과 포크와 숟가락으로 도자기 접시에 담긴 음식을 먹었다. 접시에
놓인 음식을 마지막으로 먹었던 게 언제였는지 까마득했다. 동생
과 나는 황금빛의 구수한 음식이 수북이 쌓여 있는 접시 앞에 앉았
다. 감자와 고기를 잘게 썰어 넣은 계란 요리로 한 번도 맛본 적이
없는 음식이었다. 그곳에는 버터와 빵과 치즈 조각을 얹은 거친 크
래커도 있었다.

　이것이 진짜일까? 하얀 앞치마를 두른 사람들이 깨끗한 물과 맛
좋은 우유가 든 주전자를 들고서, 식탁 사이를 조용히 돌아다니며
컵에 따라주었다. 우유! 니아니아는 어디 있을까? 니아니아에게
이 모든 것을 보여줄 수 있으면 얼마나 좋을까? 나는 목에 손을 올
려 목걸이와 묵주를 매만졌다. 고맙습니다, 정말 고맙습니다, 하
느님의 성모님. 우리에게 좋은 일이 일어나고 있다는 사실을 니아
니아에게 알려주세요!

19

　　　　　　남동생과 나는 아팠다. 우리 폐가 병
든 것이다. 폐가 병들었다는 사실은 결핵에 걸렸다는 말이다. 죽
기 전에 크리시아의 양 볼이 빨갛던 것처럼 내 볼도 빨간지 보려
고 거울을 보았다. 동생과 나는 둘 다 얼굴이 창백했다. 우리는 자
동차를 타고 시골로 갔다. 숲으로 둘러싸인 언덕에 자리한, 둥근
기둥들과 창문이 줄지어 늘어선 하얀 건물로 갔다. 그곳은 아픈
사람들을 위한 집이었다. 요양소. 그곳의 환자들은 전부 결핵 환
자였다. 그 때문에 우리가 결핵환자라는 사실이 덜 무서웠다. 우
리를 돌보아주는 사람들은 늘 친절했다. 무슨 말을 하는지 한마디
도 알아들을 수 없었지만, 낯선 말들은 항상 나긋나긋하고 조용하
게 들렸다. 그제야 나는 이 사람들이 우리가 유대인이라고 죽이거
나 해치지 않을 거라고 믿기 시작했다.

　나는 하얀 침대가 나란히 놓인 방으로 옮겨졌다. 작업복과 스웨
터를 벗고, 깨끗하게 새로 시트를 간 침대 위에 놓인 노란색 잠옷
을 입었다. 그래도 머리에는 털모자를 쓰고 침대로 들어갔다. 다른
침대에도 여자아이들이 앉아 있었다. 아이들의 머리에는 모두 머

리카락이 있었다. 처음에 아이들은 말을 걸지 않았다. 나를 빤히 쳐다보기만 했다. 그러다가는 서로 귓속말을 하고 낄낄거리며 웃기 시작했다. 그래도 나는 편안했다. 먹을 것도 많이 있었다. 게다가 깨끗했다.

그런데 느닷없이 또 의심이 생겼다. 저들이 동생에게 무슨 짓을 한 건 아닐까? 동생은 아픈 남자아이들이 있는 병동으로 갔다는 사실을 알고 있었다. 내가 알지 못하는 곳이었다. 그 날 밤 푸아쇼프 수용소에서 총에 맞은 남자아이가 생각났다. 그리고 동생을 향해 엉엉 울며 '왜 이 아이는 안 데려가? 애 좀 보라고! 애는 훨씬 더 작아!' 라고 울부짖던 아이의 엄마도.

나는 손에 묵주를 들고 돌리면서 미칠 듯이 큰소리로 폴란드어와 라틴어를 섞어 기도하기 시작했다. 별안간 여자아이들의 웃음소리와 속삭임이 그쳤다. 아마 무서웠나 보다. 아이들이 간호사에게 전화를 했다. 나는 알고 있는 독어를 생각해내고 울면서 계속 말했다.

"브루더, 보 이스트 마인 브루더(동생, 내 동생은 어디 있어요)?"

간호사가 그 말을 알아듣고 나를 위층 병동으로 가는 계단으로 데려갔다. 동생은 파란색 잠옷을 입고 문가에 서 있었다. 몹시 수줍은 표정이었다. 동생은 남자아이였다.

"사람들이 뭐라고 하는지 모르겠어."

내가 이렇게 말하자 동생이 대꾸했다.

"무서워하지 마. 모든 게 정말 좋잖아."

동생은 행복하고 안정되고 깨끗해 보였다. 전혀 아픈 거 같지 않

있다.

"사람들이 우유와 버터를 정말 많이 줘. 무서워하지 마."

동생은 마침내 남자아이로 돌아왔다는 사실이 마냥 좋은 듯했다. 다른 남자아이들과 한 방에 있다는 사실도. 나는 동생이 안전하고 멀리 있지 않았다는 확신이 들자, 나도 안전한 이곳에 적응하기로 했다.

나는 다른 낯선 것들과 함께 전쟁과 강제 수용소에서 병을 얻었다. 다른 여자아이들은 단순히 아픈 거였다. 집에서 병에 걸린 것이다. 그 아이들은 자신들이 벌을 받고 있다고 느끼지 않을 것이다. 아이들 대부분이 금발머리였고 자기 마음대로 머리를 기르거나 짧게 잘랐다. 내 검은머리는 내 의지와는 상관없이 완전히 잘려 나갔다. 위험이 지나가고 내 까까머리가 삐죽삐죽 자라기 시작했지만, 나는 여전히 수상쩍은 사람이라고 느끼고 있었다. 잘못해서 머리카락을 잘린 사람 말이다. 나는 더 이상 더러운 유대인이 아니었지만, 이 유쾌한 연옥의 친절한 사람들 사이에서 언어가 없는 말을 잃은 고아였다.

간호사들은 수녀님들처럼 수녀복도 입지 않고 베일도 쓰지 않았는데 서로 수녀님(sister는 수녀와 자매라는 이중의 의미가 있다. 스웨덴 사람들의 대다수가 신교도들이어서 자매라고 불렀을 것이다. 하지만 당시 어린아이였던 작가는 그 말을 수녀라고 여긴 듯하다: 옮긴이)이라고 불렀다. 베네딕트 수녀회의 수녀님들도 참 좋은 분들이었다. 소매를 접어 올리고 치마 단을 나부끼면서 열심히 일했다. 하지만 무기력한 메추라기 떼처럼 여기저기 흩어져, 나치 사냥꾼이 니아니아에게서 우리를 빼앗아 캔버스 천을 덮은 트럭으로 데려가는 것을 막을 수가 없었다. 스웨덴의 요양소 수녀님들은 주름치마와 단을 접어 만든 긴소매의 파란색 줄무늬 옷을 입고 하얀 앞치마를 둘렀다. 나는 빨아서 풀을 먹인 옷 냄새에서, 분별 있고 조용하게 일상의 일을 하는 수녀님들에게서, 많은 위안을 얻었다. 특히 평범해 보이는 안나 수녀님과 하늘에서 내려온 듯한 스베아 수녀님이 좋았다. 두 분 다 풀 먹인 모자 아래에 단단하게 머리를 감아올리고 있었다.

그곳에는 수녀님이 아닌 다른 여자들도 있었다. 그들은 머리에 작은 모자를 쓰지 않았다. 그 여자들은 쟁반에 음식을 담아서 가져오거나, 하루에 한 번씩 대걸레와 양동이를 들고 와서 묽은 우유를 흘린 바닥을 닦았다. 처음에 나는 왜 그 부분만 청소하는지 이해되지 않았다. 확실히 우유 때문에 리놀륨 바닥이 훨씬 반짝이긴 했지만 말이다. 여자들은 날개 없는 천사들의 도우미 합창대처럼 고무창을 단 구두를 신고 조용히 돌아다녔다.

밤마다 안나 수녀님이나 스베아 수녀님이 와서 '고트 나트' 하고 인사를 했다. 그러면서 담요와 베개를 매만졌다. 우리들은 모두 병동의 전등이 꺼지기 전에 포옹을 했다.

우리는 개인 접시에 담긴 음식을 모두 먹어야 했다. 병 때문에 강제로 이 요양소에 왔거나 집과 가족을 보고 싶어하는, 배가 덜 고픈 여자아이들은 입맛이 꽤 까다로웠다. 그 아이들은 곧 자신들 한가운데 있는 까까머리의 말을 못하는 원숭이가 좋은 쓰레기통이라는 사실을 알았다. 나는 다른 아이들이 먹지 않는 음식을 몽땅 먹어치웠다. 그러자 여섯 달 뒤에 통통한 여자아이가 되었다.

영양가 있는 음식이 결핵의 좋은 치료약이었다. 불쌍한 크리시아가 여기 있었다면 얼마나 좋을까. 그랬으면 둘 다 스웨덴 수녀님들의 보살핌과 스웨덴 음식을 먹고서 치료받았을 것이고, 나에게도 이야기를 나눌 친구가 있었을 것이다.

그곳에는 정말 음식이 넘쳐났다. 전에 한 번도 먹어보지 못한 바삭바삭한 빵들, 한 입 삼키고 난 뒤에도 오랫동안 혀끝에 감돌던 달콤한 맛의 검은 빵들, 향기 나는 갈색 케이크와 엷은 빛의 설탕 쿠키. 그리고 버터! 나는 아주 오랫동안 단맛을 물씬 풍기며 주르르 흘러내리는 지방덩이를 맛보지 못했다. 어느새 감칠맛 나는 계란 요리와 치즈와 크림 사우어를 바른 물고기가 신물 나기 시작했다. 그리고 마침내 책을 읽게 되었을 때, 옛날이야기 속에서 마법 같은 잔치를 발견했다.

하루 세 끼의 식사와 간식 시간과 차 마시는 시간에 먹는 음식들이 나의 새 단어집에서 첫번째 말들이 되었다. 크네커브로드(호밀과 옥수수 가루를 섞어 만든, 가운데 구멍이 난 얇은 크래커 빵: 옮긴이). 피티파너(양파와 감자가 든 고기 프라이: 옮긴이). 루트피스크(잿물에 담아서 말린 생선: 옮긴이). 스킨카(돼지의 허벅다리 살로 만든 햄: 옮긴이). 소크커카카.

음식들이 내 입 안으로 들어와서 내 혀에 톡 떨어질 때처럼 이 말들은 맛이 정말 좋았다. 치즈나 얇게 썬 소시지 조각, 오이를 층층이 넣은 샌드위치는 스모르가사라고 불렀다.

처음에는 화장실에 가거나 복도 아래쪽의 욕실로 씻으러 갈 때만 자리에서 일어났고, 주로 침대에서 많은 시간을 보냈다. 수세

식 화장실, 욕조, 깨끗한 수건이 주는 쾌적함을 이렇게 빨리 당연한 일로 여기게 될 줄은 몰랐다. 이제는 더 이상 까까머리나 잠옷 솔기에 이가 없었다. 내 침대의 시트는 새하얗고 아주 깨끗했다. 깃털로 만든 긴 이불과 폭신폭신한 베개도 있었다. 이것들은 건초와 삼베를 깐 더러운 침상 뒤에 찾아온 기적 같은 호사였다. 몇 년 동안 내 몸, 내 피부는 그런 편안함에 감싸이는 느낌을 몰랐다.

잠깐 밖에 나가도 된다고 허락받았을 때는, 파란 하늘을 바라보며 베란다의 긴 안락의자에 누워서, 나무를 스치고 지나가는 바람소리를 들었다. 간호사들이 맑은 고기 수프와 따스한 초콜릿을 주었다. 우리는 낮잠을 자며, 맑고 깨끗한 북쪽 공기를 마시고 투명하고 신선한 바람을 들이켰다. 공포와 오염의 세계에서 살다가, 나치의 강제 수용소에서 구정물을 먹으며 살아남으려고 애쓰다가, 이제 사람들이 먹고도 바닥에 흘려 닦아낼 정도로 우유가 남아도는 세상에서 살고 있다. 아주 짧은 시간에 어떻게 이런 일이 일어날 수 있을까? 나는 겹겹의 포근함에 싸여서 잘 먹고 간호를 잘 받았다. 훨씬 뒤에 다른 환자들과 숲속이나 푸른 산비탈로 산책을 나갔을 때, 요양소가 완전히 고립되어 있다는 사실을 알았다. 근처에 도시나 마을이 있었을지 모르지만 그 어느 곳도 가본 적이 없었다. 그리운 것이 하나도 없었다. 아픈 것이 이런 것이라면 영원히 아프고 싶었다.

일요일이면 스베아 수녀님이 가르치는 교리문답 시간이 있었다. 우리는 제 침대에 앉아서 주일의 학습에 귀를 기울였다. 내 목걸이는 늘 목에 걸려 있었다. 아무도 내게서 목걸이를 빼앗으려 하지 않았다. 이제 더 이상 폴란드어로 소리 높여 기도하지도 않았다. 스웨덴어가 점점 익숙해지면서 친구가 되어 갔다. 신약성서의 이야기를 듣는 것이 좋았다. 우리 병동에는 4옥타브에 이르는 발로 페달을 밟아 연주하는 자그마한 오르간이 있었다. 안나 수녀님이 페달을 밟으며 연주했다. 음악이 전하는 말로 노래를 배우는 일은 논리에 맞게 문장을 만드는 것보다 훨씬 쉬웠다. 얼마 지나지 않아 다른 여자아이들과 함께 노래 부르는 일이 전혀 어렵지 않게 되었다.

스웨덴 사람들은 신교도들이었다. 나는 마틴 루터를 성모님보다 더 중요하게 여긴다는 사실을 알았다. 니아니아는 성모님과 성인들을 찬미하지 않는 기독교인들을 어떻게 생각할까? 니아니아는 어디에 있을까? 엄마는 어디에 있을까? 그리고 아빠는? 아빠는 어디 있을까? 아빠가 떠난 그 날 밤 이후로 벌써 6년의 세월이 흘렀다.

내 손으로 만들었던 예쁜 물건은 폴란드 들판에서 꺾은 꽃으로 만들었던 화환뿐이었다. 요양소에는 우리에게 코바늘과 뜨개질바늘 사용법을 가르쳐주는 선생님들이 있었다. 부지런히 모양을 따라가면서 왼손 집게손가락에 천을 두르고 바늘땀을 세었다. 점점 바느질 도구의 수가 늘고 쌓이면서 묵직해지는 게 좋았다. 바늘에 매달린 비단 실로 레이스 달린 깔개를 만들었다. 네모난 아마 천에서 조심스럽게 실을 뽑아내고, 술 장식을 달거나 작고 고른 바늘땀으로 테두리를 두르는 법을 배웠다. 내 손이 이끄는 대로 바늘이 정확한 곳으로 가서 고분고분하게 천에 꽂히는 순간도 참 좋았다. 차 냅킨에 십자가나 사슬 땀을 놓아 꽃 모양 자수를 놓는 법도 배웠다. 그리고 내 팔 안에서 들꽃부케나 열매를 따 넣은 컵이 점점 묵직해지는 것을 좋아했던 것처럼, 천 위에서 활짝 피어나는 꽃들을 지켜보는 것도 정말 좋았다.

스베아 수녀님은 하얀 가죽 표지의 신약성서 한 권을 주었다. 그 책 꼭대기에는 책갈피로도 쓸 수 있는 노랗고 하얀 리본이 달려 있었다. 스웨덴어를 읽을 수 있기 전에는 얇은 종이를 한 장 한 장 넘겨보는 걸 좋아했다. 겉표지에는 어린이들에게 둘러싸인 예수님 그림이 있었다. 작은 책을 손 안에 들고 있을 때의 감촉은 정말 근사했다.

요양소에는 책을 빌려주는 작은 도서관이 있었다. 그곳에는 새끼고양이였을 때 큰 쥐에게 꼬리를 물리는 바람에, 심술궂은 고양이들에게 평생 놀림을 당하는 점잖은 고양이의 모험 이야기를 그린 어린이 책들이 있었다. 이 이야기책은 이해하기 어렵지 않았다. 나는 그 책들을 무척 사랑했다. 하지만 내 나이는 거의 열두 살이 다 되었다. 머리가 창피하다는 사실도 잊고 있었다. 머리카락은 자라게 마련이니까. 아무튼 다른 여자아이들에게 비웃음을 당할 구실을 주고 싶지 않았다.

나는 커다란 책을 발견했다. 그 책을 천천히 넘기며 읽을 때, 새 언어의 단어들은 겹겹이 쌓인 검은 딸기와 가시에 숨어서 잠자는 미인이었다. 하지만 그 말들은 점차 앞으로 나오면서 가시관목에서 모습을 드러내기 시작했다. 잎이 떨어지면서 모습이 나타났다.

처음에는 책 속의 말들이 느릿느릿 조화를 이루며 공연하기 시작
했다. 때로는 짓궂게 장난을 치기도 했다. 한 단어를 몰라도 알고
있는 더 많은 단어들이 있었다. 바로 옆 단어가 전체 구가 의미하
는 바를 추측해서 뜻을 알게 하는 단서였다. 이야기의 신비와 언어
의 신비가 펼쳐지면서 나는 그 비밀들을 밝혀내기 시작했다. 내가
제일 처음 읽은 큰 책은 꽤 두꺼운 것으로 종교와 로맨스에 대한
이야기였다. 나는 『성의』의 책장을 넘기며 그 이야기에 전율했다.

로만. 오베르사트프란 엥겔스칸
소설. 영어로 번역된

20

　　나는 거의 일 년 동안 요양소에 있었
다. 전쟁은 내가 요양소에 있는 동안에 끝났다. 어느 날 오후에 뜻
하지 않게 내 인생을 새 방향으로 돌린 사건이 일어났다. 스베아
수녀님이 병실로 들어올 때 검은색 신사복을 입고 검은색 모자를
쓴 남자가 따라왔다. 팔 아래에는 불룩한 서류 가방이 들려 있었
다. 그 남자는 안에 들어왔는데도 모자를 벗지 않았다. 웃으면서
내 침대로 다가와 폴란드어로 인사했다. 나는 병실 친구들과 수다
를 떨 정도로 스웨덴어를 잘 했다. 동생과 있을 때도 스웨덴어로
말을 했다. 검게 차려 입은 남자가 들어오면서 내 마음이 산산조
각이 되어 빙빙 도는 현기증을 느꼈다. 알 수 없는 것이 환한 세상
에 살고 있는 나를 진창의 어둠침침한 세상으로 데려갈 것 같은
위협을 느꼈다. 느닷없이 남자가 등장하면서 나는 곧장 다른 침대
에 있는 새로 사귄 친구들과 격리되었다. 뻣뻣한 스웨덴 간호사들
과도, 기적 같은 유쾌하고 나른하고 폭신폭신하고, 음식이 풍성한
삶과도.
　나는 이 요양소 외에는 아무것도 필요 없었다. 아프지만 병자처

럼 느껴지지는 않았다. 그렇다고 딱히 더 건강한 것 같지도 않았다. 어떻게 하면 내가 위험에 처했거나 병에 걸렸다고 알릴 수 있을까? 일주일에 한 번씩 팔 안쪽 정맥에서 피를 뽑았고, 한 달에 한 번씩 가슴 엑스레이 사진을 찍었다. 그건 으레 있는 일이었다. 약도 먹지 않았다. 나는 무섭지 않았다. 요양소에 온 뒤로 내 옆의 침대에는 코와 발로 천장을 가리키며 누워서 죽은 사람이 한 사람도 없었다. 수녀님들은 머리에 두를 기다란 갖가지 색깔의 공단 리본도 주었다. 내 머리카락이 자라고 있었다.

검은 양복의 남자가 폴란드어로 살짝 말을 걸어왔다.

"내게 꼭 필요한 책을 몇 권 가져왔단다. 바로 유대인의 이야기야."

그러면서 내 침대 위에 그림이 그려진 팸플릿을 놓았다. 일요일마다 스베아 수녀님과 교리문답 시간에 이용하는 것들과 달라 보이지 않았다. 나는 웃는 얼굴을 빤히 쳐다보았다. 유대인의 선물로 날 유혹하려는, 눈꺼풀이 늘어지고 코는 커다란 유대인의 얼굴을 노려보았다. 정말 화가 났다!

나는 폴란드어로 소리치기 시작했다.

"여기서 나가요. 이런 거 필요 없단 말예요! 당장 나가요!"

남자는 깜짝 놀랐다. 스베아 수녀님이 나를 달래려고 했다.

"이것은 너를 위한 유대인에 관한 이야기야."

이번에는 스웨덴어로 울부짖었다.

"유대인 이야기는 필요 없어요. 난 기독교인이에요."

나는 이불 위에 놓은 팸플릿을 바닥으로 냅다 던져버렸다.

"이걸 갖고 여기서 당장 나가요!"

남자는 몹시 당황하며 몸을 숙였다. 잽싸게 작은 책자와 그림을 모아서는 도로 가방 안에 넣었다. 그러고는 내게 무슨 말인가를 했다. 그 남자가 친절하게 대하려고 애썼지만 나는 듣지 않았다. 그를 믿지 않았다. 대신 계속 '나가요! 나가란 말예요!' 하고 외쳤다. 스베아 수녀님이 나지막이 속삭이면서 남자의 팔을 잡아 밖으로 내보냈다.

병실의 친구들이 내가 처음 왔던 그 날처럼 쳐다보았다. 나는 베개에 얼굴을 묻고 울었다. 너무 창피했다. 우리집 발코니를 지나가던 하시드를 의심스럽게 쳐다보던 니아니아의 모습이 떠올랐다. 저 유대인 남자는 내가 여기에 있다는 사실을 어떻게 알았을까? 감히 어떻게 날 찾아왔을까? 이제 나는 내 언어가 된 아름다운 언어로 말하는, 친절하고 조용한 사람들과 새로운 환경에서 살고 있었다. 어둠과 공포의 세월에서 아주 멀리 벗어나 있었다. 다시 흔들리고 싶지 않았다.

마음을 가라앉히고 베개에서 얼굴을 들자, 침대 옆 작은 탁자 위에 뭐라고 써놓은 종이가 보였다. 종이를 놓고 간 남자에게 화를 내며 절대 나를 데려갈 수 없을 거라고 생각했다. 종이를 갈기갈기 찢어서 던져버리고 싶었다. 하지만 그 전에 종이에 스웨덴어로 써놓은 글귀를 읽었다.

"간호사에게 편지를 써달라고 하세요. 폴란드의 가족을 찾을 수 있습니다."

스톡홀름에 있는 협회의 이름과 주소도 나와 있었다. 대리인들의 이름은 스웨덴어였다.

나는 다른 사람에게 편지를 썼던 기억이 없었다. 그래도 스베아 수녀님이나 다른 사람에게 도움을 구하지 않기로 했다. 직접 편지를 쓰기로 했다. 다른 여자아이에게 편지지를 얻었다. 아이들은 항상 집에 편지를 쓰고 있었다. 나는 스웨덴어로 편지를 썼다. 철자를 세심하게 살펴보면서 동생과 내가 어떻게 구출됐는지 그리고 지금 어디에 있는지 설명했다. 그리고 베네딕트 수녀원이 습격당한 날, 니아니아를 마지막으로 보았다는 내용도 편지에 썼다. 크라코프의 수녀원 주소도 함께 보냈다. 나중에 안나 수녀님을 만났을 때 편지를 보내달라고 부탁했다. 수녀님은 놀라서 나를 바라보며 편지를 받아들었다. 우표를 붙여서 꼭 보내주겠다고 단단히 약속했다.

편지를 쓴 지 얼마 지나지 않아서 스베아 수녀님이 폴란드 우표가 붙은 편지 봉투를 주었다. 엄마 글씨였다.

사랑하는 너무너무 사랑하는 우리 딸과 아들에게!
도무지 믿어지지 않는구나. 믿을 수가 없어. 니아니아와 나는 거리에서 울면서 노래하고 춤을 추었단다. '우리 아이들이 살아 있어요…… 우리 아이들이 살아 있어요.' 고맙습니다, 하느님. 정말 고맙습니다, 하느님!

얇은 편지지에 엄마가 조심스럽게 편지를 써 보냈다. 두 번째 종

1945년 해방된 뒤 크라코프의 엄마와 니아니아. 두 사람이 편지에 넣어 요양소로 보낸 사진이다.

이는 니아니아의 편지였다.

너희 둘에게 키스를 보낸다. 너희의 사랑스런 눈썹에 입을 맞춘다. 너희의 작은 발에도 입을 맞추고. 성모님, 감사드립니다. 영원히 찬미 받으소서.

니아니아는 힘들이지 않고 엄마를 미사에 데려간 일에 대해 편지에 설명했다. 엄마와 니나니아는 성모 마리아 성당에 갔다. 둘이

서 촛불을 밝히고 기쁨의 찬사를 노래했다. 두 장의 종이는 조심스럽게 접혀 있었지만, 편지를 부치기 전에 눈물이 떨어진 듯 몇몇 단어는 얼룩져 있었다.

나는 편지를 흔들며 스베아 수녀님에게 달려갔다.

"니아니아와 엄마한테 온 편지예요. 얼른 동생한테 데려다 주세요!"

다른 수녀님들과 요양소 사람들이 몰려들었다. 그들은 드디어 난민 여자아이가 미쳤다고 생각했을 것이다. 내 병실의 여자아이들이, 아직 침대에서 나와서는 안 되는 아이들까지 복도로 우르르 몰려 나왔다. 동생은 벌써 와 있었다. 우리는 스베아 수녀님 사무실 의자에 앉아서 자꾸자꾸 편지를 읽었다. 우리는 울다가 그 때문에 창피해 하면서 폴란드어를 스웨덴어로 번역했다.

처음부터 사람들이 내 말을 믿었다고 생각하지는 않는다. 며칠 뒤 스톡홀름의 대리인에게서 편지가 오고 나서야 사실임을 믿었다. 현재 요양소의 보호 아래 건강을 회복한 여자아이와 남자아이의 엄마와 유모를 찾았다는 내용을 공식적으로 알리는 편지였다.

우리의 일상이 변한 것은 하나도 없었다. 우리는 똑같은 아이들이었고, 늘 하던 대로 따라하는 똑같은 환자였다. 하지만 이제는 더 이상 고아가 아니었다. 동생과 나는 편지를 썼다. 크라코프에서 편지가 또 왔다. 니아니아와 엄마는 둘이 찾아낸 작은 아파트에서 함께 살고 있었다. 엄마는 사무실에서 일했다. 엄마와 니아니아가 같이 찍은 사진을 넣은 편지도 왔다. 두 사람은 나무 밑창을 넣은 신발을 신고 겨울 거리를 걷고 있었다. 엄마는 전쟁 뒤라서 가죽

스웨덴 요양소의 병실 친구들과 함께. 나는 뒷줄 중앙에 서 있다. 머리를 왼쪽으로 돌리고 있는 앞줄의 여자아이는 나의 특별한 친구 브리타이다. 1946년.

밑창을 단 구두가 없다고 편지에 설명했다.

나는 이 모든 일을 받아들였지만, 요양소 생활이 아닌 다른 곳에는 어떻게 가야 할지 정말 모르고 있었다. 나는 스웨덴어를 말할 줄 알았다. 책도 읽고 노래도 불렀다. 지하에 있는 커다란 강당에서 영화도 보았다. 어느 날 한 남자가 와서 우표 수집에 대한 강의를 했다. 꽤 지루했지만 투명한 서류철에 단정하게 정리한 온갖 우표에 대한 이야기와 그 이야기를 들려주는 말투는 참 좋았다. 어떤 때는 요양소 직원들이 장기 자랑을 벌였다. 한 간호사가 피아노로 왈츠를 연주하자 다른 간호사가 발레를 추었다. 간호사는 앞으로 몸을 기울이고, 한쪽 다리의 발가락으로 균형을 맞추며, 팔을 앞으로 쑥 내밀고, 다른 발을 뒤로 쭉 뻗었다. 그 동작은 아라베스크라고 했다. 나는 배운 노래를 불러보라는 말을 듣기도 했다. 하지만 강당 의자에 앉아 있는 사람들을 보자 어찌나 겁이 났던지 도저히 노래할 수가 없었다. 그저 연단에서 내려와 공손히 인사를 하며 사과를 하고는 강당 밖으로 달려 나갔다.

나는 친구도 사귀었다. 옆 침대 주인인 브리타는 특별한 친구였다. 우리는 불이 꺼지면 밤새 소곤소곤 이야기를 나누었다.

"난 간호사가 되고 싶어."

브리타가 말했다.

브리타가 건강을 회복하자 어느 일요일 아침에 그 애 아빠와 오빠가 와서 집으로 데려갔다. 진짜 많이 아픈 아이가 브리타의 침대에 새로 왔다. 친구가 보고 싶었지만 아무것도 바뀌길 원하지 않았다. 아프지 않았지만 더 건강해지거나 완전히 회복되지 않아도 된다고 생각했다. 이곳을 떠나고 싶지도 않았다. 우리가 원하지 않는다면 절대 이곳을 떠나지 않을 거라고 생각했다. 나는 행복했다.

그러던 차에 다른 일이 일어났다. 아빠에게서 편지가 왔다. 아빠가 크라코프로 돌아왔다는 것이다. 아빠는 전쟁 내내 러시아에 있었다. 나치를 피해서 크라코프를 떠났다가 러시아 사람들에게 붙잡혔던 것이다. 처음에는 러시아 수용소에 있다가 그곳에서 풀려난 아빠는 사마르칸트(우즈베키스탄의 동부 도시: 옮긴이)에서 살았다. 아빠는 시장에서 작은 가판대를 꾸려 장신구·장난감·모자·보석·담배 등을 팔았다. 전쟁이 끝나자, 아빠는 다른 폴란드 포로들과 함께 고향으로 돌아가도 된다고 허락받았다. 그게 아니라면 강제로 쫓겨났을 것이다. 나는 아빠가 어떻게 돌아왔는지 정확히 몰랐다.

'드로가, 코카나, 코레츠코(사랑하는 꼬맹이 딸에게)!' 로 시작되는

건초 더미 옆에 엄마는 앉아 있고 니아니아는 잠자고 있다. 전쟁 직후의 크라코프의 어느 교외.

아빠의 편지에는 7년 동안 아이가 없다고 여기다가 갑자기 아빠임을 알리려는 듯 온갖 미사어구가 가득했다. 물론 아빠는 기나긴 전쟁 동안 우리에게 무슨 일이 일어났는지 알 방법이 없었을 것이다. 타투스. 아빠는 나에게 오로지 한 단어였다. 아주 오래 된 말. 기억. 다음 편지에 아빠도 신분 서류의 도장이 찍힌 작은 사진을 보냈다. 사진 속의 아빠는 진짜 우리 아빠처럼 보였다.

크라코프의 세 사람에게서 애정 어린 유쾌한 편지들이 끊임없이 왔다. 모든 것이 잘 되어가고 재미있었다. 하지만 이들도 내가 요양소의 생활을 그만두어야 한다는 사실을 몰랐다.

21

　　　　　내 작은 가방을 든 닐슨 씨와 나는 기차에서 내렸다. 오후 3시 밖에 안 됐는데도 날이 꽤 어두웠다. 흑야 기간이었기 때문에 날이 어두운 게 당연했다. 기차역 밖에서는 전차 선로가 절꺽대는 소리와 자동차들이 붕붕대는 소리가 났다. 거리는 따스하게 몸을 감싼, 자전거를 탄 사람들로 꽉 막혀 있었다.

　내 코는 차가운 공기에 얼얼해 하면서도 갑자기 불어온 톡 쏘는 가솔린 냄새와 식당에서 흘러나온 구수한 냄새를 즐겼다. 환히 불을 켜놓은, 생전 처음 와본 거리를 따라 친절한 아저씨와 걸으면서, 나는 도시의 무뚝뚝한 소음에 감싸였다. 아주 어렸을 때부터 내가 도시 소녀라는 사실을 얼마나 좋아했는지 떠올랐다. 나치가 내게서 빼앗아간 것들이 많았는데 그 중에는 도시 생활도 있었다.

　스톡홀름 빌딩 꼭대기에 슈샤드 광고판이 우뚝 솟아 있었다. 크라코프의 광고판과 똑같은 것이었다. 내가 이 도시에서 처음 본 것은 감빡거림이었다. 바로 스웨덴의 스톡홀름에서. 슈샤드. 나는 지난 7년 동안 네온 간판이 번쩍이고 날마다 생기가 넘쳐흐르는 거리를 걸어본 적이 없었다. 사무치도록 그리운 냄새와 소리의 기억이 물밀 듯 밀려왔다. 전쟁이 일어나기 전 아빠와 손을 잡고 크라코프의 거리를 걸었던 날들이 생각났다.

"저길 좀 봐라, 하누시우!"

우리는 종종 높은 빌딩 꼭대기에서 번쩍이는 슈샤드 초콜릿 광고판을 올려다보았다. 아빠는 자그마한 초콜릿 공장 주인이었다. 하지만 스위스 초콜릿이 가장 좋았다.

"슈샤드 초콜릿처럼 좋은 초콜릿을 팔고 싶구나."

아빠가 말했다.

"넌 스위스의 좋은 학교에 다니게 될 거다."

가끔 이렇게 말하기도 했다. 당연히 아빠는 내가 좋은 곳에 있는 학교에 다니길 바랐다. 가장 좋은 초콜릿을 만드는 그런 곳 말이다.

닐슨 씨가 자신의 팔로 내 팔을 감쌌다. 닐슨 씨의 몸에 닿은 내 오른쪽 옆구리가 따스하고 든든했다. 스톡홀름의 생기가 우리 주변에서 광채를 빛내고 있었다. 나는 낯설지만 반짝이는 구두를 신고 좋은 향기가 나는 친절한 사람과 걷고 있었다. 더 이상 네 살의 어린 여자아이가 아니었다. 한 번도 와본 적이 없는 이 도시의 활력이 넘치는 거리에서 나는 다른 사람이 되었다. 독일군의 죽음의 위협에서 빠져나왔다. 그리고 병원에서 치료를 받았다. 이제 더 이상 아프지도 않았다. 나는 살아남았다. 잠깐 동안 내가 아빠와 함께 집으로 가는 평범한 여자아이처럼 느껴졌다.

"넌 스웨덴 사람처럼 스웨덴 말을 잘 하는구나."

닐슨 씨는 나를 처음 만났을 때 큰소리로 웃었다. 검은머리의 외국 여자아이가 스웨덴 남부 지방에서 흔히 들을 수 있는 촌스런 억양으로 말하는 것이 낯설었던 것이다. 나는 거의 2년 가까이 요양소에 살면서 이웃 마을에 가본 적이 없었다. 닐슨 씨는 내가 새로 배운 말을 하는 외지에서 온 첫번째 사람이었다.

나는 병이 다 나았다는 말을 들었다. 더 이상 병자를 위한 집에 머물 수가 없었다. 닐슨 씨가 요양소에서 날 데려가려고 왔을 때, 나 혼자 닐슨 씨와 함께 가야 한다는 사실을 받아들여야만 했다. 동생은 아직도 아팠다. 나는 동생이 요양소에서 더 지낼 수 있어서 정말 다행이라고 생각했다.

닐슨 씨는 나를 폴란드 난민 아이들을 위한 쉼터로 데려가는 중이었다.

"다시 네 나라 사람들과 함께 있게 돼서 좋을 거다."

닐슨 씨가 말했다. 하지만 곧 내가 불안해한다는 사실을 눈치 챈 게 분명했다.

"너도 그곳이 좋은 곳이란 걸 알게 될 거다. 아주 잠깐 동안 있을 거야."

그러고는 이렇게 덧붙였다.

"너무 두려워하지 마라."

스톡홀름까지는 여러 시간이 걸렸다. 건강이 좋아져서 원하지 않는 곳으로 가야 했지만, 조금도 유형 당하거나 도망가는 것처럼 느껴지지 않았다. 푹신푹신한 기차 의자에 앉아서 자연스럽게 반짝이는 창문을 통해 휙휙 스쳐 가는 겨울 풍경을 바라보는 것도 좋았다. 스웨덴의 1월 날씨는 몹시 차가워서 창문을 열고 머리를 삐죽이 내민다거나 얼굴과 머리에 바람을 맞으면서 갈 수는 없었다. 머리카락도 어깨까지 자라서 드디어 뭉툭하게나마 두 갈래로 땋을 수 있었다.

우리는 전차 선로와 네온 빛에서 멀리 떨어진 조용한 거리로 들어섰다. 작은 엘리베이터를 타고 삼층으로 올라가서 'A. 닐슨'이라고 조각된 청동 문패가 달린 문 앞에 섰다. 닐슨 씨가 벨을 울렸다. 갈색 옷 위에 말쑥한 흰색 앞치마를 두른 삐삐 마른 여자가 문을 열어 주었다. 여자의 단단하게 말아 올려 쪽진 회색 머리는 베일을 쓰지 않았지만 베네딕트 수녀원의 수녀님들을 생각나게 했다. 그 여자가 닐슨 씨에게 공손히 인사를 했다. 나도 그 여자에게 예의바르게 인사를 했다. 이윽고 여자가 내 작은 가방과 코트와 목도리를 받아들었다.

닐슨 씨가 말했다.

"스티나 양, 우리 어린 여행자에게 차와 샌드위치 좀 갖다 주세요."

스톡홀름에 있는 닐슨 씨의 우아한 아파트에 서 있는 나는 열두 살이었다. 위험 속을 오가던 지난 7년 동안, 많은 사람들과 오두막이나 공공시설에서 살면서 잠을 잤다. 수녀원에서. 강제수용소의 막사에서. 요양소에서. 그리고 공공기관에서. 크라코프에서 니아니아와 함께 도망쳐 나온 뒤로, 테이블과 의자와 깔개와 램프를 가지런히 정돈해놓은 개인 집에 있어 본 적이 없었다. 그리고 하인이 있는 곳에도.

"앉아라."

닐슨 씨가 미소를 지었다. 나는 아름다운 거실의 문가에 놓아둔 나무의자 끄트머리에 조심스럽게 앉았다. 창가에는 화분이 놓여 있었다. 레이스 커튼도 달려 있었다. 그림 몇 점이 비비 꼰 실크 끈으로 조각품에 매달려 있었다. 마룻바닥에는 크라코프의 우리 아파트에 있던 낡은 킬림을 생각나게 하는 깔개도 있었다. 한쪽 벽은 몽땅 책으로 덮여 있었다. 건물 어디에선가 피아노 소리가 들려왔다.

"아니, 여기에 앉거라."

닐슨 씨가 푸른색 줄무늬의 실크 천으로 덮은 우아한 의자를 가리키며 말했다.

나는 인형이나 꼭두각시가 되고 싶었다. 누군가가 와서 이 멋진 의자에 딱 들어맞게 내 팔과 다리를 알맞은 각도로 구부려 주었으면 좋겠다. 요양소 강당에서 본 영화가 생각났다. 프랑스의 휘황찬란한 방에서 사람들이 우아한 자세로 이리저리 움직이고 있었다. 실크 드레스를 입은 숙녀들이 비단 소파에 앉아서 예쁜 도자기 컵에 든 차를 홀짝이면서 작은 케이크를 먹었다. 신사들이 다가와 숙녀의 손에 키스하며 인사를 했다.

내 몸은 깨끗했다. 다시 자란 머리에는 이도 없었다. 새로 기부받은 꾸러미에서 꺼내 입은 스커트와 블라우스와 스웨터 솔기에도 이는 없었다. 조심조심 의자에 엉덩이를 밀어 넣고 앉자, 모직 스타킹이 내 허벅지를 당기는 기분이 들었다. 나는 더러운 흙이 스며들까봐 걱정하면서 닐슨 씨의 비단 의자에 앉았다. 머릿속에서 나치가 '슈무치히. 베르플루크테, 슈무치히 유덴.' 하고 외치는 소리가 메아리쳤다.

닐슨 씨는 팔을 구부리며 푹신한 큰 의자에 편안히 앉았다.

스티나가 쟁반에 버터 바른 빵과 햄과 차를 가져왔다. 컵과 아마 냅킨도 있었다. 나는 샌드위치를 살짝 한 입 베어 물고 한껏 우아하게 찻잔을 들었다. 닐슨 씨와 영원히 이곳에 함께 있고 싶었다.

닐슨 씨 뒤로 반쯤 열린 문틈으로 침대가 있는 작은 방이 보였다. 닐슨 씨가 내 눈길을 따라왔다.

"오늘밤 저곳이 네 방이란다. 그리고 내일 아침 일찍 떠날 거란다."

우리는 차를 조금씩 들이켰다.

닐슨 씨는 나에게 전쟁이 끝난 뒤에 스웨덴에 온 난민들을 위해 자신이 하는 일을 말해주었다. 그리고 폴란드 사람들의 쉼터에서 재미있게 보낼 시간과 그 뒤의 일에 대해서도 들려주었다. 잠자리에 들 시간이 되자 닐슨 씨는 책이 가득한 책장에서 한 권을 꺼내 들었다. 그러고는 이렇게 말했다.

"이 책을 주마. 잘 간직하렴."

내 가방 안에는 요양소에서 주일학교 시간에 받은 교리 문답집 몇 권이 안전하게 들어 있었다. 스베아 수녀님이 선물로 준, 성가정의 아름다운 사진들로 가득한, 아주 작은 신약성서도 있었다. 이제 내 물건에 또 한 권의 책이 보태졌다. 나는 닐슨 씨에게 셀마 라게를뢰프(1858~1940, 설화나 영웅담에 기초한 소설을 쓴 소설가로 1909년에 노벨 문학상을 수상한 최초의 여성이자 최초의 스웨덴 작가이다: 옮긴이)의 이야기책을 주어서 고맙다고 했다. 음식을 갖다 준 무뚝뚝하게 보이는 스티나에게도 고맙다고 했다. 그러고 나서 다들 잠자리 인사를 했다.

"고트 나트."

나는 침실로 들어가 문을 닫았다. 내일이면 가시철조망에 둘러싸이지 않은 곳으로 가게 될 것이다. 그곳에는 총을 든 나치가 없다. 총소리도 나지 않을 것이다. 하지만 다시 공공시설에서 살게 될 것이다. 나는 커다란 폭신한 이불을 덮고 가장자리에 레이스를 단 베개에 머리를 뉘고서, 셀마 라게를뢰프의 책을 읽다가 잠이 들었다.

아침에 스티나가 뜨거운 물이 든 주전자를 들고 내게 왔다. 내가 '타크 사 미크케트(고맙습니다)' 하고 인사하는데도 웃음기 하나 없이 쌀쌀맞게 쳐다보았다. 스티나는 세숫대야에 물을 붓고 방을 나가면서 뭐라고 우물거렸다. 나는 손과 얼굴을 닦았다. 수건으로 조심스럽게 목과 겨드랑이와 사타구니를 닦았다. 요양소에서 그렇게 닦는 법을 배웠다. 요양소에서는 큰 수건과 함께 항상 엉덩이를 닦을 작은 수건을 주었다. 우리는 작은 수건을 스티아르틀라퍼라고 불렀다. 나는 셀마 라게를뢰프 책과 함께 잠옷을 도로 가방 안에 넣었다. 그러고는 얼른 전날 입었던 옷을 입었다.

우리가 건물을 나설 때 밖은 여전히 어두웠다. 공기가 쌀쌀하면서도 상쾌했다. 거리는 다시 자전거를 탄 사람들로 가득 했다. 닐슨 씨가 내 가방을 들어주었다. 이미 버스 정류장이 그리 멀지 않다고도 알려준 참이었다. 정류장이 멀리 있기를 얼마나 바랐던가!
버스 정류장과 버스들이 모두 반대편 세상으로 사라지기를 또한
얼마나 간절히 바랐던가.

닐슨 씨가 내 팔을 감싸며 말했다.

"아주 좋은 곳이란다. 스톡홀름에서도 그리 멀지 않고."

나는 말을 들었다. 단지 말만을. 정류장에서 우리는 쿰멜나스 행
버스를 보았다. 나는 공중에 맴도는 매연을 들이켰다. 1월의 춥고
우중충한 날, 다시 나는 건물과 네온사인과 전차의 도시를 떠나 다
른 곳으로 가게 되었다. 우리가 탄 버스에는 사람이 거의 없었다.
나는 닐슨 씨 옆자리에 앉았다. 힐끗 닐슨 씨의 네모난 얼굴을 올
려다보니 모자 테두리 아래로 옅은 금발 몇 가닥이 삐죽이 빠져나
와 있는 게 보였다. 트위드 코트 소매의 감촉과 닐슨 씨 냄새도 이
제 사라질 것이다.

나는 익숙하고 깨끗한 요양소에 있는 동생의 모습을 상상해 보
았다. 동생은 여전히 우리 둘 다 안전했던 바로 그곳에 있다. 지금
가는 곳이 안전하고 좋은 곳일 거라고 그려지지 않았다. 눈이 오기
시작했다. 2년 전 밤에 다른 버스를 타고 달리던 생각이 났다. 비
행기들이 하늘에서 폭탄을 비 오듯 쏟아 붓던 그 날의 버스가. 그
뒤에 우리가 다다른 스웨덴 해안은 정말 눈이 부셨다.

우리는 앙상한 나무와 칙칙한 소나무가 서 있는 눈 덮인 풍경 속
을 달려갔다. 닐슨 씨가 휙휙 스쳐 가는 여러 모양의 스웨덴 오두
막을 가리켰다. 어떤 오두막들은 회색 돌로 만들어졌다. 어떤 것들

은 나무로 만들어졌는데, 짙은 붉은 색의 털실로 치장되어 있는 것도 있었다. 로다 스투거(붉은 오두막들). 그런 제목의 노래를 배웠다. 집집마다 앞마당에 깃대가 세워져 있었는데 깃발은 없었다. 내가 어리둥절해 하자 닐슨 씨가 설명해 주었다.

"저 집들은 여름 별장이란다. 스톡홀름이나 다른 곳의 사람들이 여기 와서 낚시와 수영을 하고 배를 탄단다. 여름에는 스웨덴 국기가 긴 물결을 이루며 집집마다 걸리는데, 그건 집에 사람이 있으니 손님과 이웃에게 놀러오라는 뜻이란다."

닐슨 씨는 내가 상상할 수도 이해할 수도 없는 이야기를 하고 있었다. "아, 그래요." 나도 한여름에 시골에 갔었다. 나치가 오기 전인데도 조금은 짓눌리고 숨이 막혀서, 음울한 친척들과 함께 니아니아와 함께 라파노프에서 보냈던 여름이 생각났다.

"들판에 나가지 마라! 소똥을 밟게 될 거다."

"염소가 널 쫓아올 거야."

"강 근처에 가지 마라! 강에 빠져서 죽을지도 몰라."

그리고 탁한 물과 허연 배를 드러내고 죽은 작은 물고기들로 가득했던 양동이와 니아니아가 그것들을 도로 강물에 던져버렸던 일도 떠올랐다. 나는 신선하고 깨끗한 물에서 수영하는 것이 어떤지 몰랐다. 숨 막히지 않고 떠 있는 느낌도 어떤지 알 수 없었다. 깃발을 흔들며 활짝 웃으며 이웃을 반갑게 맞이하는 일이 어떤지는 더더욱 상상하기 힘들었다. 배를 타고 항해하는 것이 어떤지도 알 수 없었다. 항해란 어떤 것일까? 책 속에 나오는 그림 같을까.

나는 내 얼굴에 충분히 알았다는 표정이 되어 있기를 바라며 닐슨 씨를 보고 활짝 웃었다. 산들바람이 부는 스웨덴의 여름 이미지를 이해하는 척하자, 닐슨 씨가 이번에는 이 황량하고 들쭉날쭉한 해안 풍경을 설명해주려고 애썼다. 나는 진짜 혼란스러웠지만 애써 표정을 감췄다. 그리고 혼란과 함께 다시 떠오르기 시작한 일상의 두려움도 숨겼다.

22

　　　　　　　버스가 철문이 달린 나무 울타리 앞의
정류장에 멈췄다.

"다 왔단다."

닐슨 씨는 이번 여행길이 길지 않을 거라고 이미 말했다. 하지만
무심히 한 그 말을 들은 나는 자리에서 벌떡 일어났다. 그 소리는
지친 몸을 파르르 떨며 매순간 긴장하게 만들었던 강제 수용소의
경보 소리와 고함 소리처럼 들렸다. 바로 뒤에 앉아 있던 여자가
나를 올려다보며 살며시 웃었다. 아주 잠깐이지만 엄마처럼 인자
한 웃음을 지어 보였다. 닐슨 씨가 내게 하는 말을 엿들은 게 분명
했다. 어쩌면 내 기분이 어떤지 알고 나를 불쌍하게 생각했을지도
모른다. 여자의 무릎 위에는 낯익은 잡지가 놓여 있었다. 요양소에
서 읽었던 잡지였다. 나는 지난 몇 달 동안 망명 중인 크리스티나
여왕의 흥미진진한 이야기를 연재하는 그 잡지를 목놓아 기다리
기도 했다.

나는 가방을 들었다. 닐슨 씨가 손을 내밀어 버스에서 내리는 나
를 도와주었다. 그러고는 장갑 낀 다른 손으로 철문을 살짝 밀어젖

혔다. 그러자 철문이 삐걱거리며 스르르 열렸다. 경비원들이 없었다. 하지만 문을 지나가면서 그들에 대한 생각을 떨쳐버릴 수가 없었다.

"이곳이 아주 편안할 거다. 곧 알게 될 거야."

닐슨 씨가 또 다시 나를 안심시켰다.

나는 닐슨 씨 곁에서 차분히 뚜벅뚜벅 걸어갔다. 동생과 니아니아와 함께 쟁기로 갈아놓은 진흙 들판을 수없이 걸었듯이 그렇게 걸었다. 나치에 둘러싸여 눈길과 얼음길을 한 걸음 한 걸음 힘겹게 내딛으며 터벅터벅 걸은 적도 있었다. 어디로 가는지 무엇을 향해 가는지도 모르고 무작정 걷기만 했다.

나는 이를 악물었다. 금세 얼굴이 우글쭈글 울상이 되었다. 내가 닐슨 씨와 닐슨 씨가 한 말을 더 이상 믿지 않는다는 사실을 닐슨 씨가 눈치 채지 않기를 바랐다. 왜 닐슨 씨는 나를 이런 곳에 데려온 걸까? 왜 그랬을까? 오는 동안 내내 닐슨 씨는 교묘하게 거짓말을 늘어놓았을지도 모른다. 이제 도시는 저 멀리 있고 버스는 이미 떠나버렸다. 사람들의 소리도 들리지 않았다. 운동장에는 사람 그림자 하나 보이지 않았다. 온 사방이 또 다른 강제 수용소가 될 수도 있다. 이곳에서 도망친다면 어떤 일이 벌어질까? 닐슨 씨가 일 년 중 이때는 주변의 집들이 텅 비어버린다고 말해 주었다. 그건 꽤 현명한 조치인 거 같았다. 절대 도망가지 말라는 경고 말이다. 기껏 도망간다고 해도 버스에서 내게 미소 짓던 여자나 만날 것이다. 그 여자의 목적지도 쿰멜나스라는 이곳 근처일 게 뻔하니까. 그 여자를 만나면 어떻게 하지? 내가 할 수 있는 일이라고는 겨우 계면쩍게 웃는 것뿐이다. 낯선 도망자를 책임진다는 것은 생각지도 못한 일일 테니까.

우리는 주변의 나무 집들과 떨어져 있는, 하지만 더 중요해 보이는 잿빛 석조 건물로 다가갔다. 닐슨 씨가 굳게 닫힌 문을 두드렸다. 이윽고 우리는 한 남자가 책상 앞에 앉아 있는 작은 방으로 들어갔다.

"이 애는……."

닐슨 씨가 나를 소개하자 그 남자는 자기 이름이 어쩌고저쩌고 스키라고 했다. 남자는 진지한 얼굴에 주름을 만들며 친절하지만 사무적인 웃음을 지어 보이려고 애썼다. 그 웃음은 내가 아니라 오히려 닐슨 씨를 향하고 있었다. 모호한 웃음에 이미 가늘어진 남자의 입이 더욱 가늘어졌다. 살짝 치켜 올라간 입 언저리 어딘가에서 반짝이는 은색 쇠붙이가 언뜻 보이는 듯 했다. 이가 번쩍 빛을 냈다. 스키 씨의 훤한 이마는 무성한 검은머리에 가려지기 전에 창문으로 들어오는 창백한 겨울 햇살에 반짝이고 있었다.

내가 대답할 질문은 없었다. 그저 닐슨 씨가 나를 이 기관으로 인계하면서 마지막으로 하는 말을 듣고 있었다. 닐슨 씨와의 이별은 점점 현실이 되어가고 있었다. 두려움과 의혹이 물밀 듯 밀려와 슬픔과 체념만 주고 갔다. 사무실을 빙 둘러보았다. 종이를 잘라 만든, 폴란드의 국가 상징인 붉은 바탕의 흰 독수리가 작은 폴란드 국기 사이에 끼여 스키 씨 책상 위쪽 벽에 걸려 있었다. 그 가까이에는 영웅 마르차텍 필수드스키의 초상화도 있었다. 폴란드를 상징하는 물건들이 망명자들이 사는 곳에 붙어 있었다.

또 다른 벽에는 동정녀 마리아와 아기 예수님의 석판 액자가 비스듬히 걸려 있었다. 마음속에 죄의식이 자리 잡고 있어서 이 그림에서 멀어진 듯한 기분이 들었다. 그건 폴란드 사람들이 나의 유대성을 다시 생각나게 해서가 아니었다. 바로 요양소의 주일학교에서 배운, 비교적 덜 열광적인 스웨덴의 루터파 교회에 익숙해졌기 때문이었다.

나는 닐슨 씨가 이렇게 말하는 걸 듣고 싶었다.

"이건 전부 실수였습니다. 이 어린 숙녀는 여기 소속이 아니에요. 파랗고 하얀 줄무늬 간호복을 입고 새하얀 앞치마를 두른 친절한 간호사들에게 돌아가고 싶어합니다. 그러니 다음 버스가 언제 쿰멜나스를 떠나는지 말씀해 주십시오."

하지만 닐슨 씨는 그렇게 말하지 않았다.

"그래요. 이 애의 엄마와 아빠가 올 겁니다."

대신 스키라는 남자가 말하는 소리가 들렸다. 전에는 한 번도 폴란드 억양으로 말하는 스웨덴어를 들어본 적이 없었다. 요양소에 와서 처음으로 우물우물 말하느라 고생할 때는, 끈에 구슬을 꿰듯이 한 단어에 다른 단어를 덧붙인다는 생각을 했다. 그러면서 스웨덴어를 더 잘 이해하게 이끄는 한마디 한마디를 알아갈 때마다 전율하였다. '스웨덴 사람처럼' 말하기 전에 나도 스키 씨처럼 말했을 것이다.

닐슨 씨가 참견하듯 말했다.

"아, 예. 그들의 스웨덴 비자가 4월 말에는 나오겠군요."

두 관리의 계속되는 이야기 속에서 내 미래는 점점 또렷해졌다.

닐슨 씨의 우아하고 경쾌한 목소리가 거친 억양의 쇳소리 나는 스키 씨의 폴란드 자음과 뒤섞어졌다.

닐슨 씨와 스키 씨의 대화를 들을 때까지 나는 엄마와 아빠가 있다는 사실을 거의 잊고 있었다. 맞아. 엄마, 아빠를 찾았지. 발트해 맞은편에서 온 두 분의 편지를 벌써 받았잖아. 그래. 나도 편지를 보냈고. 그래, 그랬지. 이제 모든 것이 정해질 것이다. 부모님이 나를 찾아올 것이다. 바위투성이 해안 한복판에 서 있는 석조 건물의 슬프도록 형식적인 작은 방에서, '엄마'와 '아빠'를 형식적인 두 단어로 상상할 수는 없었다. 규칙적으로 행복한 편지가 왔지만, 진짜 사람이 나를 찾아온다거나 나를 데리러 와서 내 손을 꼭 잡고 잘 자라고 입 맞추고 나를 딸로 만들 거라고 믿지 않았다.

점심 초대를 거절하며 닐슨 씨가 스키 씨와 악수를 했다. 곧이어 닐슨 씨는 내 손을 잡고 흔들었다.

"아디오, 릭카 틸(안녕, 행운을 빈다). 틀림없이 우린 다시 만나게 될 거다."

그렇게 말하지 않아도 되었다. 다시 날 만나고 싶은 척하지 않아도 괜찮았다. 닐슨 씨는 나를 자기 집에 머물게 해주었다. 선물로 동화책도 주었다. 몇 시간 동안이나마 자신이 난민을 책임진 스웨덴 관리라는 사실도 잊게 해주었다. 어느새 닐슨 씨가 문으로 향하고 있었다.

창문에 방금 전 우리가 지나온 철문 쪽으로 걸어가는 닐슨 씨가 보였다. 그러더니 닐슨 씨는 내 시야에서 벗어나 완전히 사라져버렸다. 나는 사무적으로 겨우 웃고 있는 스키 씨 앞에서 울고 싶지 않았다. 스키 씨가 폴란드어로 말했다.

"이제 나랑 가자, 행카."

닐슨 씨가 가고 나자 내가 받아들였던 스웨덴 식의 안락함이 순간적으로 흐릿해지더니 사라져버렸다. 다시 포로가 되어 보이지 않는 밧줄로 폴란드에 묶이는 느낌이었다. 작은 가방을 들고 스키 씨를 따라 사무실에서 멀지 않은 더 큰 목조 건물로 향했다.

긴 식탁이 있는 강당으로 들어갔을 때, 운동장에 아무도 없었던 까닭을 알았다. 바로 점심시간이었다. 접시가 부딪치는 소리 사이사이로 폴란드어로 나누는 떠들썩한 외침과 왁자지껄한 웅성거림이 들려왔다. 바로 폴란드어였다. 이곳에 '폴란드 아이들을 위한 쉼터'가 얼마나 오랫동안 있었는지 몰랐다. 하지만 내가 오기 한참 전에 아이들은 함께 음식을 먹었을 것이다. 그리고 잠들기 전에 서로 소곤소곤 수다를 떨었을 터이고. 내가 이곳에 오기 오래 전에 아이들은 서로 친근하고 편안한 동료 의식을 형성할 시간을 가졌을 것이다. 단지 예전에 폴란드에 살았다는 이유 하나로 나도 그들 사이에 속한 척 해야 했다.

스키 씨가 나를 곧장 한 식탁으로 데려갔다.

"이 애는 행카란다. 당분간 우리랑 지낼 거야."

닐슨 씨 옆자리에 앉아 버스를 타고 오는 동안 내내 마치 버림받은 듯한 기분이 들었다. 갑자기 폴란드어의 소음 한가운데로 들어가, '당분간 우리랑 지낼 거야'라는 말로 다른 아이들에게 소개되자, 이제는 손님이 된 느낌이었다. 손님. 엄마와 아빠가 오기를 기다리느라 잠깐 들른 그런 손님 말이다. 나는 가방을 내려놓았다.

임무를 마친 스키 씨는 고개를 끄덕이며 점심을 먹으러 다른 식탁으로 걸어갔다. 남자아이 하나가 자리를 좁혀 바로 옆에 내 자리를 마련해주었다.

"세르부스."

남자아이가 우물거렸다. 여자아이 세 명이 폴란드어로 내게 인사를 했다. 문득 이제는 스웨덴어를 하지 말아야겠다는 생각이 들었다.

"난 야지크야."

남자아이가 자신을 소개했다. 한 열여덟이나 열아홉 살쯤 되어 보였다. 아이들이 잠깐 먹는 것을 멈추었다. 여기저기서 나와 악수하려고 손을 내밀었다. 식탁 맡은 편에 앉아 있던 다른 남자아이가 말했다.

"난 스테판이야."

야지크보다 좀 더 어려 보였다. 둘 다 머리가 꾀죄죄한 옅은 금발이었다. 야지크의 얼굴과 목은 온통 여드름투성이였다. 라파노프에서 지냈던 여름에 내 다리를 뒤덮었던 종기가 생각났다. 여자아이들 이름은 다나와 사비나와 마리시아였다. 짧지만 부드러운 세 아이의 머리는 풍부한 옅은 갈색이었다. 다들 어디에서 왔을까? 나처럼 강제 수용소에 있었을까?

나는 배가 고팠다. 앞에 놓인 대접에 담긴 진한 수프 냄새를 들이켰다. 음식 냄새와 뒤섞인 새로운 자신감에 코끝이 찡해왔다. 나는 숟가락을 푹 넣어 수프를 떠먹었다. 오래 전의 익숙한 맛에 깜짝 놀랐다.

　강제 수용소에서 나와 몇 주 만에 요양소에 갔을 때, 같은 병실의 여자아이들은 자신이 남긴 음식이 무엇이든 나보고 먹어치우라고 했다. 그 아이들 속에서 나는 한낱 낯선 굶주린 짐승이었다. 아이들이 나를 비웃어도 신경 쓰지 않았다. 거의 2년이 지난 뒤에야 공복감을 느끼며 한없이 음식을 먹던 기억을 없앨 수 있었다. 어느새 계란과 크림소스를 얹어 푹 쪄낸 스웨덴식 생선 요리에 신물 나기 시작했다.

　그 중 최악은 루트피스크였다. 그 음식은 생각만 해도 구역질이 났다. 루트피스크는 크리스마스 때 먹는 전통 음식이었는데 우리는 몽땅 다 먹어치워야 했다. 먹지 않으면 뒤이어 나오는 햄과 쌀푸딩을 먹을 수가 없었다.

　감자와 보리와 버섯이 함께 어우러진 폴란드 수프는 정말 맛있었다. 밀가루와 향료도 풍부하게 들어 있었다. 걸쭉하고 향기도 좋았다. 전쟁이 일어나기 전에 먹어본 맛이었다. 심지어 전쟁 중이었지만 시골에서 재료가 충분할 때, 니아니아가 만들어주었던 수프였다. 아니면 도시에서 제 그릇을 들고 수녀원 부엌 앞에 줄지어 서서 먹었던 수프였던가.

　주변의 친숙하고 펑퍼짐한 얼굴을 자세히 들여다보았다. 시골 사람들의 거친 얼굴이었다. 니아니아와 시골길을 헤매고 다니며 만났던 수많은 사람들이 떠올랐다. 식탁 앞에 앉은 아이들은 나처럼 피부가 거무스름하지 않았다. 내 목에 걸린 성스런 목걸이를 아이들에게 보여주고 싶었다. 나는 진짜 치도프카(유대인)가 아니라고 증명해 보이고 싶었다. 나는 당분간 폴란드인의 땅이 아닌 이곳

에 대한 두려움과 의심을 억누르기로 했다. 그리고 부끄러움을 잊
은 채 걸쭉하고 맛난 수프를 숟가락으로 푹푹 떠서 부지런히 입 안
에 떠 넣었다.

23

　　　　　　　쉼터를 운영하는 관리들은 우리에게
공부를 시키려고 애썼다. 작은 오두막 두 개가 교실로 바뀌었다.
우리는 식탁에 앉아서 폴란드어 문법, 작문과 폴란드 역사를 배웠
다. 학교에 가본 적은 없었지만 이곳이 진짜 학교라고 여겨지지
않았다. 그곳에서는 공작 수업도 있었다. 황금색, 빨간색, 하얀색
종이를 모양에 맞게 오려 붙이며, 폴란드 독수리를 만들었던 기억
이 난다. 닐슨 씨와 스키 씨의 사무실에서 보았던 바로 그 독수리
였다. 나는 독수리를 잘 만들지 못했다. 요양소의 주일학교 시간
과 자수 시간이 그리웠다.

　이따금 저녁이면 우리를 큰 강당에 모아놓고, 관리 중 하나가 큰
소리로 책을 읽어주었다. 그 중에는 우리에게 자신을 어머니라고
부르라고 강요하는, 뾰족 코와 숱 많은 회색 머리의 엄해 보이는
여자가 있었다. 그 여자는 우리에게 『허클베리 핀』이라는 책을 폴
란드어로 읽어주었다. 나는 그 이야기에 푹 빠지지는 않았다. 책을
읽는 중에 '드짐' 이라는 이상한 이름이 자꾸만 튀어나왔다.

　나는 쉼터에 왔던 날 식당에서 만났던 세 여자아이들과 함께 한

방을 썼다. 아이들은 한쪽 구석에 작은 성모 마리아 상을 놓는 작은 제단을 만들었다. 그 아이들은 유대인인 내가 자신들처럼 모든 기도문과 연도를 알고 있다는 사실을 이상하게 생각했을 것이다. 우리는 함께 기도하고 묵주 기도를 읊었다. 나를 어떻게 생각하든 내가 가톨릭 신자임을 증명했고 아이들은 그렇게 믿고 떠났다. 셋 다 나보다 나이가 많았다. 다들 남자에 대해, 결혼에 대해, 미국이나 캐나다로 갔을 때 갖게 될 직업에 대해 이야기했다. 나는 그들에게 부모님에게 무슨 일이 일어났는지, 어떻게 스웨덴에 오게 되었는지 물어볼 생각도 하지 않았다.

세 사람은 밤마다 니아니아나 시골 마을의 아낙네들에게서 들었던 이야기와 그리 다르지 않은 무시무시한 이야기를 했다. 내가 오기 오래 전에 이 쉼터에서 일어났던 끔찍한 이야기도 들려주었다. 한 남자아이가 스케이트를 타러갔다가 근처의 얇게 언 연못 속에 빠졌다. 그런데 이미 날이 어두워져서 제 시간에 아이의 목숨을 구하러 온 사람이 아무도 없었다. 아이는 물에 빠져 죽었다. 나는 이따금 연못가를 걸어야 할 때 도와달라는 비명 소리를 듣는 상상을 했다. 물이 뚝뚝 떨어지는 꽁꽁 언 남자아이의 시체가 오두막으로 옮겨지는 상상을 했다. 다른 남자아이들이 잠을 자는 동안에 밤새도록 아이는 자신의 침대에 누워 있었을까? 말없이 코는 천장을 향하고 있었을까. 수녀원 수용소의 내 맞은 편 침대에서 크리시아가 누워 있었던 것처럼 말이다.

쉼터에는 유대인 여자아이 한 명이 있었다. 눈이 작고 빨간 두 뺨이 밝게 빛나는 우습게 생긴 아이였다. 이름이 리프카인 그 아이

소년 캠프에서. 우리는 폴란드 스카우트 유니폼을 입고 있다. 나는 왼쪽에서 세 번째에 있다. 1947년 봄.

는 다른 오두막에서 살았다. 폴란드 아이들은 그 아이를 '치도프카, 치도프카' 라고 부르며 놀려댔다. 리프카 방에 몰래 들어가 침대를 어질러놓기도 했다. 창문 밖으로 그 아이의 물건을 내던지기까지 했다. 그래도 리프카는 불평 한 마디 하지 않고, 순수하고 소박한 웃음을 지으며 온갖 조롱을 이겨냈다. 놀려줄 리프카가 있었기 때문에 나는 무사했다. 리프카는 나와 친구가 되려고 애썼지만 나는 되도록 피해 다녔다. 나는 그 아이가 쉼터를 떠나 팔레스타인으로 돌아갈 날을 참을성 있게 기다리고 있다는 사실을 알고 있었다. 나는 리프카가 유대인이라는 사실에 왜 그리 연연해하는지 이해되지 않았다. 나는 그곳에서 빠져나와 스웨덴 국민이 되기만 바랐다.

그 해 봄, 부활절 다음날 이른 아침에 나는 차가운 물세례를 받고 잠이 깼다. 남자아이들 몇 명이 옛날 폴란드 시골마을에서처럼 우리를 놀려주려고 오두막으로 몰래 들어와서는 잠에 빠져 있던 우리에게 물세례를 퍼부은 것이었다. 또 한 번은 연기 때문에 잠을 깬 적도 있었다. 쉼터 사람들 전체가 잠에서 깨어났다. 우리는 손에 잡히는 대로 이불로 몸을 감싸고 후닥닥 밖으로 뛰어나와, 덜덜 떨며 겁에 질려 운동장에 서 있었다. 나무 오두막들 중 어느 곳에선가 불이 난 것이다. 불은 순식간에 번졌지만 다친 사람은 없었다. 정확히 불이 어떻게 시작되었는지도 알아낼 수 없었다. 그 날 밤 이후로 오랫동안 간이침대의 담요와 옷에서 고약한 냄새가 났고, 입 안에 구역질나는 불탄 맛을 느껴야 했다.

크라코프에서는 엄마와 아빠가 스웨덴으로 올 준비를 하고 있었다. 봉투에 폴란드 우표를 붙인 편지가 발트 해를 건너서 스키 씨의 사무실로 배달되었다. 전쟁 중에 니아니아가 엄마와 만나는 일이 얼마나 힘들고 두려운 일이었는지 생각해 보았다. 전쟁 내내 아빠에게서 소식 하나 듣지 못했다. 그토록 만나고 싶은 사람의 생사도 모른 채 시간은 재빨리 흘러갔다. 지금은 우리의 생존에 환호하는 글귀로 가득 찬, 얇은 종잇조각들이 내 손 안으로 배달되고 있었다. 하지만 편지에는 걱정도 담겨 있었다. 거의 대부분이 새로 배울 언어를 알지 못한다는 내용이었다. 나는 자랑스럽게 편지를 썼다.

사랑하는 마무시우와 타투스와 니아니우시우께.

조금도 걱정하지 마세요. 전 스웨덴 말을 아주 잘해요. 제가 번

역하는 걸 도와드릴 게요.

크라코프에 있는 엄마와 니아니아에게 보내는 편지에 꼬박꼬박 스웨덴어를 썼다. 나는 봉투에 침을 바르고 그 위에 스웨덴 우표를 붙였다. 편지는 폴란드로 갈 것이다. 그리고 어떤 독일인이라도 그 편지를 절대 막을 수 없을 것이다.

니아니아의 편지가 왔다. 자신의 어린 하누시아가 몹시 보고 싶다는 사랑이 듬뿍 담긴 장문의 편지였다. 니아니아는 독일군들이 떠난 지금, 폴란드를 떠나고 싶지 않다며 미안해했다. 게다가 두통도 더욱 심해져서 언제나 코구트키가 있어야 한다고도 했다. 니아니아는 먼 곳으로 여행하기를 원하지 않았다. 나는 니아니아에게 스웨덴에는 훌륭한 간호사와 의사와 두통약이 있다고 편지에 써 보냈다. 다음 번 니아니아의 편지에도 여느 때처럼 사랑의 말이 가득 차 있었다.

그곳 교회에는 입구에 성모 마리아 조각상이 있다는 소리를 들었단다. 사람들이 안으로 들어가면서 거룩한 조각상을 밟고 지나간다고 하더구나.

도대체 누가 그렇게 얼토당토한 말을 니아니아에게 했을까? 물론 내 방에서 친절한 간호사에게 주일학교 수업은 받았다. 요양소 밖에 있는 교회에는 한 번도 가본 적이 없었다. 스웨덴이 멋진 나라이고, 국민들은 친절하고 헌신적인 기독교인이라는 사실을 니니아니아에게 어떻게 납득시킬 수 있을까? 엄마와 아빠가 잘 말해주어서 니아니아가 마음을 바꾸기를 바랐다. 우리와 함께 사는 일이 루터파 교회에 대한 두려움보다 니아니아에게 훨씬 더 중요한 일이 되기를 바랐다.

엄마는 다음 편지에 니아니아가 더 이상 크라코프에서 함께 살지 않는다고 알려왔다. 니아니아가 몇 년 동안 만난 적이 없는 여동생과 살기로 결심했다는 것이다. 나는 니아니아에게 여동생이 있는 줄은 정말 몰랐다.

나치를 물리치기 전처럼 사람들이 아직도 없어지거나 사라지고 있을까? 나는 지난 2년 동안 친절한 사람들에게서 먹을 것과 쉴 곳과 따스한 보살핌을 받았다. 이제는 니아니아가 나와 함께 있고 싶어 하지 않는다는 말을 들으니 기분이 어떤지 갈피를 잡을 수 없었다. 스웨덴에서 평화로운 삶을 살기 전의 사람들에 대한 기분도 어떤지 확신할 수 없었다.

어느 날 저녁 식사시간에 스키 씨가 엄마와 아빠를 큰 강당으로 데리고 들어왔다. 주변의 아이들은 저녁을 먹던 손길을 멈추고 빤히 쳐다보았다. 나는 안절부절못하고 벌떡 일어나서 중얼거렸다.

"엄마……. 어, 스키……."

무슨 말을 해야 할지 몰랐다. 같은 식탁에 앉아 있는 아이들에게 엄마 아빠를 어떻게 소개해야 할지도 생각나지 않았다. 엄마와 얼굴을 마주한 건 그리 이상하지 않았다. 엄마를 마지막으로 본 지 겨우 2년 밖에 지나지 않았다. 하지만 아빠는? 친숙하면서도 약간

러시아에 있을 때 찍은 아빠의 사진. 1946년.
스웨덴 여권을 만들기 위해 찍은 엄마의 사진. 1947년.

은 낯선 사람이 내 앞에 서 있었다. 이마에서 정수리까지 비스듬히 머리카락을 나누었던 우아한 회색 가르마가 완전히 은발이 된 나머지 머리카락과 뒤섞여 있었다. 아빠는 거칠거칠한 가죽 롱코트를 입고 꽤 낡았지만 번쩍이는 묵직한 부츠를 신고 있었다. 나는 몸을 더 이상 떨지 않고 평소처럼 행동하려고 애썼다. 어렸을 때 타투스였던 나이든 낯선 남자는 키가 거의 나만했다. 아빠가 나에게 손을 내밀었다. 아빠의 어색한 포옹에 7년 간 떨어져 있다가 훌쩍 커버린 딸이라는 낯설음이 느껴졌다. 그래도 아빠의 냄새는 익숙하고 좋았다.

옆에 앉아 있던 남자아이 둘이 벌떡 일어나 엄마와 아빠에게 자리를 내주었다. 두 분 앞에도 접시가 놓여졌다. 쉼터의 폴란드 친구들과 양배추와 소시지와 마늘 냄새에 둘러싸여 나는 자리에 앉았다. 나는 접시를 물끄러미 쳐다보며 닐슨 씨가 이곳에 나를 데려다놓고 떠났던 그 날을 떠올렸다.

나는 부모님을 힐끗 쳐다보았다. 의자에 앉아 이리저리 뒤척이며 기뻐하려고 애썼다. 쉼터 친구들에게도 찾아올 부모님이 있을까? 주로 엄마가 말을 걸었기 때문에 공손하게 몇 마디 대화를 나누면서 접시에 놓인 음식을 몇 입 씹어 먹었다.

저녁 식사 후 부모님에게 내 방을 보여주고 셋이서 함께 운동장을 거닐었다. 불빛이 봄을 향해 나아가며 저녁 하늘에서 아름답게 빛을 내고 있었다. 아직 날이 쌀쌀했지만 눈은 사라지고 없었다. 전쟁이 일어나기 전에 아빠가 폴란드의 겨울 휴양지인 차코파네로 스키 타러 갔던 일이 생각났다. 나도 이곳에서 겨울이 끝날 무렵에 스키 타는 법을 배웠다. 반들반들한 나무판에 신발을 묶고서 나는 한쪽 발 앞에 다른 발을 내딛었다. 그러다가 조용히 쉼터 밖으로 나가서 눈 덮인 근처 숲과 들판을 활주하며, 때로는 완만한 경사 아래로 미끄러져 내려갔다.

"저도 스키 탈 줄 알아요."

나는 수줍게 아빠에게 말했다.

"조심해야 한단다, 하누시우."

엄마가 말했다. 조심해야 한다고? 고요하고 평화로운 숲속의 눈길을 따라 두 개의 나무판에 올라서서 밀고 가는 일이 뭐 그리 위험할까?

그 날 밤 식당에서 춤 파티가 벌어졌다. 식탁을 옮기고 나무의자들을 벽에 붙였다. 축음기에서 폴란드 음악이 흘러나왔다. 몇몇 여자아이들이 짝을 맞춰 춤을 추었다. 나는 스웨덴 구제 기관에서 보낸 꾸러미에서 나온 옷들을 몇 벌 모아놓았다. 나는 부모님에게 얼마나 멋지게 자랐는지 보여주고 싶어서, 옷을 갈아입으러 쪼르르 내 방을 왔다 갔다 했다. 세 번째로 주름진 망토가 달린 빨간 드레스로 갈아입고 돌아왔다. 그 옷은 내게 좀 컸다.

"너무 들락날락 하지 말거라, 하누시우! 그러다 감기 걸릴라."

엄마가 불안한 듯 강당을 둘러보았다. 그러고는 내 머리를 쓰다듬으며 말을 이었다.

"머리를 잘라야겠구나. 네겐 짧은 머리가 더 예쁠 거 같구나."

전쟁 전에 내 머리는 늘 단정하게 잘라 가르마를 탄 뒤 큰 리본이나 머리핀으로 고정시켰다. 엄마와 아빠는 그런 머리 모양을 좋아했다. 니아니아는 땋아 늘어트린 머리를 더 좋아했다. 전쟁이 시작되고 니아니아가 나를 완전히 맡았을 때 머리를 기르게 내버려두었다.

엄마는 내 머리에 대해 어쩜 그렇게 말할 수 있을까? 강제 수용소에서 머리를 면도했다는 사실을 모르는 걸까? 다시 자란 머리를 절대 자르고 싶어 하지 않는 내 마음을 모르는 걸까? 아니면 내가 아직도 네다섯 살의 아이라고 생각하는 걸까? 왜 니아니아는 오지 않았을까?

24

한 방 친구들과 스키 씨와 어머니라고 부르라던 여자와 끔찍한 남자아이들과 운동장과 작별할 때 특별한 기분을 느꼈다. 이곳 사람들이 보고 싶을 거라는 마음이 눈곱만큼도 들지 않았다. 리프카에게 악수를 했다. 가방을 들고 엄마와 아빠와 함께 막 돌아서다가, 리프카의 우스운 얼굴에 떠오른 부러움 섞인 슬픈 그림자를 보았다. 왜 리프카에게 좀 더 친절하게 대하지 않았을까? 팔레스타인으로 이주할 때까지, 괴롭히는 폴란드 아이들을 얼마나 더 견뎌내야 할까.

스톡홀름에 온 뒤 처음 며칠 동안은 엄마와 아빠를 데리고, 처음 온 이민자들의 서류를 담당하는 기관마다 돌아다니며 신고하고 대변하며 시간을 보냈다. 소심하고 자존심이 강한 나는 스웨덴어와 폴란드어를 번갈아 가며 통역하다가 실수할까봐 걱정했다. 그러면서 아직도 요양소에서 포근한 담요에 싸여 베란다 의자에서 따끈한 초콜릿을 마시며 꾸벅꾸벅 졸거나 책을 읽고 있을 운 좋은 남동생을 떠올렸다. 나는 나를 돌보아줄 부모님을 만난 아이가 되어 맞이할 멋진 삶을 상상하고 갈망했다. 하지만 보살핌은커녕 협

상가이자 안내자가 되어 전적으로 부모님을 책임지는 일을 떠맡
게 되었다. 어딘가에서 닐슨 씨가 불쑥 나타나서 나를 도와주길 바
랐다.

부모님은 펜쇼나트라고 부르는 하숙집에서 지내기로 했다. 하숙
집은 스톡홀름 시의 여러 자치구를 이루는 섬들에 둘러싸인 한 항
구의 근사한 광장에 있었다. 안주인인 뢰벤가트 아줌마는 우리 부
모님처럼 최근에 폴란드에서 온 유대인들과 더듬더듬 대화를 나
눌 수 있을 정도로 독어를 했다. 독어가 통하지 않을 때는 통역사
로 나를 불러 도움을 받았다.

하숙집 방은 부모님의 큼지막한 침대와 내 좁다란 간이침대와
세면대와 옷장이 들어갈 정도로 아주 컸다. 창문으로는 전원 풍경
이 내다보였다. 복도 아래쪽에는 공동 화장실과 욕조가 하나 있는
욕실도 있었다.

부모님은 전쟁이 끝난 뒤에 함께 모은 물건 몇 가지를 가져왔다.
아빠의 가방은 아주, 아주 낡아 보였다. 쇠 장식이 달린 짙은 갈색
가죽 가방은 아빠가 러시아에서 가져왔다고 했다. 두 분은 화려한
페달이 달린 커다란 재봉틀도 가져왔다. 내가 2년 뒤, 고등학교에
다니면서 내 옷을 만드는 법을 배워 이용할 때까지, 재봉틀은 방
한 구석을 차지한 채 얌전히 놓여 있었다.

뢰벤가트 아줌마는 화가와 함께 하숙집의 자기 공간에서 살았
다. 아줌마는 하숙집을 잘 운영했다. 방들은 소박했지만 얼룩 한
점 없었다. 식사도 하루에 두 번씩 정해진 시간에 꼬박꼬박 나왔
다. 식탁은 식탁보와 냅킨으로 가지런히 정리되어 있었다. 나는 배

고픔을 달래주고 건강하게 만들어준, 스웨덴 식 생선요리와 계란 요리와 치즈에 꽤 익숙했다. 하지만 전쟁에서 살아남은 사람들은 삼삼오오 식탁에 둘러앉아 자신들이 좋아하지 않는 낯선 음식들을 뒤적거리며 많은 시간을 보냈다. 심지어 목소리를 낮추지도 않고 폴란드어로 불평을 해댔다. 방들이 너무 작다거나 어둠침침하다느니, 뜨거운 물도 충분하지 않다느니 투덜댔다. 사람들은 복도와 식당 벽에 걸어놓은 화가의 그림도 좋아하지 않았다. 심지어 주인아줌마의 눈 화장과 염색한 머리마저 싸잡아 비난했다. 난민들과 부모님에게서 봇물처럼 튀어나온 불평 중에는 '저 여잔 그 남자랑 결혼도 안 했대요!' 라는 말도 있었다.

아줌마의 자그마한 개인 거실에서는 피아노 소리가 자주 들렸다. 대부분 재즈 음악이었다. 그러면 엄마의 한숨소리가 났다.

"어휴, 왜 쇼팽은 연주하지 않는 거지?"

창문으로 둥둥 실려 온 피아노 선율은 나를 편안하게 만들어 주었다. 교통 소음과 뒤섞인 소리는 마침내 내가 문명화된 도시에서 다시 살게 되었다는 아름다운 증거였다.

나는 뢰벤가트 아줌마가 영화배우 같다고 생각했다. 화가가 그린 꽃병의 꽃과 과일 바구니와 와인 병과 나체 여인 그림도 좋았다. 색깔들이 참 예뻤다. 게다가 그림은 마치 살아 있는 듯했다. 나는 주인아줌마와 화가 아저씨와 친구들이 식당에서 극장과 예술에 대해 주고받는 대화를 몰래 엿듣기도 했다. 내 주위의 외국인들은 알아들을 수 없는 대화였다. 흥미로운 스웨덴인 한 쌍과 비교하면, 하숙생들은 라파노프의 가난한 친척들을 떠오르게 했다. 내가

프로켄 뢰벤가트
의 하숙집의 하숙
생들. 엄마는 왼
쪽에서 세 번째이
다. 1947년.

이런 사람들의 일부라는 사실이 창피했다. 부모님이 폴란드인의
불만 섞인 잡담에 스스로 끼여든다는 사실이 실망스럽기도 했다.
부모님이 우아하게 스웨덴어로 대화를 나눌 수 없다는 사실이 몹
시 슬펐다.

　아빠가 일자리를 찾았다. 어느 날 아침, 아빠는 신사복을 입고
넥타이를 매고 모자를 쓰고 나갔다. 내가 기억하던 전쟁 전의 아빠
와 거의 비슷했다. 나의 타투스였고, 나보다 키가 훨씬 더 컸고, 가
지런한 회색 머리카락이 멋지게 보였던 아빠 말이다.
　저녁에 새 직장에서 돌아온 아빠가 울기 시작했다. 나치를 피해
서 떠나기 전날 밤에 내게 작별 키스를 하면서, 아빠가 엄청 많이
울었다고 엄마가 말한 적이 있었다. 하지만 나는 니아니아의 수호
천사 그림 아래서 잠을 자고 있었다. 그래서 아빠가 우는 모습을

한 번도 본 적이 없었다.

아빠가 흐느끼며 큰소리로 외쳤다.

"난 그 일을 할 수 없어, 할 수 없다고!"

스톡홀름에서 아빠가 구한 첫 직업은 사무실용 빌딩의 엘리베이터맨이었다. 아빠는 제복으로 갈아입고 모자를 쓰고서, 하루 종일 알아듣지 못하는 말을 하는 사람들에게 노예처럼 예의바르게 대해야 했다. 잘 차려입은 사업가들이 엘리베이터를 타고 내리는 모습을 하루 종일 지켜보아야 했다. 아빠가 울부짖었다.

"나치들이 빼앗기 전에는 나도 공장이 있었단다. 그런데 지금은 빈털터리야!"

시베리아에서도 아빠는 시장에 가판대를 갖고서 사탕과 장신구를 팔았다.

"이 나라에서 난 빈털터리로구나! 빈털터리."

아빠는 계속해서 되뇌었다.

나는 걱정할 만큼 잃은 것이 아무것도 없었다. 전쟁 전에 내가 가지고 있던 물건에 대한 희미한 기억뿐이었다. 책이나 장난감이나 예쁜 옷이나 친구가 없는 현실에 점점 익숙해져 갔다. 오랫동안 이러한 것들 없이 지냈기 때문에, 가져보지 못한 것들이 얼마나 그리운지 알 수 없었다. 나는 네온 불빛과 교회 종소리와 영화관과 새파란 하늘이 있는 아름다운 도시에서 새 삶을 시작하고 있었다. 내 혀에 기분 좋게 느껴지고 내 귀에 아름답게 울리는 언어를 말하는 법을 배웠다. 몸도 깨끗했고 머리도 길게 자란 나는 새 사람이었다.

나는 아주 오랫동안 덩치가 크고 좋은 냄새가 나는 아버지 없이 지냈다. 하지만 지금은 나를 책임지고 보살펴줄 아버지가 더 작아졌다는 사실에 대비해야 했다. 아버지는 살아서 아내와 아이들을 되찾게 된 것에 왜 만족하지 못하는지 이해할 수 없었다. 먹을 게 풍부하고, 이방인들을 조용히 돕는 사람들이 있고, 유대인에 대한 증오가 삶의 주요 목적이 아닌 사람들의 나라에서 살고 있다는 사실에 왜 만족하지 못하는지 이해하기 어려웠다.

아빠는 엘리베이터맨을 그만 두고 신사복을 만드는 공장에서 일을 했다. 아빠는 그 일을 더 좋아했고 퇴근해서 집에 돌아와도 울지 않았다. 엄마도 일자리를 구했다. 위생 냅킨을 생산하는 공장이었다. 아빠보다 더 참을성 있고 온순한 엄마는 면 솜을 타원형의 거즈 케이스에 넣어 마무리하느라 애쓰며 하루를 보냈다.

부모님은 폴란드인 양장점을 찾아냈다. 나는 새 외출복을 만들기 위해 치수를 쟀다. 전쟁 전에 새 옷을 입어본 뒤로 처음으로 새 옷을 맞추게 되었다. 엄마와 아빠의 결정에 따라 주름 스커트와 세일러 칼라와 가장자리를 하얗게 덧댄 블라우스의 선원 복장을 입어야 했다. 두 분은 과거를 떠올리게 하는 여학교 교복을 좋아했다. 옷이 다 만들어지자 아빠와 함께 구두를 사러 큰 백화점의 구두 가게에 갔다. 샌들을 신어보았다. 아주 예쁜 버클과 끈이 달린 반짝이는 하얀 새 구두였다! 키 낮은 거울에 발을 비춰보고 카펫을 깐 바닥을 왔다 갔다 몇 걸음 걸어보았다. 발가락에서 발바닥을 지나서 온 몸으로 새 희망과 밝은 기대감이 가득 차올랐다. 태양이 환히 빛나고 전차 선로가 절거덕 소리를 내고 전쟁도 끝이 났다. 나는 딸이 되었고 아빠도 있다. 바로 나에게 새 구두를 사주고 있는 아빠였다.

여자 판매원이 또렷한 목소리로 가격을 말했다. 그러자 아빠가 독어로 뭐라고 묻는 소리가 들렸다.

"칸 에스 니히트 아인 비쉔 빌리거 자인(조금만 깎아 주시죠)?"

고무풍선처럼 행복했던 마음에 구멍이 뻥 뚫려 버렸다. 다시 요양소에 갔던 첫날처럼 머리카락 없는 거무스름한 원숭이가 된 기분이 들었다. 하얀 샌들을 벗고 수증기가 되어 수치심에서 벗어나고 싶었다. 판매원이 아빠의 서툴고 낯선 뜻밖의 질문을 알아듣고는 깜짝 놀랐다. 새침하게 입을 꾹 다물고는 웃음을 지으려 했다. 그러다가 입술을 꼭 깨물며 머리를 휘휘 내저었다. 이 나라의 우아한 가게에서는 폴란드나 러시아의 암시장 상인처럼 가격을 흥정하지 않는다는 사실을 아빠가 몰랐을까? 왜 아빠는 스톡홀름의 백화점에서 늙은 유대인 행상인이 되어 내 기대를 저버리고 있는 걸까? 차라리 샌들을 갖고 싶지 않았다. 나는 머리를 푹 숙이고 앉아서 가만히 샌들을 벗었다.

아빠는 낡고 작은 지갑을 꺼내어 스웨덴 크로나를 세어 샌들 값을 냈다. 판매원이 샌들을 상자에 담아 종이 가방에 넣었다. 다른 가게에 갔을 때, 이번에는 무릎까지 오는 새하얀 양말을 집어 들고서 가격을 묻지 않았다. 일단 거리로 나오고 나서야 나는 좀 더 편하게 숨을 내쉬었다.

새 세일러복과 새 양말과 샌들을 신고서
부모님과 기숙학교의 하숙생과 함께. 우
리는 스톡홀름의 기숙학교 건물 앞에서
포즈를 취하고 있다. 1947년.

스웨덴의 여름은 아름답다. 태양은 거의 자정까지 빛나다가 2시
간 정도 잠깐 모습을 감추고 나서 다시 떠오른다. 우리는 남동생이
건강을 회복해서 일상생활을 해도 된다는 연락을 기다리고 있었
다. 그리고 걷거나 배를 타고서 박물관의 그림을 보러 다녔다. 국
회의사당 건물 앞의 광장에서 찍은 사진 속의 나는 새 옷을 입고
새하얀 양말과 샌들을 신고 있었다. 머리를 땋아 하얀 리본으로 묶
고 엄마와 아빠 사이에 서 있었다. 키 큰 엄마는 어깨 죽지가 봉긋
솟아오르게 잘 만든 정장을 입고 페도라(챙이 위로 휜 펠트제의 중절

머리에 리본을 매달고 있는 나. 그리고 공원 벤치에서 아빠와 함께.

모: 옮긴이)를 썼다. 아빠는 모자를 쓰지 않고 은발의 곱슬머리를 가지런히 손질했다. 그리고 자연스럽게 웃옷 주머니에 한 손을 넣고 있었다. 내 키는 거의 아빠 키만 했다. 우리는 전쟁에서 살아남았다. 다들 나들이옷을 입고 활짝 웃으며 자신만만하게 자세를 취하고 있었다. 사진 속의 나는 다시 엄마와 아빠의 아이가 되었다.

그 해 여름이 지난 뒤에 동생이 완전히 건강해졌을 때, 우리는 뢰벤가트 아줌마에게 하숙집에 더 큰방이 있는지 물었다. 정말 쓸모 있는 큰방이 있었다. 새 방에는 물이 나오는 자체 싱크대도 있었다. 방에는 간이침대를 두 개나 놓을 수 있는 특별한 골방이 딸려 있었다. 부모님은 기차를 타고 가서 요양소에 있는 동생을 데려왔다.

집에 왔을 때 동생이 나에게 나지막이 귓속말을 했다.

"난 그 남자를 몰라. 아빠가 있었는지 기억이 안 나."

엄마와 아빠와 함께.

　타투스는 집을 떠나던 날 밤에 동생에게도 작별 키스를 했을까?
엄마는 절대 말해주지 않았다. 동생은 도시에 놀라고 부모님이라
는 사람들과 살아야 하는 삶에 혼란스러워 했다. 나는 또래가 없는
하숙집 피난민들에게 싫증나던 참이었다. 그런 내 삶 속에 동생이
돌아와서 정말 행복했다.

　마침내 나는 처음으로 진짜 교실의 책상 앞에 앉게 되었다. 학교
에 다니는 게 정말 좋았다. 학교에 관한 것들은 전부 사랑했다. 침
대에서 나와 학교에 가기 위해 옷을 갈아입는 일도 정말 좋았다!

하숙집의 엄마 친구와 자동사진기로 찍은 사진. 이 여자 분은 의사당 앞과 스톡홀름 시청을 배경으로 한 사진에서 우리와 함께 있다. 1947년

책과 공책과 연필과 펜촉이 달린 펜을 넣은 묵직한 가방도 사랑했다. 하숙집에서 나와 잠깐 동안 타고 달리는 전차의 덜거덕거리는 소리도 좋았다. 온통 낙서투성이인 낡은 나무책상 뒤로 스르르 미끄러져 들어가서 책과 습자책을 펼쳐놓는 일도 사랑했다. 수업은 엄격했다. 우리는 아침마다 입을 모아 선생님께 큰소리로 인사했다. 내가 참 좋아한 깡마르고 엄하고 키가 큰 여자 교장선생님은 머리를 짧게 자른 다음 한쪽 머리를 머리핀으로 고정시켰다. 선생님은 트위드 스커트와 단정한 블라우스와 회색 스웨터를 입었다. 학교에서는 기도를 하고 시편을 암송하기도 했다. 나는 책상의 들쭉날쭉한 홈에 난 작은 타원형 구멍에 넣어둔 잉크병에 펜을 푹 넣었다가 연습장에 글을 썼다. 나는 잉크로 쓴 글들을 말리는 압지를 갖고 있었다. 내가 물려받은 스웨덴 역사책과 문법책과 수학책과 지리책에는 이전에 쓰던 사람이 제멋대로 갈겨놓은 낙서가 남아 있었다. 숙제는 힘들지 않았다. 이리저리 왔다 갔다 하며 숙제를

알아갔다. 여러 학기 동안 자주 손을 공중에 번쩍 들어 올리고 단어들, 역사 연대, 짧은 이야기, 시, 계산해서 합을 내야 하는 문제를 적어놓은 삐걱대는 칠판으로 와락 달려갔다. 음악 수업도 받았다. 유명한 작곡가의 생애를 그린 이야기도 배웠다. 그리고 노래를 불렀다. 나는 무엇을 배우느냐가 중요하지 않았다. 질문도 하지 않았다. 내 갈가리 찢긴 굶주린 위가 구호품 꾸러미에서 나온 콩 통조림과 스팸에 마냥 즐거워했듯이, 내 열성적인 뇌도 책 속의 가르침에 한없이 즐거워했다.

학교에서 어려운 것은 운동과 체육 시간이었다. 일주일에 여러 차례 반바지와 셔츠로 갈아입고, 반지르르 윤나는 나무와 고무와 니스 냄새가 가득 찬 체육관으로 갔다. 나무 가로대 위에서 하는 운동이 있었다. 반 친구들은 아래쪽에서 가로대 위쪽을 잡고 머리 위로 양다리를 번쩍 들어 올려 빙그르르 돈 다음, 양팔을 쭉 뻗으며 균형 잡는 몸짓을 썩 잘해냈다. 그건 일종의 공중제비돌기였다. 네 다리로 서 있는 이상한 장치 위에서 하는 운동도 있었다. 우리는 한 줄로 늘어서서 그 기구를 향해 달려갔다. 우리는 기구 꼭대기 양옆의 손잡이를 잡고서 다리를 쫙 펴서 맞은편 매트로 재빨리 뛰어 넘어가야 했다. 또는 사다리 모양의 기구에서 거꾸로 매달리기도 했다. 내 손에 촉촉이 땀이 배었다. 나는 윤나는 가로대를 잡을 수가 없었다. 머리 위로 다리를 들어 올리는 일은 도대체 불가능했다. 게다가 네 다리의 기구를 훌쩍 뛰어넘을 만큼 충분한 속력과 에너지도 도무지 낼 수가 없었다. 재주 없는 내가 몹시 창피했다. 달리거나 뛰어넘거나 올라가야 할 차례가 올 때마다, '끔찍한 공포'라는 검은 마녀가 내 안 깊숙이 어딘가에 살면서 항상 팔과 다리를 밧줄로 묶을 준비를 하고 있는 것 같았다. 내게 있을지도 모르는 용기를 무엇이든 짓누르며, 창피해하는 나를 보고 기쁨의 쾌재를 지르는 것 같았다.

우리는 스케이트장으로 야외학습을 나갔다. 스케이트가 없는 아이들에게는 스케이트가 주어졌다. 스케이트를 발에 맞게 끈으로 단단히 묶어야 했다. 몇몇 여자아이들은 예쁜 짧은 치마를 입고 목이 긴 하얀 스케이트를 신었다. 그 아이들의 웃음소리와 농담 소리가 또다시 나를 멀어지게 했다. 내가 깨질 것만 같은 매끄러운 얼음판을 걷기도 무서워하고 있는 동안, 반 친구들은 편안하고 우아하게 얼음을 지치며 빙글빙글 돌아다녔다. 내 다리는 발아래 달린 쇠 날의 요구에 맞추지 못하고 비틀대는 뻣뻣한 장대였다. 발목이 안쪽으로 꺾였다. 나는 절망적으로 옆 난간에 매달려서 스케이트장 구석으로 물러나려고 기를 썼다.

운동은 서툴렀지만 교실에서는 아주 훌륭한 아이였던 나는 친구들과 동떨어져 있었다. 내게 친구가 되자고 하는 아이들은 많지 않았다. 그래서 나는 이방인으로 홀로 떨어져 지내야 했다. 스웨덴 사람들이 모두 다 금발이 아니었지만, 집시처럼 보이는 거무스름한 피부색과 검은머리를 땋은 아이는 하나도 보이지 않았다. 거리에 나가면 사람들이 고개를 돌려 나를 쳐다보았다. 이따금 지나가는 사람들이 입속말로 '네거! 네거(검둥이야! 검둥이)!' 하는 소리를 들었다. 또 '인디언'이라고 하는 말을 듣기도 했다. 나쁜 뜻이 있어서거나 증오가 아니라 북구 스톡홀름에서 뜻밖에 거무스름한

나의 첫번째 학교생활이 끝날 무렵에 반 친구들과 함께 한 소풍에서. 나는 둘째 줄 왼쪽 두 번째에 있다. 선생님은 맨 오른쪽 둘째 줄 여자 아이 뒤에 서 있다. 1948년 스톡홀름.

사람을 보고 놀라서 하는 말이었다. 나는 창피하고 외톨이가 된 느낌이었다.

그래도 학교 첫날의 나와 요양소 첫날의 나는 달랐다. 나는 스웨덴어를 읽고 말할 수 있었다. 말이 없고 소심하긴 했지만 새 나라에서 내 길을 닦을 준비도 되어 있었다. 괴짜로 지목된다는 사실은 위협과 위험으로 번역되지는 않는다. 폴란드에서도 마찬가지였다. 심지어 나치가 오기 전에 '치도프카! 치도프카!' 라고 불렸던 사실은 단지 조롱에 지나지 않았다.

　　　　스웨덴에서는 누구나 다 레알스콜라(고등학교)라는 곳에 가야 하는 것은 아니었다. 나는 반 친구들과 함께 입학시험을 보았다. 시험 본 아이들 모두가 고등학교에 갈 수 있는 것도 아니었다. 내 성적은 좋았다. 선생님은 기뻐서 환히 웃었고 부모님은 나를 무척 자랑스러워했다. 고등학교 등교 첫날, 무섭고 흥분됐지만 일 년 전보다는 준비가 더 잘 되어 있었다. 새 학교에서 나는 출발선에 선 많은 학생들 중 하나였다.

　새 학교에서는 여학생과 남학생이 함께 수업을 들었다. 여드름 투성이의 거친 남학생들은 여학생들과 서로 자신들을 끊임없이 놀려댔다. 어느새 나도 그런 남학생들을 싫어하는 척하면서, 낄낄대고 흉보는 여학생들의 무리에 끼인 걸 알고 깜짝 놀랐다. 아주 중요한 체육 시간과 운동 시간에는 여학생과 남학생이 서로 다른 곳으로 나뉘어서 수업을 해서 안심이 되었다. 그래도 여전히 겁나기는 했지만 말이다.

　각각 다른 선생님들이 지리, 역사, 스웨덴 문학, 대수학과 기하학을 가르치려고 교실에 들어왔다. 영어도 배우기 시작했다. 독어도 공부해야만 했다. 지난 몇 년 동안 나에게는 무시무시한 죽음을 의미하던 언어가 스웨덴 선생님들과 반 친구들의 입에서는 암기되고 꼴을 갖추고 정복되어야 할 단순한 기술이었다. 나도 소중히 여기는 스웨덴어의 먼 친척으로 독어를 인정해야 했다. 이따금 스웨덴어로 부르는 아름다운 노랫말 속에도 독어가 있었다. 독어가 끊임없이 적군의 힘을 떠올렸지만 어느새 서서히 숙제해야 할 또 다른 과목이 되었다. 그러자 독어도 차츰차츰 충실하게 압도하게 되었다.

영화를 보면서 알게 된 언어는 영어였다. 영어는 반짝이는 옷을 입고 춤을 추고, 눈부시게 새하얀 두 줄의 고른 치아를 드러내며 웃고 노래하는, 카우보이와 멋진 남자들과 아름다운 여자들의 언어였다. 또한 재즈 음악에 맞춰 흑백의 어두컴컴한 실내에서 움직이거나, 위험하고 음산한 도시의 거리를 조심스럽게 걷는 사람들의 말이었다. 영어는 가장 친한 두 여자 친구들과 내가 레코드에서 라디오에서 배운 노랫말로, 팔짱을 끼고 스톡홀름의 거리를 활보하면서 큰소리로 노래를 불러 사람들의 관심을 끌었던 말이기도 했다. 영어는 장난꾸러기였고 요술쟁이였다. 종이에 받아 적을 때 영어는 제 문자와 전혀 닮지 않은 말을 만들기 위해 혀와 입을 한껏 꼬아야만 했다. 하지만 나는 그런 영어의 모양과 소리를 사랑했다.

어느 날 아침, 아름다운 엷은 금발 머리를 똘똘 말아 올려 쪽을 지고, 알록달록한 작업복을 입은 아주 쾌활한 미술 선생님이 교실로 들어와 말했다.

"오늘은 관찰과 아크바렐러 사용법을 배워보겠어요."

아크바렐러는 '수채화 물감' 을 뜻하는 스웨덴어였지만, 교실에서 남학생들이 일상 대화에서는 다른 뜻으로 썼다. 남학생들이 팔꿈치로 서로를 쿡쿡 찌르며 숨죽여 웃고 농담하기 시작했다.

우리는 말므크비스트 선생님의 커다란 책상 근처 칠판 가로 모였다. 선생님이 화첩을 열자 칼라로 인쇄한, 꽃을 꽂은 꽃병과 소파와 의자가 있는 테이블을 그린 우아한 방들이 펼쳐졌다. 남학생들이 아름다운 여자들과 자동차 그림이 더 좋을 거라며 드러내놓고 숙덕거렸다.

말므크비스트 선생님은 이성을 잃지 않았다.

"그건 다음주에. 오늘은 여러분이 선물하고 싶은 물건의 그림을 골라서 시작해 볼까요?"

그림에 푹 빠지지는 않았지만 다만 선생님 말에 따르고 싶어서, 나는 그림들을 꼼꼼히 살펴보았다. 그러다가 내 눈길이 앙증맞은 섬세한 의자에 꽂혔다. 그림 아래쪽에 '18세기의 안락의자' 라고 적혀 있었다. 희끄무레한 나무틀의 꼭대기 한 가운데에 섬세하게 조각된 꽃다발이 있었다. 똑같은 꽃다발이 팔걸이 끝에도 조각되어 있었다. 앉는 부분과 타원형의 등받이는 파랗고 하얀 줄무늬 실크 천에 덮여 있었다. 예전에 이것과 똑같은 의자를 본 적이 있었다. 사진 속의 의자는 닐슨 씨의 아파트에서 앉기 주저했던 바로 그 의자와 비슷했다!

내 책상은 교실 뒤쪽 창문 근처에 있었다. 시월의 햇살이 선생님이 준 근사한 도화지의 텅 빈 공간에 쏟아졌다. 납작한 주석 상자 안에 든, 새로 나온 수채화 물감과 붓 두 자루와 연필과 핑크빛 지우개가 나를 기다리고 있었다. 작은 깡통에 물을 채우러 싱크대가 있는 복도로 나왔을 때는 두근두근 흥분되었다. 연필을 긁적이는 소리, 지우개를 문지르는 소리, 붓을 찍는 소리에 남학생들의 불평이 잦아들었다.

나는 연필을 손에 들고 의자의 윤곽을 살살 조심조심 그려나갔다. 물 속에 붓을 담갔다가 다시 주석 상자 안의 파란색 물감에 넣어 살짝 찍었다. 그곳에는 여러 농도의 파란색 물감이 나란히 놓여 있었다. 일단 파란색 하나를 골라서 붓으로 약간 다른 푸른색과 섞었다. 파란색 줄에 섞인 초록색을 보고는 초록색 수채화 물감 한 방울을 곁들이기도 했다. 의자 형태로 모양이 뻗어가고 굽어 가면서 색들이 서서히 미묘하게 어두워져갔다. 둥그런 한가운데 색들은 점점 가볍고 밝아졌다. 붓이 연필로 그려놓은 윤곽 안에 들어가서는 부드럽게 쓰다듬고 간질이고 헤매고 다녔다. 마치 파리나 거미 같은 작은 곤충이 되어, 선을 따라 조심조심 천천히 위 아래로 걸어 다니며 느릿느릿 따라가서, 사진 속의 은은하게 옅은 색들을 내 그림 속의 의자로 판단하고 배합하고 만들어 가는 느낌이었다.

"정말 멋진데."

나는 옆에서 들려오는 선생님의 목소리에 깜짝 놀랐다. 종이 위를 휘젓는 부드러운 붓 소리와 물 속에 쑥 넣으면 쨍 울리는 깡통 소리만 들으며, 선생님과 반 친구들을 까맣게 잊은 채 집중해서 그림을 그리고 있었다.

"네 그림은 더 이상 손 볼 데가 없구나."

선생님이 웃으면서 말을 이었다.

"지금 그대로도 아주 훌륭해. 자, 여러분! 세심한 관찰과 수채화 물감의 탁월한 사용에 대한 아주 좋은 본보기랍니다."

반 친구들 모두가 연필과 붓을 내려놓고 책상에서 올려다보았다. 선생님이 칠판의 사진 바로 옆에 내 그림을 기대 놓았다. 멀리 있는 아이들도 그 그림이 옆에 놓인 사진을 충실하게 따라 그린 파란색과 하얀 줄무늬의 의자 그림임을 알아볼 수 있었다. 나는 바닥에 드리워진 의자의 미세한 그림자까지 표현해 놓았다. 친구들이 진심으로 감탄하며 수군대는 소리가 들렸다. 그 날 아침 뒤로 나는 그런 나지막한 찬사를 들으며 살고 싶어졌다.

우리 반의 화가로 뽑히자 체육 시간과 운동 시간에 꼴불견이던 오점도 누그러졌다. 차츰차츰 마음이 편안해졌다. 한 달에 여러 차례, 올림픽 수영장의 물 속에서 바싹 긴장하며 수없이 물을 들이마신 뒤에 드디어 헤엄치는 법을 배웠다. 나는 100미터 경주에서 달렸고, 심지어 장대높이뛰기도 했다. 여자 축구팀의 골키퍼까지 맡았다.

나는 일주일에 한 번, 진짜 예술 학교의 저녁 수업에 다니면서 깨지고 닳은 석고상의 목탄화도 그려보았다. 손과 발이 튼튼해졌다. 집에서는 아빠와 엄마와 남동생의 초상화를 그렸다. 꽃병과 꽃들, 그릇과 과일들, 식탁보 위에 세워놓은 컵과 병, 식탁 주위의 빈 의자를 배열한 정물화도 그렸다. 길 건너 집들을 그린 풍경화와 산과 나무를 그린 상상화를 색칠했다. 잡지 그림을 보고 특이한 옷을 입은 사람들을 그리고 채색했다.

이따금 반 전체가 선생님과 함께 미술관에 가기도 했다. 나는 단지 그림을 보고 감탄하는 숭배자에 만족하지 않았다. 굶주린 방랑자와 침입자가 되어 손목 레이스의 윤곽을 쫓고, 눈과 코와 머리카락 속으로 들어가 보았다. 구름 낀 하늘에 모습을 드러낸 나무와 산 속에서는 여행자가 되고, 꽃잎과 사람의 목에서는 조각가가 되었다. 나는 음모꾼이 되고 도둑이 되었다. 그리고 화가가 되었다.

26

"니아니아가 죽었다는구나!"

엄마가 폴란드에서 방금 온 편지를 읽으며 울먹였다.

"불쌍한 여자! 뇌종양이라니. 오, 세상에."

동생과 내가 코구트키 가루약을 아무리 많이 갖다주어도 좀처럼 사라지지 않던 두통이었다. 바로 그건 뇌종양이었던 것이다.

"에이그, 불쌍한 여자!"

엄마는 계속해서 탄식했다.

이 편지가 오기 얼마 전에 폴란드에서 니아니아가 생일 선물을 담은 상자를 보냈다. 내 생일, 전쟁 중에는 말도 못 꺼냈던 내 생일이었다. 폴란드에서는 유대인만이 생일을 축하했다. 가톨릭 신자들에게는 성인의 축일이 있었다. 끈을 자르고 갈색 포장지를 찢어낸 다음 어여쁜 상자를 꺼내어 뚜껑을 열어 보았다.

나는 얇은 종이 뭉치에서 양팔을 앞으로 쭉 뻗은 커다란 인형을 꺼냈다. 인형이 짤깍 소리를 내며 눈을 뜨자 잿빛의 파란 유리 눈이 나에게 모아졌다. 인형에는 새하얀 모슬린 깃 가장자리에 레이스를 단 반짝반짝하고 매끈한 하늘색 실크 드레스가 입혀져 있었다. 팔과 다리는 움직였고 사람처럼 머리 한가운데에 가르마가 있었다. 이렇게 사치스런 장난감을 마지막으로 본 것은 전쟁 전으로, 그 후로는 처음이었다. 게다가 인형은 엄청 컸다. 내 기억에 예전에 갖고 놀았던 인형들은 아주아주 작았다. 라파노프에서 과월절 아침에 나치의 눈을 피해 무교병을 감추었던 때, 내 마차에 있던 인형들은 찢어진 옷을 입고 너덜너덜했다. 니아니아와 이곳저곳으로 옮겨 다니느라 물건을 많이 갖고 다닐 수가 없었다. 지금도 나는 그 낡은 인형들과 마차에 어떤 일이 일어났는지 모른다.

조심스럽게 얇은 종이를 정리한 뒤 상자 안에 인형을 넣고 뚜껑을 닫았다. 그러고는 니아니아에게 근사한 인형을 보내줘서 고맙다는 말을 넘치도록 써서 편지를 보냈다. 이제는 다 커서 창피하게 인형을 갖고 놀지 않는다는 말은 쓰지 않았다.

하지만 혼자 있을 때면 가끔 상자에서 인형을 꺼내 팔에 안고 어르며, 어루만져주고 옷매무새를 고쳐주고 양말과 발레슈즈를 신겨주기도 했다.

그 즈음 우리는 스톡홀름 외곽의 쓰러질 듯한 오두막에서 살았다. 남동생이 요양소에서 돌아온 뒤 얼마 지나지 않아 하숙집에서 이사를 왔다. 엄마랑 함께 쓰던 작은 방의 내 침대에 앉아서, 엄마가 니아니아의 동생에게 온 편지를 읽으며 흐느끼는 소리를 듣고 있었다. 인형을 넣어둔 상자의 뚜껑을 열었다. 인형이 나를 향해 양팔을 쭉 뻗고 있는 모양이 어서 꺼내달라고 하는 것 같았다. 나치가 크리스마스 아침에 수녀원에서 우리를 끌고 가기 몇 초 전,

마지막으로 본 니아니아의 모습도 양팔을 쭉 뻗어 우리가 탄 트럭
으로 우리들의 코트와 목도리를 던져주던 모습이었다. 그러고 나
서 자신의 손을 비비틀며 벌벌 떨던 니아니아의 모습이 시야에서
사라졌다. '우리 아이들을 데려가지 마세요! 우리 아이들을 헤치
지 말아요!' 라고 울부짖던 소리만이 멀리서 잦아들고 있었다.

니아니아가 어머니가 돌아가시기 바로 전에 꾸었다는 꿈이 생각
났다. 활짝 열린 무덤에서 니아니아를 향해 어머니가 팔을 뻗었다
고 했다. 상자 안의 인형을 들여다보자 뻣뻣해진 죽은 시체를 쳐다
보는 기분이 들었다. 눈을 감고 쳐다보지 못하게 그 자리에서 상자
를 살짝 밀어 침대 위에 옮겨놓았다. 인형의 팔을 가슴 위에 포개
어 놓을 수 있다면 그렇게 해주고 싶었다. 하지만 인형의 팔은 굽
어지지 않았다. 단지 구멍 안에서 위아래로만 움직였다. 나는 침대
밑에 놓아둔 작은 주머니에서 묵주를 꺼냈다. 엄마가 난처해했기
때문에 결국 항복하고 치워두었던 것이다. 이제는 더 이상 목에 걸
지 않는, 목걸이들과 함께 잘 간직해두었다.

묵주를 꺼내어 인형의 쭉 뻗은 손과 뻣뻣한 손가락에 둘둘 감았
다. 엄마가 내 손장난에 아랑곳하지 않고 편지를 건넸다. 얼른 편
지를 훑어보았다. 편지에는 장례식에 대해 설명한 간단한 말이 있
었다. 니아니아에 대해 신부님이 한 말이었다.

이분은 예수님과 성모 마리아님의 거룩하고 겸손한 종이었습
니다.

무덤의 위치와 꽃에 대한 설명도 있었다. 나는 아무 말도 하지 않고 엄마에게 편지를 돌려주었다. 나의 니아니아가 죽었다. 다시는 보지 못할 것이다. 나는 상자 뚜껑을 닫고 침대 밑에 박스를 내려놓았다.

나는 울지도 않았다. 화만 났다. 니아니아는 왜 그렇게 고집이 셌을까?

오두막의 다른 작은 방으로 갔다. 동생은 헤브루어 숙제를 하고 있었다. 아빠가 어딘가에서 아들의 성인식을 준비해주는 랍비를 찾아낸 것이다. 일주일에 한 번 랍비가 집에 와서는 엄마가 파란색 방수포로 싸놓은 둥근 테이블에 책을 펼쳐놓고, 동생에게 공부를 가르쳤다.

내가 동생에게 물었다.

"니아니아는 왜 여기 와서 우리랑 살고 싶어하지 않았을까?"

동생이 책에서 눈도 떼지 않고 나지막이 대꾸했다.

"몰라. 우리가 잡혀가자마자 우릴 사랑하지 않게 되었나 보지!"

책을 쳐다보고 있는 동생의 잘난 체하는 얼굴을 냅다 때려줄 뻔했다.

"너 어쩜 그렇게 바보냐! 우리가 나치에 끌려갔을 때 따라오지 않았다고 해서 니아니아에게 신경도 안 쓰는 거 같구나."

동생은 입도 뻥긋 안 했다.

"아무튼 니아니아는 너보다 날 더 사랑했어."

나는 냅다 소리쳤다.

동생과 싸우고 싶지 않았다. 그 애도 몹시 혼란스러울 것이다.

요양소에서 나와 거의 알지 못했던 부모님과 함께 살고 있었다. 특히 전혀 기억이 없는 아빠하고 말이다. 전혀 생소한 도시에서 처음으로 학교에 다니기 시작했다. 게다가 또 다른 언어의 단어들을 말 없이 배우고 있는 중이었다. 동생이 니아니아가 어떤 감정으로 무슨 일을 했는지 어떻게 알 수 있을까? 또한 니아니아가 폴란드를 떠나지 않으려 했기 때문에 죽었는지도 모른다는 사실을 어떻게 알까?

"미안해. 정말 미안해."

나는 정말 미안했다. 니아니아도, 동생도, 나도 가여웠다. 밖은 깜깜했다. 나무에는 잎이 없었다. 11월이었다. 나는 모든 것들이 가여웠다.

니아니아가 이곳에 왔다면 뇌종양이 치료되었을 것이다. 나와 동생은 결핵을 앓았다. 하지만 스웨덴에서 우리는 다시 건강해졌다. 폴란드에서는 같은 병으로 크리시아가 죽었다. 폴란드에서는 모든 사람들이 코와 발로 천장을 가리키며 누워 죽었다.

니아니아가 죽은 건 내 잘못일지도 몰랐다. 작년에 니아니아의 편지가 올 때마다 엄마는 나에게 답장을 쓰라고 일러주다 못해 자주 달달 볶기까지 했다. 마지못해 편지를 썼을 테니 아마도 편지는 다정하지 못했을 것이 뻔했다. 어쩌면 니아니아는 하누시아가 성실한 가톨릭 신자인 유대 소녀라는 사실을 잊어버렸다고 의심했을지도 몰랐다. 아니면 유대인들과는 더 이상 어떤 일도 하지 않겠다고 결심했던 걸까? 아니면 전쟁 전에 니아니아와 싸웠던 숱한 다툼을 떠올리고, 부모님이 최선을 다해 니아니아를 스웨덴으로

동생의 성인식을 즈음해서 시내 사
진관에서 둘이 찍은 사진. 1949년
스톡홀름.

데려오지 않은 것인지도 몰랐다.

엄마와 아빠는 나에게 유대인다운 것이 얼마나 중요한지 끊임없
이 일깨워주었다.

"넌 영광으로 여겨야 해."

엄마가 이렇게 되풀이했다. 그것은 명령이었다. 부모님은 나에
게 유대인의 새해에는 학교에 가지 않아도 된다는 허락을 받아오
게 했다. 나는 부모님을 따라 여러 번 스톡홀름의 사원에 가기도
했다. 그래도 나에게는 전혀 의미가 없었다. 나는 변명거리를 찾아

내어 용케 슬쩍 빠지기도 했다.

나는 거의 열다섯 살이 되었다. 여러 일들을 배우고, 책을 읽고 그림을 그리고 색칠을 했다. 피아노 연주회와 연극 공연에 가고 무도회장 벽에 기대어 파르르 떨었다. 남자아이들이 나를 향해 다가와 팔로 나를 감싸면 그 아이를 따라 화려한 무대로 나가 폭스트롯(1914~17년 무렵 미국에서 유행한 중간 템포의 래그타임곡 또는 재즈 템포의 4분의 4 박자의 사교댄스: 옮긴이)이나 왈츠나 스윙을 추려고 말이다. 드디어 친구들도 생겼다. 나는 그들 안으로 들어가길, 그들의 세계에 속하길 간절히 바랐다. 그 어느 때보다 모든 면에서 더 자유롭게 숨쉴 수 있는 바로 그 세계에 들어가고 싶었다. 내 삶을 암흑으로 끌어당기는 충실함과 책임감을 강요받고 싶지 않았다.

일요일에는 소데르키르칸 성가대의 알토 파트에서 노래를 불렀다. 학교 음악 선생님이 사우스 교회 성가대의 지휘자였다. 내가 음악 수업의 일부라고 말해두었기 때문에 부모님도 반대하지 않았다. 반에서 다른 세 여학생들과 함께 뽑혔다는 사실은 명예로운 일이었다.

니아니아가 죽은 지 얼마 지나지 않아 소데르키르칸에서 우리는 모차르트의 진혼곡을 공연했다. 입을 열자 다른 사람들의 목소리와 내 목소리가 조화를 이루며, 노랫가락과 멜로디가 되어 서까래까지 높이 파도치며 올라가, 커다란 교회의 구석구석으로 흘러 들어갔다. 그러자 유대인다워야 한다는 부모님의 잔소리와 루터파 교인들이 성모상을 짓밟는다는 니아니아의 오랜 불신과 믿음이

니아니아가 죽은 뒤에 봄에 살았던 집의 정원에서. 나는 바느질 시간에 블라우스와 치마를 만들었다. 1950년 스톡홀름의 교외.

'무' 속으로 녹아들며 증발되었다. 스테인드글라스 창을 통해 스며드는 겨울 빛과 작열하는 촛불을 듬뿍 받으며, 우리 목소리와 함께 쩌렁쩌렁 울리는 파이프 오르간 반주 소리에, 슬픔과 비밀과 은밀한 생각들을 노래에 실어 보냈다.

"사랑하는 하느님, 불쌍한 니아니아에게 영원히 평화로운 안식을 주소서."

성호를 긋지 않았지만, 묵주 기도를 드리지 않았지만, 성모 마리아 대성당에서 크라코프에서 폴란드에서 멀리 떨어져 있었지만, 십대 여자아이인 나는 스웨덴의 스톡홀름에 있는 하느님의 집에서 다시는 절대 만날 수 없는 나의 소중하고 완고한 니아니아에게 마지막 작별을 노래하였다.

부모님에게서 미국 비자가 나왔다는 말을 들은 것은 내가 열여섯 살 때였다. 우리는 곧 짐을 꾸려 떠나야 했다. 배신당한 기분이었다. 내가 단단히 뿌리를 박는 동안에 부모님은 스웨덴을 미국으로 가는 길목으로만 생각했던 것이다. 부모님과 동생이 영원히 있어야 할 바로 그곳에서 살지 않으려는 까닭을 이해할 수 없었다. 나는 울부짖으며 화를 내고 항의했다. 친구들과 공부와 사랑하게 된 도시의 우아한 익숙함과 내 혀에서 술술 춤추는 언어에서 나를 떼어내어 또다시 망명 생활로 내동댕이쳐지고 싶지 않았다.

5년 전 닐슨 씨와 함께 처음 왔었던 스톡홀름의 바로 그 중앙역에서, 친구들과 선생님들과 그리고 첫 남자친구와 눈물어린 작별을 했다. 나는 돌아오겠다고 약속했다. 다들 편지를 쓰겠다고 약속했다. 우리는 모두 굳게 약속하고 또 약속했다. 해안으로 나를 실어갈 기차가 플랫폼에서 멀어지자 나를 배웅 나와 손을 흔들던 스웨덴 사람들이 점점 작아지더니 시야에서 완전히 사라졌다. 엄마의 말렸지만 나는 기차의 창문을 열어 차가운 바람에 흐르는 눈물을 날려 보냈다.

그 날 이후 우리는 짐을 정기선 안에 숨기고 항해를 했다. 스웨덴의 안개 낀 겨울 서쪽 해안이 멀리멀리 뒷걸음쳐 갔다. 하지만 나는 영원히 작별한 게 아니라고 믿었다.

사납게 날뛰는 바다를 건너 2주 뒤에 우리는 겨울의 아침 햇살을 받으며 갑판에 서서, 자유의 여신상을 지나 희미하게 빛나는 스카이라인을 찍은 엽서의 사진 같은 대도시 속으로 들어갔다. 가슴이 새로운 기대감과 두려움으로 조여왔다. 그 동안 연습해온 영어 구절과 고층 빌딩과 낯선 거리에서 지내는 삶이 가져올 막연한 이미지에 마음이 답답했다. 내 여권에 해당하는 적절한 줄에 들어서

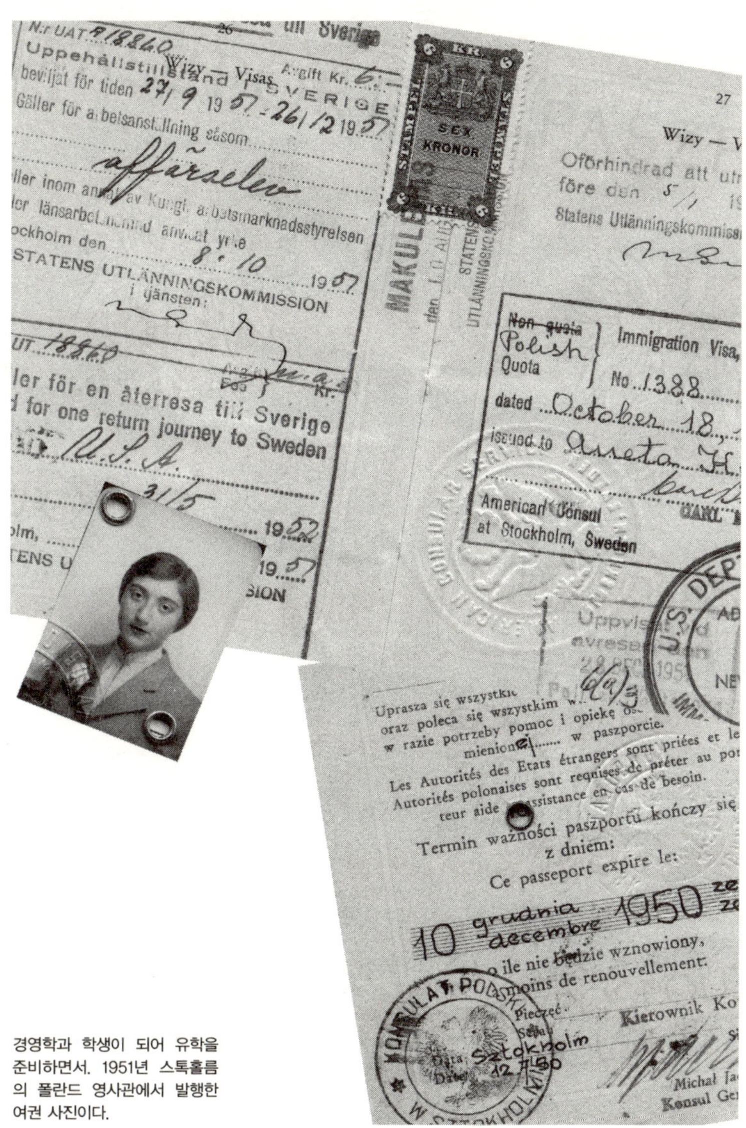

경영학과 학생이 되어 유학을
준비하면서. 1951년 스톡홀름
의 폴란드 영사관에서 발행한
여권 사진이다.

자 도장을 찍은 내 사진 바로 아래에 내 신분이 나와 있었다. 아파르셀레브, 경영학도. 부모님은 이민의 목적으로 '미술학도' 보다 경영학도가 덜 의심받는다고 생각했던 것이다.

끈으로 묶어 놓은 포트폴리오 안에 깔끔하게 정리해서 넣어둔, 미심쩍지만 유용한 솜씨를 알려주는 새 징표를 갖고, 나는 뉴욕 시에 들어가고 있었다.

에필로그

미국에서 심리학 교수가 된 남동생이 전쟁이 끝난 뒤, 처음으로 폴란드 여행을 다녀온 지도 여러 해가 지났다. 동생은 열 살의 여자아이와 여덟 살의 남자아이가 음울한 1월의 어느 밤에 푸아쇼프 수용소의 탐조등 불빛 아래에서 어떻게 목숨을 구하게 되었는지 상세한 조각들을 모을 수 있었다.

크리스마스 아침, 트럭이 수녀원에서 멀리 가버렸을 때, 니아니아는 무턱대고 나치 본부로 달려갔다. 간신히 우리가 몬테루피 감옥에서 푸아쇼프의 강제 수용소로 끌려갔다는 사실을 알아냈다. 니아니아는 사무엘 외삼촌 집의 하녀였던 야드비가에게 달려가 사실을 알렸다. 야드비가는 수용소에서 나치를 위해 일하던 폴란드인 약혼자에게 알렸다. 사무엘 외삼촌은 나치를 위해 다리와 육교를 설계하는 데 이용당하고 있었다. 수용소 사령관이 유대인 건축기술자에 의존하고 있었던 것이다. 푸아쇼프에 끌려갔을 때 우리는 총살당할 사람들의 명단에 올라 있었다. 외삼촌은 사령관에게 조카들을 살려달라고 애원했다. 나치는 삼촌을 가엾게 여기고 선물하기로 했다. 그렇게 해서 우리는 살아남을 수 있었다. 사무엘 외삼촌의 특별한 지위 때문에 라이사 언니와 외숙모가 특별한 숙소를 이용할 수 있었다. 또 야드비가가 약혼자를 통해 좋은 음식을 전해줄 수도 있었다.

50년이 지났지만 내 혀에는 그 작은 방에서 몰래 들여온 음식을 처음 씹었을 때의 놀라운 기억이 아직도 남아 있다. 지금도 나는 슈퍼마켓에서 사온 포장지 꾸러미에서 베이컨 조각을 곧장 집어 드는 것을 좋아한다. 그러고는 부드러운 고기의 쫄깃함과 훈제 맛과 매끄러움을 음미한다. 혹은 갓 구운 호밀 빵 조각에 얹고서 겨자를 바른다. 지금 내 삶은 생존 위협을 받지 않고 베이컨을 씹던 당시를 회상하고, 내 혀에 감돌던 그 맛에 사로잡혔던 덧없는 순간을 추억하고 있다.

또한 무릎까지 오는 따스한 물이 든 욕조에 발가벗고 서서, 라이사 언니가 스펀지로 닦아주는 동안 젊은 남자의 눈길을 받았던, 그 창피했던 기억도 떠올린다. 그 잘생긴 폴란드 남자가 야드비가의 약혼자였을까?

동생이 폴란드를 여행할 즈음, 야드비가는 성 마른 일흔 살의 과부가 되었다. 그리고 남동생 부부와 함께 이스라엘로 여행을 가서, 야드 바쉠에게 극진한 대접을 받기도 했다. 야드비가는 폴란드어로 멋진 연설을 했다. 젊은 아가씨였을 때, 어떻게 소작농이었던 집의 잔인하고 비참한 생활에서 도망쳤는지 들려주었다.

"동물 취급을 당하지 않은 삶은 사무엘 씨와 벨라 사모님의 집이 처음이었습니다. 나는 그 가족을 사랑했습니다. 그래서 많은 일을 해줄 수 있기를 바랐지요. 그들의 목숨을 구할 수 있길 바랐습니다.”

　푸아쇼프에서 행진해 나왔던 1945년 1월의 그 날 밤. 내가 사촌 언니를 믿었다면, 외삼촌은 베르겐 벨젠 수용소(독일 첼레의 북서쪽 약 16킬로미터에 있는 베르겐과 벨젠 마을 근처의 나치 포로수용소로 『안 네의 일기』에 나온다: 옮긴이)에서 죽음으로 내몰리지 않았을 것이다. 외숙모는 화병으로 죽지 않았을 터이고. 야드비가가 외삼촌네 가 족을 위해 미리 약속한 장소로 왔었던 것이다. 그리고 니아니아는 우리를 위해 왔다. 열 살 아이의 두려움과 불신 때문에, 나는 동생 없이 빠져나오라는 말에 설득당하지 않았다. 사촌언니는 자기 엄 마 옆에서 걸어갔다. 체념한 채 희망을 품고서.

　1월에 나치가 폴란드와 동유럽 몇 곳을 제외하고 모든 곳에서 패배당했다는 사실을 어떻게 알 수 있었을까? 폴란드를 지나 독일 을 향해서 빠르게 점점 가까이 다가오는 러시아 군대를 피하려고, 독일군이 포로들을 데리고 도망가고 있으며, 미군이 서쪽에서 폴 란드로 가까이 다가오고 있다는 사실을 어떻게 알았을까? 어른들 중에 누가 그 사실을 알고 있었던 것일까? 전쟁이 끝난 몇 년 뒤에 야, 우리가 푸아쇼프 수용소에서 떠난 지 며칠 뒤에 크라코프가 해 방되었다는 사실을 알았다. 왜 나치들은 지쳤으면서도 귀찮게 우 리를 끌고 가서 5월에 해방될 때까지 그곳에 붙잡아두었던 걸까? 내가 아는 사실은 그 날 저녁은 깜깜했고, 우리는 숲속에 있었으 며, 내 옆에 동생은 없었고, 당장이라도 총을 쏠지 모르는 경비병 들에 둘러싸여 있었다는 것이다.

　라이사 언니도 살아남았다. 언니는 이스라엘로 갔다. 그리고 페인트공인 다른 생존자와 결혼했다. 언니 부부에게는 아들과 딸이 하나씩 있다. 사진 속에는 성인이 된, 잘 생긴 토박이 이스라엘 아이들의 옆에서 머리를 짧게 자른 땅딸막하고 건장한 여인이, 유대인의 땅에서 유대인 여인이 침착하게 카메라를 들여다보고 있다.

내가 유형, 강제 수용소, 일제 소거라는 끔찍한 말이 난무하던 시대와 장소에서 살아남은 지 50년이 훨씬 지났다. 신문과 텔레비전 프로그램에는 그 시절을 회상하는 일들로 가득 차 있다. 다큐멘터리와 토론과 기념식 그리고 테러와 굶주림과 굴욕의 세월 동안에 일어난 사건에 대한 셀 수 없는 가슴 저미는 보고서가 있다. 그 시대를 살아온 많은 사람들이 지금은 죽었다. 어머니와 아버지도 돌아가셨다. 두 분은 뉴저지 주의 평화로운 땅에 나란히 묻혀 있다.

나는 미국에 정착해 살면서 내 주변과 가까이에 있는 것들로부터 살아가는 법을 배우려고 노력했다. 가족과 친구와 함께 기쁨과 후회와 슬픔과 배반을 겪으며 살아왔고, 나를 지치게 하기도 하고 힘을 주기도 하는 때를 살아왔다. 일은 나에게 여러 면에서 무한한 만족을 주었다. 음악과 연극과 책과 영어 단어 놀이는 나를 늘 변하는 놀라움 속으로 밀어 넣었다.

나는 미국인으로서 유럽의 유명 관광지를 여행하며 구경했다. 뉴욕에서 비행기를 타고 몇 시간 잔 뒤에 런던이나 파리나 로마에 내리면, 낡은 기차를 타고 니아니아의 마을에서 탈출하려고 건초 마차에 숨어 달리던 때와 엄청 길어 보이던 위험한 다리를 두려움에 떨며 걷던 발걸음들이 생각난다. 공항에서 여권 심사대를 지나며 조금은 지친 제복을 입은 관리에게 내 미국 여권을 건네면, 깨끗한 플라스틱 유리 상자 안에 앉아 있는 관리는 '굿 모닝'이나 '봉주르'나 '부온 죠르노'라고 인사하면서도, 거의 날 쳐다보지도 않고 총도 겨누지 않는다. 그러면 슬프게도 죽음을 안고 검문소를 지나치던 때가 떠오른다. 유럽에서 나에게 어디에서 왔느냐고 물을 때, '난 미국인이에요.' 하고 말할 수 있는 걸 사랑한다. 그리고 아무리 여행이 흥미진진했어도 작별을 고하고 집으로 갈 수 있어서 행복하다.

나는 폴란드로 돌아간 적이 한 번도 없다. 런던 브리지나 로마 원형 극장이나 에펠탑처럼 관광객의 매력을 끄는 여행이 아니라면, 아우슈비츠 수용소나 푸아쇼프 수용소나 라벤스브뤼크 수용소의 보존된 유적지에 발을 딛고 싶은 마음이 없다. 사랑하는 스웨덴에는 가보았다. 아직도 나는 스웨덴어를 말할 줄 안다.

선택할 수 있고 도전할 수 있는 어른의 삶을 살면서, 스웨덴 요양소에서 보냈던 몇 달간의 조용하고 친절하고 단순했던 삶을 생각해본다. 처음 맛보는 평화로움이었다. 폴란드. 전쟁. 나치. 니아니아. 더 나이 먹었을 때까지, 내 아이를 갖게 되었을 때까지, 니아니아가 왜 그렇게 유별나고 열광적이었는지 정말 이해하지 못했다. 심지어 독일군이 쳐들어오기 전에는 니아니아의 종교적 열정과 두통과 흐느낌과 동생과 나에 대한 지나치게 혼란스럽던 사랑을 받아들이기만 했다. 니아니아는 중얼중얼 입속말을 하곤 했다.

"어쩜 발이 이렇게 예쁘고 작지! 눈썹이 초승달처럼 사랑스럽구나!"

니아니아는 어떤 사람이 악의적인 눈길로 나를 본다고 생각했던 적도 있었다. 그래서 혀로 잽싸게 눈을 핥아서 얼굴에 끈적끈적한 침을 남기기도 했다. 니아니아는 우리가 세례를 받지 않았으며 유대인의 아이라는 사실을 잊지 않게 했다. 성모 마리아를 숭배하고 유대인들을 믿지 않았지만, 천사의 날개를 미친 듯이 펄럭이며 동생과 나를 보살펴 주었다.

지금 나는 할머니이다. 1939년 그 해 시월의 오후에, 나에게 외할머니가 있었던 때에, 화차를 타고 가는 여행이 무엇인지 몰랐을 때에, 나는 다섯 살이었다. 화차에 실려 강제 수용소로 끌려갔을 때는 열 살이었다. 나는 외할머니도 그런 화차에 실려 끌려갔을 거라고 생각한다. 틀림없이 외할아버지와 헤어져서, 외할머니는 다른 사람들과 함께 빽빽이 화차에 실려가 분류되고, 수백 명의 다른 여자들과 함께 막사 안으로 들어가서는 고함 소리를 들으며 옷을 벗으라고 강요당했을 것이다. 딸들에게 독일어를 배우게 했던 외할머니는 어딘가에서 옷을 발가벗기고 채찍을 든 어린 독일군들에게 떠밀리며 굴욕을 당했을 것이다. 어쩌면 줄서서 명령에 따라 계속 움직이고 있었을지도 모른다. 아니면 우리와 함께 푸아쇼프 수용소에 끌려왔던 할머니처럼 땅바닥에 질질 끌려 다닌 것은 아닐까? 이렇게 상상할 뿐 절대 알 수 없을 것이다.

　마지막으로 무슨 말을 해야 할까? 나는 무시무시한 시절에 피비린내 나는 아주 먼 대륙에서 태어났다. 그곳에서는 잠깐 동안 살았다. 지금은 이곳에 살고 있다. 이 나라에 대한 나의 사랑은 세월이 흐르면서 함께 자랐다. 나의 삶은 꽤 괜찮았다. 나는 더 많은 삶을 원한다.

　나의 삶은 또 다른 이야기가 될 것이다.

옮기고 나서

　　　　　　　어린이 책 작가이자 일러스트레이터
인 애니타 로벨은 1934년 폴란드 크라코프의 안락한 삶이 보장된
유대인 가정에서 태어났다. 하지만 그 삶은 다섯 살 무렵 완전히
바뀐다. 폴란드가 나치에게 점령당하자마자 생존을 위협하는 온
갖 일을 겪게 된 것이다. 애니타는 나치의 유대인 말살 정책을 피
해 부모와 생이별을 하고 두 살 어린 남동생과 함께 유모의 딸로
위장하고 도망 다닌다. 하지만 헌신적인 폴란드인인 유모와의 평
화로운 생활도 애니타와 똑 닮은 너무나 유대인답게 생긴 엄마의
등장으로 끝나고 크라코프의 게토로 피신하게 된다.

　그곳에서는 죽음보다 무시무시한 치 떨리는 고통을 겪으며 나치
의 일제소거를 피한다. 그 뒤 수녀원에서 잠시나마 평화로운 생활
을 하게 되지만 크리스마스 미사 중에 나치에게 체포당한다. 그러
고는 다른 유대인들과 함께 흉악범을 가두는 감옥으로 강제수용
소로 끌려간다. 수용소를 전전하면서 동물처럼 화차에 실려 끌려
다니고 죽음의 행진을 한다. 같은 민족인 유대인들의 총살을 목격
하고 굶주리고 병에 걸려 고통을 당한다. 배설물과 오물과 지독한
냄새가 진동하는 수용소에 갇혀 외롭고 굴욕적인 삶을 산다.

하지만 결국 스웨덴 적십자사에 구출되어 스웨덴으로 가게 된다. 도피 생활과 참혹한 수용소 생활로 인해 결핵에 걸려 남동생과 함께 요양소에서 생활하게 된다. 결핵을 완치한 뒤 폴란드 난민 아이들을 위한 쉼터로 가서 지내다가 부모와 재회를 한다. 그 뒤 가족과 함께 스웨덴의 스톡홀름에 정착하게 되고 생전 처음 학교에도 다닌다. 열네 살이라는 훌쩍 큰 나이에 처음 간 학교지만 최선을 다해 공부하고 자신만의 재능을 발견한다. 하지만 스웨덴을 미국으로 가는 길목으로 여겼던 부모님들 때문에, 열여섯 살에 유학생이 되어 낯선 미국 땅으로 이민을 간다. 난생 처음 맛보고 느꼈던 안정된 생활과 친구들과 헤어져 낯선 곳으로 갔다. 하지만 인간으로서 최악이라고 할 수 있는 고난을 이긴 애니타는 희망의 끈을 잃지 않았다. 오히려 낯선 세계를 또 다른 도전으로 받아들이며 힘을 낸다.

자연 재해든 인재든 도저히 생존할 수 없다고 여겨지는 아수라장에서 많은 시간이 흐른 뒤에 기적적으로 살아나는 사람들이 있다. 우리는 극한의 상황을 견디고 이겨낸 사람들에게 찬사를 보낸다. 그것은 고난과 고통을 이겨낸 인간의 의지와 용기에 감동했기 때문일 것이다. 전쟁 중에는 어른이든 아이든 인간은 경험할 수 있는 최악의 상황에 놓여져 몸과 마음이 피폐해지고 죽음에 이르기도 하는 등 자신의 의지와는 상관없이 삶이 흘러가게 된다. 이러한 까닭에 전쟁은 모든 고통 중에서 가장 견디기 힘든 일일 것이다.

『나는 희망을 그린다』는 한 아이가 살아남는 일에 초점을 맞추어 전쟁을 극복해내는 이야기가 담겨 있다. 어른들조차 생존하기 힘든 전쟁을 어린아이로서 어떻게 헤쳐 나갈 수 있었을까? 이 책을 읽다보면 그 해답을 얻게 된다. 그것은 무시무시한 공포와 처절한 고통 속에서도 어린아이라서 지닐 수 있는 열린 마음이 있었기 때문이다. 아무리 두렵고 고통스런 상황에도 아이이기 때문에 가질 수 있는 순수하고 정직한 마음으로 희망을 잃지 않았기 때문이기도 하다. 극한 상황이지만 긍정적으로 바라보는 마음이 있었기 때문에 가능한 일이었을 것이다.

애니타는 나치를 피해 낯선 곳으로 가게 되지만 아슬아슬한 순간에도 여행의 설렘과 기쁨을 즐긴다. 나치가 금지한 무교병을 책임지게 되었을 때는 떨리고 두려웠겠지만 침착하게 위기를 헤쳐나간다. 자신도 어리지만 사랑으로 남동생을 보호하고 자신의 의지에 따라 행동을 결정하고 밀고 나간다. 늘 공포에 떨게 하는 나치를 만났을 때에는 냉정히 용기를 내어 위기를 넘긴다. 어린아이가 해냈으리라고 여기기 힘든 일들을 어린 아이 특유의 감성과 지혜로 헤쳐나간 것이다.

하지만 애니타는 고난을 극복한 자랑스런 이야기만 들려주지 않는다. 숨기고 싶을지도 모르는 이야기를 전혀 꾸밈없이 솔직하게 들려주고 있다. 배고픔을 참지 못해 땅에 떨어진 사과와 감자를 동생과 나눠먹는다. 알몸으로 나치 앞에서 씻기우기도 하고 사람들이 보는 앞에서 생리적 현상을 해결하기도 한다. 음식을 구걸하거나 바꾸러 다니면서 당한 치욕을 과장하지 않고 차분히 말한다. 비록 부끄러운 일들이었지만 자기 연민에 빠지거나 과장하지 않고 경험한 그대로 그리고 있다.

　이 책에는 극한 상황에서도 삶의 끈을 놓지 않고 이겨내는 생존 이야기가, 아무리 삶이 잔인하고 힘겨워도 굴복하지 않는 희망의 이야기가, 힘들어도 결코 포기하지 않고 서로 돕고 인내하는 사랑의 이야기가 담겨 있다. 이 책에는 잔잔하게 가슴을 울리는 감동이 있다. 결코 포기하지 않은 삶에 대한 불굴의 의지가 있으며, 어떠한 상황에 놓이더라도 이겨내고자 하는 용기가 있다. 모든 장애를 극복하고 낯선 상황에도 굴하지 않고 맞서 헤쳐 나가려는 도전 의식이 있다. 이 책을 읽는 독자들도 이러한 감동을 함께 하길 바란다. 지치고 외롭게 느껴지거나 극한의 상황에 놓여져 옴짝달싹못한다고 생각이 들 때 다섯 살, 열 살의 애니타를 기억하며 힘을 내길 바란다.

옮긴이 이승숙
덕성여자대학교 경영학과를 졸업했다. 현재 좋은 어린이 책과 청소년 책을 찾아 소
개하는 기획자이자 번역가로 활동하고 있다. 옮긴 책으로 「이 책이름을 써주세요」,
「떡갈나무 바라보기」, 「미생물의 발견과 파스퇴르」, 「니모를 찾아서」, 「북두칠성을
따라간 지하철도」, 「킹피셔 어린이 지식책 미라」 등이 있다.

나는 희망을 그린다

2005년 1월 15일 제1판 제1쇄 인쇄
2005년 1월 17일 제1판 제1쇄 발행

지은이 애니타 로벨
옮긴이 이승숙

펴낸이 허경애
펴낸곳 도서출판 예원미디어
출판등록일 2004년 6월 16일 **등록번호** 제313-2004-000152호
주소 서울시 마포구 서교동 469-5 정서빌딩 303호
전화 02-323-0606 **팩스** 02-323-6729
E-mail yewonmedia@naver.com

ISBN 89-91413-00-5 03840

*책값은 뒤표지에 표시되어 있습니다.